ZAGYI ZSOLT

Az érem másik oldala

novum 🔺 pocket

© 2020 novum publishing

ISBN 978-3-99010-906-9
Borítókép:
Michael Pelin | Dreamstime.com
Borító, tördelés & nyomda:
novum publishing

www.novumpublishing.hu

KÖSZÖNET VÁRADI ESZTERNEK A SEGÍTSÉGÉRT

Első rész

A gyermekkor

1.

AZ UTÓD

A keresztények szerte Európában az Úr 961. évének januárius havának 18. napját írták krónikáikban.

Ezen a napon a Kárpátok gyűrűjében a magyari gyepűk mögött már hajnal óta megállás nélkül szakadt a hó.

Tar Zerind földsánccal és palánkkal megerősített téli szállásán a szolgák hasztalan próbálták a havat eltakarítani a gerendákból összerótt, palotának is beillő főépület elől. Munkájukat minduntalan betemette a friss hó. Az épület előtti téren vitézek csoportosultak – természetesen lóháton beszélgettek, várakoztak. Várták Zerind úr parancsait, azonban hasztalan.

Maga az úr az ebédlőteremben állt, kezében egy színarany boroskupával, amelyből időnként kortyolt egyet-egyet. Ő is várakozott: tegnap éjszakától vajúdott a második asszonya, a kabarok nemzetségéből származó Szerén.

Zerind magában fohászkodott.

– Magyariak Öregistene! Segíts nekem és add, hogy fiam szülessen, ne velem haljon ki a nemzetségünk! Első feleségem, Gyöngy korán elhalt, nem szült nekem utódokat. Apám halott, testvérbátyám szintén, már csak én maradtam Árpád fiának, Tarhosnak az ágából.

Közelebb lépett az asztalhoz, letette a kupát a kezéből, megoldotta ingének az elejét, mert az ebédlőben fülledt meleg volt. Bizánci mintára készült parázstartók ontották a meleget a falakon, a tartókban lobogtak

9

a fáklyák, az asszonyszállásról tompán hallatszottak a vajúdás hangjai.

Az ebédlő egyik homályosabb sarkában, egy parázstartó mellett, faragott karosszékben szunyókált Detre, a táltos, aki öreg volt, csaknem hatvan tavaszt látott már, közel harmincöt éve szolgálta Tarhos nemzetségét. Rápillantott, de nem akarta felkelteni, ezért a nyakában vastag aranyláncon függő gyermektenyérnyi érmét nézte, amelynek egyik oldalán a görög napisten képe volt látható.

A másik oldalán ez a felirat volt olvasható: „Bátraké a szerencse". Természetesen görög betűkkel vésték ezt bele, de Zerindnek ez nem okozott nehézséget, hiszen jól beszélt, írt, olvasott görögül és latinul is, de ismerte a magyari rovásírást is. A láncot még a testvérétől kapta, amikor az hazatért a bizánci követjárásból, ahol Bulcsú harkával együtt jelentek meg a bizánci császár előtt.

Ez a harminc tavaszt látott férfi ezt az egyetlen ékszert viselte magán, nem szerette a felesleges hivalkodást, arcát görög mintára, ha tehette, naponta simára borotválta, haját nem fonta varkocsba, ahogyan ez akkoriban megszokott volt, hanem kettéfésülte középen, és az szabadon omlott a vállára.

Nem szerette a féktelen mulatozásokat, s ha ideje engedte, szívesebben vonult vissza a palota írnokszobájába, és sokszor éjfélig bújta lobogó gyertyák fényében a római és görög históriák leírásait.

Naponta felkereste a szintén bizánci minta alapján készült fürdőházat is, aminek csodájára jártak a látogatói.

Ugyanakkor edzette magát a fegyverforgatásban is, együtt gyakorlatozott vitézeivel, nem akadt párja a nyilazásban, a fokossal is mesterien bánt.

Szemét körbefuttatta a falakat borító fegyvereken. Volt bajor egyenes kard, bizánci rövid kard, hajlított kazár és arabus kard, különféle török, vezéri csákányok, a fő helyet azonban egy díszesen megmunkált kardhüvely foglalta el. Abban nem volt kard, még az egyik ősük használta a levédiai hazában, a regösök még ma is énekelnek róla. Negyven csatában vezette harcosait, de csatát sosem vesztett. Állítólag nem fogta a fegyver, sebezhetetlen volt, az utolsó csatájából azonban nem tért meg. A holttestét sem találták meg soha, de eltűnt a lova is, meg a fegyverei is, csak a kardhüvelye maradt a csatatéren. A táltosok szerint maga a hadúr szállott alá érte az égből, és személyesen vitte magával a csillagösvényen az égi pusztákra. Koppány volt a neve.

Még mindig a hüvelyt figyelve ezt mormogta magában.

– Ha most fiam születik, Koppány lesz a neve. Legyen olyan vitéz, mint a nagy ős!

Hirtelen megfordult és a sarokban alvó Detréhez sietett, gyengéden megrázta a vállát és így szólt.

– Ébredj, öreg barátom!

A táltos kinyitotta a szemét és elmosolyodott.

– Tudom, ne is mondd, uram! Megtaláltad a születendő utódod nevét. Hiszem, hogy jól választottál.

Zerind nem is csodálkozott, tudta, hogy az öreg belelát a gondolatokba, ha úgy akarja.

Sőt, hónapokkal ezelőtt megjósolta, hogy fia születik. Detre tovább beszélt.

– Uram, én megjövendöltem neked, mert az istenek megengedték, hogy ismét láthassam a jövendőt, hogy fiad születik. Te azonban, mint minden más földi halandó, még mindig kételkedsz a szándékaikban.

– Ez igaz – felelt az úr –, de te is tudod, mekkora a tét.

11

– Tudom, de higgy a jóslataimnak és hidd el, egy órán belül megszületik a fiad, és nem hal ki a nemzetséged!

– Jól van, aludj csak tovább! Pihenj, hiszen sok tavasz nyomja a vállaidat.

A táltos nem válaszolt, hanem a parázstartóban hunyorgó zsarátnokot nézte. Zerind lassan visszament az asztalhoz, felvette a serleget, nagyot kortyolt az édes bizánci borból.

„Árpád nagyfejedelemnek négy fia volt – gondolta –, de már kettőnek kihalt a nemzetsége. Már csak Zolta ága van és Tarhosé. Zolta leszármazottja, Taksony a jelenlegi nagyfejedelem, és ha az Öregisten magához szólítja, enyém lesz a fejedelmi szék. Hiszen én vagyok utána a legidősebb Árpád-leszármazott. Akkor pedig, ha én leszek a fejedelem, sok minden megváltozik magyari földön. Térítőket kérek a bizánci császártól, hiszen Európa közepén nem élhet meg egy pogánynak tartott nép úgy, hogy körülötte csupa keresztény nép lakozik. Azért a császártól kérek térítőket, mert Bizánc már csak nevében nagy, de katonai hatalma gyengülőben van, és állandóan lekötik a különböző népekkel való háborúzások. A császár még örülni is fog, ha határain egy ilyen erős nép, mint mi, leszünk a hitbéli és katonai szövetségese. A római pápától azért nem kérek, mert ő rögtön hűbéresének tekintené az országot, küldene egy seregre való idegen papot és velük katonákat, ami csak csetepatékhoz vezetne és békétlenséget szülne.

Fokozatosan meg kell szüntetni a régi törzsfők és nemzetségfők külön hatalmát, és egy kézben összpontosítani a hatalmat. Rá kell venni a szegény szabadosokat az állandó földművelésre, hiszen kell az élelem, állandó bevethető katonai erőt kell fenntartani, ha bármilyen támadás érné ezt a földet. Nehéz lesz ezeket keresztülvinni, de vannak szövetségeseim. Bírom asszonyom révén a nyitrai kabarok, első asszonyom révén a nyékiek, és kér törzsbéliek támogatását, szövetségét. Ha fejedelem leszek, a magyari törzs is mellettem áll majd."

Hirtelen arra lett figyelmes, hogy az asszonyszállás felől tompán hallható sikolyok már egy ideje megszűntek. Nyugtalanul indult az ajtó felé, de mire odaért volna, az kinyílt, és egy bábaasszony lépett be, karján egy vörös képpel síró csecsemővel.

– Uram, megszületett a gyermeked. Fiú lett, asszonyod jól van, bár sok vért vesztett és most még pihen, de estére már táplálhatja a gyermeket.

– Hadd nézzem!

A gyermek ettől a mélyen zengő hangtól abbahagyta a sírást, és tágra nyílt szemmel nézett a fölé hajló apja arcába. Csuklójára piros pamut volt kötve, hogy megvédje az ártó szellemektől.

– Detre, gyere, nézd a fiam, és kérd rá az istenek áldását!

Zerind az egyik hatalmas ablakhoz lépett, és kitaszította az ónkarikás ablakszárnyakat.

– Hé, emberek! Megszületett az utódom! Fiú, és Koppány a neve! – kiabálta.

A téren elcsendesedett egy pillanatra a lárma, hogy annál erősebben zengjen fel az öröm hangja.

– Hújj, hújj, hajrá! – kiabálták.

Közben odakint elállt a hóesés, a szürke fellegek között áttört a nap, fénye vakító világossággal árasztotta el a földet. Detre, aki átvette a bábától a gyermeket, az ablakhoz lépett, két karjával magasba emelte a csecsemőt.

– Nézzétek Zerind úr gyermekét, a nagyfejedelem Árpád újabb leszármazottját! A neve Koppány, látjátok, még a napisten is előbújt a felhők mögül, hogy láthassa. Kérünk benneteket, istenek, hogy adjatok néki hosszú életet és erőt, hogy teljesítse a küldetését és becsülettel bejárhassa az utat, amit ti szabtok ki számára!

Hújj, húuj, hajrá! – harsant rá a felelet.

A táltos ellépett az ablaktól, és visszaadta a gyermeket a nőnek.

– Vidd vissza, az anyja mellett a helye most!

Zerind kiszólt az ablakon.

– Keve fiam, gyere be! Parancsom van számodra.

Aztán behajtotta az ablaktáblákat, visszament az asztalhoz és leült egy szépen faragott karosszékbe.

Kisvártatva kopogtatás hallatszott, majd belépett Keve, az úr jobbkeze.

– Figyelj, az ökröket húzzátok nyársra, a bort mérjétek ki! Megünnepeljük a fiam születését. Három megbízható ember még ebben az órában lóra ül és megviszi a hírt Taksonynak, a fejedelemnek, másik három ember elmegy a nyitrai kabarok szállására, és közli Aba úrral a jó hírt. Tíz ember pedig a bizánci udvarba megy és átadja azt a levelet, amit nemsokára megírok a császárnak.

– Igenis, uram.

– Rendben, most eridj és intézkedj, válogasd ki az embereket az útra, a bizánci követek vezetője Szirtos legyen! Szólj neki, hogy egy órán belül jelentkezzen nálam!

Keve távozása után Detréhez fordult.

– Menj, öreg, pihenjél le, majd holnap beszélünk.

Aztán lassú léptekkel elhagyta az ebédlőt, és az asszonyszállás felé indult. Halkan benyitott. Az ágyban ott feküdt az átélt fájdalmaktól még sápadt felesége. A bábák kihátráltak a nyitott ajtón. Odalépett hozzá, és gyengéden megfogta a kezét.

– Köszönöm néked ezt a csodálatos ajándékot.

– Örülök, hogy örömet okoztam – suttogta fáradt hangon az asszony.

– Most pihenjél és gyűjtsél erőt, hogy táplálni és nevelni tudd a gyermeket!

Lehajolt, és gyengéden megcsókolta a Szerén ajkát.

– Most megyek, mert még sok mindent el kell intéznem – ezzel elhagyta a szobát és az írnokházba sietett. Leült az asztalhoz, és megírta a császári udvarba szóló levelet. Közölte benne, hogy fia született és kérte, hogy amint kitavaszodik, küldjenek hittérítőket, mert ő és a nemzetsége szeretné felvenni a keresztséget. Amint befejezte, visszatért az ebédlőbe és várta, hogy Szirtos megérkezzen. Nemsokára meg is jött.

– Hívattál, uram.

– Igen. Kiválogattad a kísérőidet az útra?

– Készen állnak. Eleséggel bőven elláttuk magunkat, vezetéklovakat kiválasztottuk.

– Rendben. Itt ez a levél, ezt rád bízom, hogy a császár kezébe jusson. Itt van ez az erszény, harminc bizánci arany van benne, meg tíz ezüstpénz. Szállásra meg élelemre nektek.

– Rendben, uram, amilyen gyorsan csak tudunk, megjárjuk az utat és hozzuk a választ az udvarból.

Szirtos meghajolt és távozott. Kisvártatva lódobogás hallatszott kintről – elindultak a követek.

Zerind magára öltötte medvebőrből készült kabátját, a fejére tette hódprémes kucsmáját és kilépett az udvarra. Ott már javában folyt a mulatozás, az ökrök sültek nyársra húzva a tüzek felett, az emberek kezében kupák, ivótülkök, a regösök zenéltek és énekeltek. Mikor megpillantották az urat, elhallgattak.

– A magyariak istenének áldása legyen rajtad és gyermekeden! – kiáltozták innen-onnan is az emberek.

– Köszönöm a jókívánságaitokat! – felelte és intett, hogy folytassák a mulatságot. Valaki egy kupát nyújtott feléje, ő elvette és köszöntésre emelte, majd egy hajtásra kiitta belőle a bort. Visszaadta a kupát, és szemével Kevét kereste. Mikor meglátta, intett neki, és kissé távolabb húzódtak a vigadozóktól.

– Elindultak a hírvivők?

– Már lassan egy órája úton vannak, uram.

– Van még valami?

– Igen. A besenyő előkelők a külső palánknál várakoznak, Bulcsú harka maradék népének vezetőivel együtt.

– Bocsásd elibém őket!

Keve elsietett. A kétszáz besenyő harcos még évekkel ezelőtt csatlakozott népéhez, Bulcsú maradék népét meg a gyászos emlékű augsburgi csatavesztés után fogadta be.

Kisvártatva lódobogás hallatszott, és tíz-tizenöt lovas lovagolt be az udvarra. Megállították a lovaikat, leugráltak róluk és megállottak az úr előtt.

– Üdvözlünk, Zerind! Örülünk, hogy megszületett a fiad. Fogadd el tőlünk ezt az ajándékot, amit neki hoztunk! – szólt a vezetőjük, egy javakorabeli, ősz hajú férfi. Intett egyet, és az egyik legény egy meseszép, harmadfű fekete szőrű lovat vezetett elő. A besenyő lovak mindig is híresek voltak szépségükről, kitartóságukról, ez is szinte koromfekete szőrű, a homlokán egy fehér csillagot formázó folttal.

– Köszönöm néktek, Tét! Kérlek benneteket, csatlakozzatok vitézeim mulatságához, egyetek, igyatok!

Most egy másik ősz hajú előkelő lépett elé: Zotár, a Bulcsú nemzetség vezetője.

– Mi is köszönteni jöttünk, uram! Szálljon rád és családodra az istenek áldása! Fogadd el tőlünk a gyermek számára ezt a vezéri csákányt! – ezzel a lova nyerge mellől leakasztott egy ezüstös fejű csákányt, melynek nyelét több drágakő díszítette.

– Ezt még Bulcsú forgatta réges-régen – tette hozzá.

– Köszönöm néktek is! – mondta és meghajolt az öreg előtt, majd átvette az ajándékot.

Karon fogta az öreget, és együtt elindultak az egyik tűz felé, ahol a többiek ettek-ittak. Leültek egy elfektetett fatörzsre és falatozni kezdtek a fatányéron lévő húsból, majd ittak rá a borból. Közben a másik tűznél üldögélő regösök új dalba kezdtek.

> *„Híres vitéz az Koppány vezér,*
> *Kinek testéből fegyver által sosem folyt a vér*
> *Negyven csatában győzedelmeskedett,*
> *Végül felszállt a lován az Öregistenhez…"*

Sokan együtt énekelték a regösökkel a szöveget. Lassan késő este lett, csak a fáklyák és a hamvadó tüzek parazsa világította meg a tágas teret. Zerind felállt a fatörzsről, magasra emelte a kupáját és messze csengő hangon így szólt:

– Köszöntöm rátok ezt a poharat, hű híveim, és nemzetségem minden tagjára szálljon az istenek áldása!

A tüzek körül üldögélő emberek egyszerre ugrottak fel és magasra emelt kupákkal kiabálták:

– Áldás, urunk, rád is és családodra!

Fenékig itták a kupákat, Zerind visszaadta az övét.

– Nyugodalmas jó éjszakát nektek! Most mennem kell, sok a dolgom, de ti csak folytassátok az ünneplést! Keve, te gyere velem! – szólt a bizalmasának.

Mikor beértek a palota étkezdéjébe, Zerind helyet mutatott a másiknak, majd ő is leült.

A várakozó szolgálónak szólt, hogy hozzon bort és két kupát. Mikor az visszatért és az asztalra helyezte a boroskancsót meg az ivóalkalmatosságokat, intett neki, hogy elmehet. Saját kezűleg töltött Kevének és magának. Miután összeütötték a két kupát és kortyoltak belőle, Zerind megszólalt:

– Figyelj, Keve! Mától kezdve kibővül a feladataid köre. Kiválasztasz húsz embert, csakis a legjobbakat. Ők lesznek a feleségem és a fiam testőrei. Tízes váltásokban látják el ezt a feladatot, holnaptól kezdve te leszel a parancsnokuk, te felelsz értük. Amint a fiam eléri a harmadik évét, tanítod lovagolni és a fegyverek használatára. Holnaptól kezdve beköltözöl az egyik szobába itt a földszinten, és innen irányítod a dolgokat. A mostani helyedre Marost teszem.

– Köszönöm, uram, a megtisztelő bizalmadat.

– Rászolgáltál erre, még sohasem csalatkoztam benned.

– Remélem, ezután sem lesz okod.

– Idd meg a borod és az őrséget váltsd le, hadd ünnepeljenek ők is!

Keve felállt és távozott.

Zerind még egy darabig hallgatta a vigadozás zaját, majd lassan felállt, kinyújtóztatta izmait és elindult az írnokok szobájába. Ott most senki sem tartózkodott. Kikereste a tekercsek közül Julius Caesar gallok elleni hadjáratának történetét, leült az egyik asztalhoz, és olvasni kezdte a már jól ismert sorokat.

2.

A PÁPAI KÖVET FOGADÁSA

Ugyanebben az órában Taksony, a magyariak nagyfejedelme a pápa követével, Johannes baráttal folytatott érdekes beszélgetést, melyen jelen volt Taksony fia, Géza is. A fejedelem már negyvenegyedik évét taposta, varkocsba font hajába már ősz szálak vegyültek, nyakában háromsoros aranylánc, oldalán a díszes hüvelyű fejedelmi kard lógott. A díszesen faragott fejedelmi székben ült, amely egy fából készült emelvényen állt, melyhez három lépcsőfokon lehetett feljutni. Az egyik lépcsőfokon ült a fiatal Géza. Ez a tizenhat éves fiatalember a térdére fektetett, fejedelmi címet jelképező aranycsákányt nézegette elmélyülten, de közben feszült figyelemmel hallgatta a két ember beszélgetését. A teremben csak hárman voltak, a követ üdvözlése után a fejedelem kiküldött mindenkit, még az óriásira nőtt, varég származású testőreit is.

– Beszélj hát, Johannes!

– A pápa őszentsége, XII. János üdvözletét és áldását küldi néked! Bár tudja, hogy nem az egy igaz istenben hiszel, mégis hosszú életet kíván tenéked. Tudja, hogy a hat évvel ezelőtti csatavesztés utáni zavaros időkben, mikor nagyfejedelmetek, Árpád leszármazottainak két ága is elvérzett, te kerültél a fejedelmi székbe, hiszen te voltál a legidősebb Árpád véréből. Azt is figyelemmel kísérte, amint bölcsességgel, de kemény kézzel újra öszszefogtad a hét törzs már lazult szövetségét, és hogy fejedelmi rendelettel megtiltottad – természetesen igen bölcsen – a nyugat felé irányuló rablóhadjáratokat. Bár a bajorok, itáliaiak és a frankok szerint azért, mert félitek őket most már.

– Elég! – szólalt meg Taksony. Kicsit idegenes kiejtéssel beszélte a latint.

– Tudd meg, ha a hét törzs erejével bármelyikre rámegyek, lesöpröm őket a föld színéről! Nem azért tiltottam meg a hadjáratokat, mert gyengék lennénk, hiszen érdekes módon a bajorok sem támadnak hat év óta. Ők is tudják, és félik is erőnket.

– A pápa őszentsége tisztában van ezzel, nagyuram.

– Várj! Még nem fejeztem be. Még egyszer ne merészelj a szavamba vágni!

A követ alázatosan fejet hajtott.

– Gyere közelebb, Johannes, ne álldogálj ott! Ülj le az egyik lépcsőfokra.

Megvárta, míg amaz leült, és csak akkor folytatta.

– Amit most elmondok neked, azt csak a pápának mondhatod el! Fogd fel úgy, mintha hitetek szerint való gyónás volna!

– Tisztában vagyok azzal, hogy Európát keresztény népek lakják, és ha mi, magyarok meg akarunk a Kárpát-medencében maradni, ha nem akarunk úgy eltűnni, mint Attila hunjai, Baján avarjai, a gepidák, jazigok, szarmaták vagy herulok, akkor alkalmazkodnunk kell és el kell gondolkodnunk azon, hogy felvegyük a kereszt jelét. Ezért is szüntettem meg a nyugati hadjáratokat, inkább követek útján oldjuk meg a problémákat, semmint vérrel. Meg azt is világosan láttam, hogy ha a nyugati királyok éppen nem háborúznak egymással, akkor összefognak ellenünk. Akkor már nem vagyunk a szövetségesük, mint amikor egymás ellen harcolnak, mikor ki fogadott fel bennünket, természetesen a zsákmányért. Határainkat megvédjük bármilyen támadástól, azt is tudom, más harcmodort kell elsajátítanunk, mert a régit már kiismerték az ellenségeink, ehhez pedig idő kell. Több földet kell megművelnünk, hisz' gyarapszik nemzetségünk. Ezt is tanulnunk kell a nyugatiaktól. Elsősorban természetesen a vallási kérdés a legfontosabb, mert a keresztények Jézus nevében akarnak majd kiirtani minket, ha nem leszünk kereszténnyé. Pedig úgy tudom, ő pontosan a békét és türelmet hirdette életében.

Elhallgatott és intett a fiának, aki letéve a fejedelmi csákányt egy asztalhoz ment, és három kupába bort töltött. Egyiket az apja kezébe adta, másikat a követ felé nyújtotta, harmadikkal a kezében újra elfoglalta előző helyét.

– Mindjárt folytatom, most igyunk!

Ki-ki belekortyolt a borába. Johannes elgondolkozva nézte a fejedelem naptól és széltől barnára cserzett arcát. Tudták, hallották hírét Taksony bölcsességének, de azt nem gondolta volna senki, hogy ilyen politikai éleslátással rendelkezik.

– Most nekünk fel kellene vennünk a kereszt jelét – folytatta a fejedelem –, de ez nem fog menni máról holnapra. Ehhez idő és türelem kell, meg az is kérdéses, hogy melyik vallást kövessük, a rómait vagy a bizáncit.

Látta a követ megránduló arcát, de nem törődött vele.

– Én úgy vélem, előnyösebb számunkra a római vallás, és ha befejeződött idővel a térítés, az akkori fejedelemnek koronát kell kérni a pápától. Azért a pápától, hogy az ő hűbéres országa legyünk, ne pedig valamelyik német császáré. Most már beszélhetsz! – intett a másik felé.

– Uram, amit elmondtál, abban tökéletesen igazad van. Csak egy probléma van, mégpedig az idő. Megbocsásd merészségemet, de te is halandó vagy. Ha te meg találnál halni, ki fogja továbbvinni az elképzeléseidet? Tudtommal nálatok nem apáról fiúra száll a fejedelmi cím, hanem mindig a legidősebb Árpád-leszármazottra.

– Igen, ez őseink törvénye. Ez ellen még most én sem tehetek semmit, pedig lásd, fiamat már tízesztendős kora óta beavatom a politikába. Sőt, néha még tanácsát is kikérem fontos ügyekben. Tudom, ő alkalmas lenne utódomnak és továbbvinné akaratomat, de az ősi törvényt csak akkor rúghatjuk fel, ha már teljesen kereszténnyé leszünk. Akkor lehet dinasztikus utódlást kiépíteni.

– Látod, uram, ez a legfőbb baj. Mi tudjuk kémeink révén, hogy a lehetséges utódod, Zerind a bizánci császárral ápol szoros kapcsolatot, és őtőle akar térítő szerzeteseket kérni. Pedig a jelentések szerint ő is hasonlóan gondolkodik népetek jövőjéről, mint te magad.

– Ezt én is tudom és elismerem, hogy Zerind nagy műveltségű ember, de a bizánci vallás felvétele az ország számára nem volna előnyös itt, Európa közepén. Bár ki tudná ezt előre pontosan megmondani! És az is igaz, hogy az erdélyi Zombor gyula is a bizánci vallás híve lett, sőt meg is keresztelkedett. Bizáncban leányát, Saroltot is megkeresztelték, őt pedig fiam számára szeretném feleségül. A gyula magával hozott egy szerzetest is, akit Magyarország püspökévé szenteltek. Látod, Johannes, azt is mondhatnám, hogy Róma lépéshátrányba került Bizánccal szemben.

– Erdély nem egész Magyarország, uram, csak egy kis része, és mindig a fejedelem döntése az első.

– Ez így igaz, ezért is beszélek veled erről. Tehát visz-szatértedkor jelented a pápának szándékaimat, és áldá-sát kéred a munkámra!

– És mi legyen Zerinddel?

– Hogyan érted ezt? Semmi nem lesz. Élje az életét, és ha az Öregisten úgy akarja, akkor ő követ majd a fe-jedelmi székben.

– Ha másképpen akarja, akkor pedig én – szólalt meg az este folyamán első ízben Géza.

– Én biztosan továbbviszem a megkezdett munká-dat, apám.

Johannes ránézett a fiúra, és látta a szemében az el-szántságot. Tudta, ez az ifjú bármire képes lesz, hogy apja után ő legyen a fejedelem.

– Még mielőtt elutazom, sort kerítek rá, hogy négy-szemközt beszélhessek vele.

– Jól van, ez már a jövő titka – szólalt meg Taksony.

– A jövőt pedig csak az Öregisten tudja.

– Isten útjai kifürkészhetetlenek, ahogy a mi vallá-sunk is tartja – mondta Johannes.

– Rendben van, most menjetek, és hagyjatok magam-ra. Johannes, holnap még beszélünk. Géza, te nézd meg, hogy az öcséd ágyba került-e már, nem szeretném, ha a konyhában torkoskodna megint.

Mindketten felálltak, meghajoltak és távoztak. A fejedelem töprengve nézte a lépcsőn heverő csákányt.

„Vajon mit szólnának a nyugati királyok, a császár, a pápa és a bizánciak, ha elküldeném követeimet kelet-re, a besenyőkhöz, az úzokhoz, alánokhoz, testvérnépek azok, és szövetséget ajánlanék nekik. Egyesült erővel le-rohannánk őket, felégetnénk falvaikat, elhurcolnánk az asszonyaikat, gyermekeiket. Természetesen elkerülnénk

a kőváraikat, azok ostromához lovas nemzet nem ért.
Eleinte rettegnének. Olyan birodalmat építhetnék, mint
ötszáz éve Attila hun birodalma volt. De vajon meddig
maradhatna fenn egy ilyen birodalom? Húsz, harminc
évig? A nyugatiak előbb-utóbb összefognának ellenünk,
és a sokféle népfajból álló birodalomban elkezdődne a
széthúzás, az egymás elleni harc, és szép lassan eltűn-
nénk, mint ahogy a hunoknak is csak az emléke él ma
már. Nem, a harc ideje lejárt. Most már nem rombolni
kell, hanem építeni egy erős magyari országot. Meg kell
szüntetni a széthúzást, felvenni a keresztény vallást,
ugarokat feltörni, művelhető földdé tenni azokat, egy-
séges és írott törvényeket hozni, támogatni a keres-
delmet, befogadni az itt letelepedni kívánó idegeneket,
megújítani vagy inkább átalakítani a harcmodorunkat.
Külhonba kell küldeni tanulni a fiataljainkat. Egy erős
európai központosított királyi hatalmat kell létrehoz-
ni. Természetesen ez nem fog egyik napról a másikra
megtörténni, és véráldozatok nélkül sem fog menni. Ez
olyan biztos, mint ahogy egy napon értem jön a halál."

Odament az asztalhoz és megtöltötte a kupáját. Mo-
hón ivott a borból, hogy az lecsordult a szája sarkán a
szakállára, de ő nem bánta.

Elutazása előtti napon Johannes sort kerített arra,
hogy négyszemközt beszéljen Gézával. Közel egy órán
keresztül tartott ez a megbeszélés és igazolta a követ sej-
tését, hogy ez az ifjú nem riad vissza semmilyen eszköz-
től, hogy apja után övé legyen a fejedelmi cím. Johannes
a pápa támogatásáról biztosította a fiút és közölte vele,
hogy tartani fogják majd a kapcsolatot futárok és pos-
tagalambok útján.

Egy aranyozott feszületet ajándékozott neki, Géza cserébe viszont egy színarany érmét adott, amibe a magyarok totemállata, a turulmadár volt belevésve.

Azt egyikük sem sejtette, hogy először és utoljára beszélgetnek ilyen bizalmasan, sőt barátilag, mert Johannes, alig hogy visszaért Rómába és megtette jelentését a pápának, rá egy hétre ismeretlen betegség következtében elhunyt. Utódjául az egyházfő az itáliai származású Ferencet nevezte ki, aki viszont nem sok lelkesedést mutatott a magyariak iránt.

3.

ÁLMOK ÉS LÁTOMÁSOK

Az idő megállíthatatlanul szaladt előre, a krónikások már az úr 969. évét jegyezték. A kis Koppány már nyolcadik évét is betöltötte, erős, nyúlánk gyerek lett, a vele egyidős gyerekek közül egy fejjel kimagaslott, ez nem volt szokatlan az Árpád-nemzetségben. Első három évét az anyja mellett töltötte. Szerén, mivel több gyereke nem született, minden szeretetét rá pazarolta. Mindenből a legjobbat adta egyszem gyermekének, talán túlzásba is babusgatta és óvta volna minden veszélytől, csakhogy ezt Zerind nem engedte. Amint a fiú megtanult járni és beszélni, ő is foglalkozott vele, kivitte magával a ménesbe, a földekre, a pusztákra, a katonái közé. Mikor betöltötte a harmadik évet, Keve kezdte el tanítgatni lovagolni, később fából készült gyakorlókardokkal vívni tanította, majd gyermekíjjal célba lőni. Különös kapcsolat alakult ki közöttük, Keve testőrként, tanítómesterként a fiú minden lépését szemmel tartotta.

Ötéves korától az apja íródeákja, Julianus tanította az írás és az olvasás művészetére hetente öt alkalommal, naponta három-négy órát foglalkoztak ezzel a nehéz mesterséggel. A gyerek jó tanítványnak bizonyult, a memóriája kiváló volt, elsőre megjegyezte a nehéz latin és görög szavakat, és az írás is könnyen ment neki. Szerette olvasni a régi históriákat, szerette a múltban élt hősök történeteit és a nagy hadvezérek tetteit. A legnagyobb örömet azonban az okozta neki, amikor Kevével felkeresték az öreg Detrét, a táltost, aki viszont a régen élt magyari hősök históriáit mesélte el neki. Csillogó szemmel hallgatta az öreg szavait Magorról, Koppányról, a híres hősről, Álmosról, Árpádról, Kurszánról, meg a hét vezér nagy tetteiről. A magakorú fiúkból csapatot szervezett és megtanultak csapatként harcolni, gyakorolták a kürtjelekre történő íjazást, cselként való futást, és a vágtató lóról való hátrafelé nyilazást.

Ezen a szép májusi reggelen is Detréhez indultak Kevével. Az öreg eldugott helyen élt egy kis patak partján, szomorúan hajladozó fűzfák alatt állította fel a jurtáját. Feleségei, gyermekei rég elhaltak, egyetlen unokájával és egy szolgálóval lakott ott. Az unokáját tanítgatta a gyógyítás művészetére és a jövőbe látásra, hiszen úgy tűnt, hogy örökölte tőle az istenek látásának képességét. Szolgálója ellátta az állatait, és segített neki különböző gyógyfőzeteket készíteni.

A nap olyan három kopjányira járt az égen, mikor Koppány elindult apja szállásáról. Kevének feltűnt, hogy ezen a reggelen milyen szótlan a fiú, csendben poroszkáltak lovaikkal. A gyerek a besenyőktől születésekor ajándékba kapott csodálatos fekete ménen ült, melyet Hollónak nevezett el.

Végül egy jó fertályórával később a gyerek törte meg a köztük ülő csöndet.

– Keve, te találkoztál Bulcsúval, úgy tudom. Mesélj róla, milyen ember volt!

A másikat nem lepte meg a kérés. Tudta meg hallotta is, hogy Koppány már-már megszállottan érdeklődik és kutat a harkával kapcsolatos események után.

– Tudod – kezdte –, én két alkalommal találkoztam vele. Először 948-ban, amikor követségbe indult Konstantinhoz, a bizánci császárhoz, itt állt meg pihenni kíséretével három napra, hiszen apád testvérbátyja is velük tartott. Én akkor még csak tizenhárom éves voltam, nem vettem részt a tanácskozásokban, csak messziről láthattam őt.

– De milyennek láttad?

– Várj egy kicsit, uram! Mindjárt mondom, mert másodszor már beszélhettem is vele. Ez már 954-ben történt, amikor hercegek fellázadtak Nagy Ottó, német császár ellen és tőlünk, magyaroktól kértek segítséget. Akkor több mint egy hétig itt tanyázott Bulcsú és tárgyalt apáddal és fivérével, hogy szálljanak hadba minden népükkel a német császár ellen. Milyen ember is volt... középmagas, szőke hajú, ami ritka köztünk. Valószínű anyjától örökölhette, akit az apja, Kál, aki szintén harka volt, valahonnan északról hozott egy hadjáratból, mint rabnőt, de nem sokkal később feleségül vette. A szeme kék volt és villámokat szórt, amikor feldühödött, és roppant testi erővel rendelkezett. Gyakorlásképpen egyszerre öt-hat vitézzel birkózott és mindet legyűrte. A nyilát háromujjnyi deszkán is átrepítette, és ha beszélt, magával ragadta az embereket és feltüzelte őket. Az akkori hanyatló fejedelmi rendszerben össze tudta fogni a törzsek erejét, és igen aktívan politizált is. Kapcsolatokat tartott fenn a bizánciakkal és a nyugatiakkal is, de még a Kárpátok gyűrűjén túl tanyázó besenyőkkel és úzokkal, kazárokkal is. Két hibája akadt talán. Az egyik, hogy szerette a három–négy napig is elhúzódó mulatozásokat, olyankor mértéket nem ismerve itta bort. A másik, hogy engesztelhetetlenül, vagy inkább elvakultan gyűlölte a németeket, ennek oka valószínű az lehetett, hogy még gyerekkorában megtudta azt, hogy nagyapját a krimhildi csatában elfogták a németek és karóba húzták. Biztosan hallottad már a regösöktől, hogy úgy itta a németek vérét, mint más a bort, de ez nem igaz. Azt viszont bizton állíthatom néked, hogy ha hadba szállt ellenük, akkor nem ismert irgalmat velük szemben. Hiszen te is tudod, hogy zászlóin is a halálfő volt a jelképe.

– Az igaz, hogy a bizánci császár is tisztelettel beszélt vele?

– Igen. Kedves fiának nevezte és aranyláncot ajándékozott neki, valamint patríciusi rangra emelte. Ezeket apád fivérétől hallottam.

Ismét szótlanul lovagoltak tovább. Keve látta, hogy a fiú mélyen elgondolkozott a hallottakról.

Egy jó darabig így haladtak tovább, majd ismét a gyerek törte meg a csöndet.

– Mondd, apám, miért nem tartott vele Ottó ellen?

– Apád mit válaszolt neked erre?

– Őt magát nem kérdeztem, láttam rajta, hogy nem szereti, ha Bulcsú felől tudakolózom.

– Zerind azért nem tartott vele, mert az sosem szült még jó dolgokat, ha a két fivér közül mind a kettő harcba szállt. Mi van akkor, ha ott maradnak holtan a csatatéren?

– Olyan nagy erejű volt. Hogyan foghatták el mégis? Miért hagyta, hogy élve kerüljön fogságba? Hiszen a németek kegyelmében nem bízhatott.

– Én csak hallomásból ismerem a történetet, a hazatérő harcosok mesélték el apádnak is. Mikor Bulcsú látta, hogy a csata elveszett, nem futott meg, mint a sereg nagy része, ő kitartott. Annyira gyűlölte a németeket, már az sem érdekelte, hogy ezerszeres túlerővel kell harcolnia. Lél meg Súr becsületből nem hagyták magára, apád testvére ekkor már elesett. A harka néhányadmagával nekirontott a túlerőnek. Sokat megölt közülük, de végül legyűrték. Arra vigyáztak a németek, hogy ne öljék meg, csak megsebesítsék és harcképtelenné tegyék, hálót dobtak rá is, meg a másik két vezérre. Megkötözték őket és másnap végrehajtották az ítéletet, mindhármukat felakasztották.

A vert serege lassan összeállt és hazajött katonás rendben, de az akkori fejedelem már nagyon beteg volt, két hét múlva meg is halt. Utána Taksony került a helyére, aki nem kegyelmezett. A három vezér népét szétszórta, a harka címet eltörölte, azóta sem tölti be senki ezen tisztséget, beszüntette a nyugati hadjáratokat. Bulcsú maradék népét, mint te is tudod, apád fogadta be. Lél népét a nyitrai kabarok, Súrét meg a nyékiek.

Lassan közeledtek Detre szállásához, már látszott a fák közül az ég felé kanyargó tűz füstje.

Megint a fiú szólalt meg.

– Keve, volna egy kérésem. Szeretném, ha itt várnál az öreg fűzfa alatt. Egyedül szeretnék beszélni most a táltossal.

– Rendben van, kisuram.

Megálltak, Keve leugrott a lováról, kipányvázta azt, letelepedett a fa tövébe, elővette a tarisznyáját és falatozni kezdett. A fiú továbbhaladt az ismerős ösvényen.

Detre két kutyája már messziről megismerte és csaholva, ugrándozva, farkcsóválva üdvözölték. Maga az öreg a jurta előtt ült egy földre terített medvebőrön, és az égő tüzet nézte. Koppány leugrott a ló hátáról, béklyót tett Holló lábára és elhessegette a még mindig viháncoló kutyákat, majd a tűzhöz lépett.

– Jó napot, öreg barátom!

– Jó napot neked is, Koppány! Az öregisten áldása legyen rajtad!

Letelepedett az öreg mellé a medvebőrre, aki szeretettel simogatta meg a haját.

– Látod, előre tudtam, hogy jössz, méghozzá egyedül akarsz velem beszélni. Már kora reggel elküldtem a szolgálómat és unokámat az erdőbe gyógynövényeket gyűjteni. Tudom, te Kevét az öreg fűz alatt hagytad, mert nem akarod, hogy tanúja legyen a beszédünknek.

– Igen, szeretném elmondani neked, hogy különös álmom volt.

– Meséld el!

– Tegnapelőtt éjjel megjelent álmomban Bulcsú harka. Tisztán láttam a csatában szerzett sebeit és nyakában ott lógott a kötél, amivel felakasztották, de nem volt szomorú, sőt vidáman mosolyogva közeledett felém. Én ott álltam egy napsütötte mezőn, apám is ott volt velem, de ő szerintem nem látta, vagy nem láthatta őt. Megállt előttem és sebeire meg a nyakában lévő kötélre mutatva így szólt:

„Mondom néked, Koppány, és üzenem apádnak is, hogy vigyázzatok a némettel! Soha ne bízzatok bennük, mert a vesztetek okozzák!" Megsimította az arcom, majd sarkon fordult és lassú léptekkel elment, beleolvadt a fénylő napkorongba. Mi ott maradtunk a mezőn, de hirtelen elborult, és feltámadt a szél, fényes villámok cikáztak az égbolton. Majd megeredt az eső és jéggel keverten ömlött ránk. Nincs tovább, mert felébredtem, de tisztán éreztem a jég ütéseit testemen, még nagyon sokáig nem tudtam újra elaludni. Te tudós ember vagy és beszélgetsz az istenekkel, láthatod a jövőt, ha úgy akarod. Mondd el nekem, mit jelent az álmom!

Detre nem válaszolt rögtön, sokáig nézte a lángokat a tűzben. A hosszúra nyúlt csöndet már éppen Koppány akarta újra megtörni, mikor megszólalt.

– Az álmod azt jelenti, hogy a harka az égi pusztákról, a nagyfejedelem mellől vigyázza a lépteidet és figyelemmel kíséri a sorsod alakulását, mert tudja, hogy nagy dolgokra vagy hivatva. Apád azért nem láthatta őt, mert az ő sorsa már elrendeltetett. Fogadd meg Bulcsú tanácsát, óvakodj a németektől, mert a vesztedet okozzák, ne engedd, hogy velük szemben az indulatid vezéreljenek, mint őt! A hirtelen jött vihar az jelenti, hogy valamikor a közeli jövőben szörnyű dolog fog történni. Azt ne kérdezd, mikor és mi, mert ezt én sem tudom.

– És fogok még róla álmodni?

– Igen, hiszen mondottam, ő vigyáz rád, figyel téged.

– Tényleg, most jut eszembe, még azt is mondta, hogy a medált keressem, az ő talizmánját, mert az engem illet. Ez mit jelent?

– Azt, hogy gyere el hozzám, mert a talizmán itt van nálam. Tudod, mielőtt elindult volna nyugatra a sereggel, itt volt apádéknál. Egy reggel a büszke Bulcsú magányosan kilovagolt ide és arra kért, jósoljak neki, mondjam meg, mi vár rá. Megtettem, beszéltem az istenekkel, akik megmutatták nekem, hogy ez a hadjárat vereséggel és az ő halálával fog végződni. Elmondtam neki, tisztán emlékszem, hogy elsápadt egy pillanatra, de aztán újra mosolygott, majd széthúzta az ingje elejét, levette a nyakában bőrszíjon lógó érmét és felém nyújtotta. „Tedd el ezt, Detre! Őrizd meg annak, akit majd én küldök érte!" A jóslatodra meg az a válaszom, hogy a sorsát senki sem kerülheti el. Ezek után felpattant a lovára és elvágtatott.

Az öreg felállt és bement a jurtába. Egy kis idő múlva visszatért, kezében a szíjon függő talizmánnal. A gyerek felé nyújtotta, aki elvette és figyelmesen megnézte az ezüst érmét. Az egyik oldalába a Bulcsú zászlain szereplő halálfő volt belevésve – majd megfordította –, a másik oldalán pedig egy kerecsensólyom. Miután megszemlélte, a saját nyakába akasztotta. Felállt a tűz mellől, kezet akart nyújtani az öregnek, de hirtelen eszébe jutott még valami.

– Mostanában ritkán jársz be a szállásunkra. Miért?

– Tudod, mikor a bizánci kereszt jelét felvettétek, megegyeztünk apáddal, hogy csak akkor megyek, ha hívat valami fontos dologban. Rossz vért szülne a pap szemében, ha állandóan ott lábatlankodnék.

– Az már igaz. Bár én nem tartom valami sokra azt az istent. Jobban hiszek a mi őseink által tisztelt istenekben. Tudod, Julianusszal olvasni szoktuk a könyvét, a Bibliát. Az első része még tetszik is nekem, aminek a címe Ószövetség. Az egy harcos könyv, mely azt hirdeti „Szemet szemért, fogat fogért", ez nekem tetszik. De a második könyv, az Újszövetség már kevésbé. A megfeszített Krisztus szerintem nagy és igaz ember volt, de úgy élni, ahogy ő tanította, egy magyarnak nem lehet. Ha eldobálnánk a fegyvereinket, holnap az úgynevezett keresztény királyok seregei halomra gyilkolnának bennünket. Legalábbis én így gondolom.

– Hallottam már én is róla. Szerintem is igaz és nagy ember volt, aki legyőzte a halált is, de mi, magyariak nem hiszünk benne. Nekünk látható dolgok kellenek: a nap, a föld, a víz és a csillagok.

– Most már mennem kell, Detre, az istenek áldása legyen veled!

– Veled is, fiam! – válaszolta és kezet nyújtott a gyereknek, aki mosolyogva csapott bele az öreg kérges tenyerébe. Egy pillanatra megszorította a kezét, és ekkor látomások sora cikázott át a fejében. Látta a gyereket apa nélkül, látta ifjúként és felnőttként, a harka cím büszke birtokosaként, karnyújtásnyira a fejedelmi széktől. Mindez nem tartott tovább tíz-tizenöt másodpercnél, de az öreg megroskadt a súly alatt és szerette volna, ha nem rendelkezik látnoki képességgel.

A gyerek is észrevette a változást és érezte, hogy a táltos keze megremeg a tenyerében.

– Rosszul vagy, barátom?

– Nem, csak megszédültem egy pillanatra. Tudod, ez már csak így van nálunk, öregeknél. De már jól vagyok – hazudta.

Koppány elengedte a kezét, egy kicsit furcsán nézett rá, de a következő pillanatban már újra vidáman elmosolyodott és búcsút intett. A lovához lépett, leszedte a lábáról a béklyót, majd felpattant a hátára és szép lassan elporoszkált abba az irányba, ahol Kevét hagyta.

4.

A SZER

Taksony, a magyariak nagyfejedelme szerbe hívta a törzsek vezéreit és előkelőit, méghozzá az Úr 970. évében július havának 1. napjára. A futárok még tavasszal megkeresték a vezéreket a fejedelmi üzenettel. A tanácskozást most nem a pusztán ülték meg, mint szokás volt, hanem Veszprém várának, Taksony székhelyének környékén.

Zerind még április végén megkapta a fejedelem üzenetét. Egy-két napig eltöprengett rajta, majd úgy határozott, hogy Koppányt is magával viszi, elég nagy már a fiú, hogy vele tartson. Ötven harcost visz magával kíséretként, ezek kiválogatását természetesen Kevére bízza, vele tart még Tét, a besenyők vezére, Zotár vezér, Julianus, a deák. Miután döntött, hívatta a fiát. Nemsokára kopogtatás hallatszott az írnokszoba ajtaján.

– Gyere be!

Az ajtó kinyílt, és a gyerek lépett be rajta izzadtan, kipirosodott arccal, hiszen a lóhátról való nyilazást gyakorolták Kevével.

– Hívattál, apám.

Zerind végigmérte a fiát, aki kilencéves korához képest meglepően magas volt és izmos. Haja barna színbe hajlott, a szeme kék volt, ezeket Szeréntől, a feleségétől örökölte. Tudta, hiszen maga is felügyelte, hogy jól beszéli a latint, görögöt, írni és olvasni is tud ezen nyelveken, valamennyit beszél németül is. Szereti a régi korok történetét és különösképpen vonzódik Bulcsú történetéhez, bár ezt csak hallomásból tudta, hiszen a fiú őt magát ritkán kérdezte a harkáról. A fegyverforgatáshoz tehetsége van, nyíllal már majdnem olyan pontosan lő, mint ő maga, a kardforgatásban is szépen halad, a harci csákánynak meg egyenesen mestere. A vakmerőségig bátor, úgy tetszik, a félelmet nem ismeri, a halált mintha megvetné, pedig még csak gyerek. Tavaly ősszel is a vadászaton egy szál lándzsával állt ki a sebesült vadkan ellen, pedig az öregebb vitézek is meghátráltak, ő nem. Nekitámasztotta a lándzsáját egy vastag tölgyfa törzséhez, és úgy várta a felbőszült vad támadását. A dárda vasa mélyen a vad mellébe fúródott, a vastag kőrisfa nyél úgy tört ketté, mint egy vékony száraz ág. A vad alig kétlépésnyire tőle múlt ki, ő meg sem mozdult és csak mosolygott, mikor a többiek előmerészkedtek. Magában Zerindben is meghűlt a vér, de nem szólt semmit, hiszen büszke volt a fiára, de ezt sem mutatta. A vadkan bőrét lenyúzták, a tímárok kikészítették, és most a fiú szobájának egyik falát díszíti.

– Igen, hívattalak. Taksony, a nagyfejedelem tanácskozásra hívja a törzsek vezetőit júliusban, és mivel elég nagy vagy hozzá, ezért úgy döntöttem, hogy magammal viszlek. Legalább megismered a törzsek vezetőit is és találkozhatsz nagyapáddal is, Abával, a nyitrai kabarok vezérével. Egy hét múlva indulunk, négy nap bőven elég, hogy Veszprémbe érjünk.

– Köszönöm, apám. Ígérem, nem okozok csalódást neked.

– Ezt tudom, de el is várom tőled. Most elmehetsz. Folytasd a gyakorlást!

Koppány sarkon fordult és kiment. Az ajtón kívül már futva tette meg az utat Kevéig, és lelkendezve mesélte neki apja döntését.

Gyorsan teltek a napok, de addig is a megszokott tevékenységüket folytatták. Zerind intézte a szállásterület ügyeit, követeket fogadott, s indított útnak. Kereskedők jöttek-mentek, maga is elindította a szokásos marhacsordát Bizánc felé. Közben eldöntötte, hogy amíg távol lesznek, addig a felesége és Maros vigyázzák az ügyeket. Maros elsősorban a katonai, védelmi és az esetleges követek fogadását látja el, Szerén viszont a gazdasági ügyekkel foglalkozik majd. Egyre inkább bevonta Koppányt is a szállással kapcsolatos ügyeibe, sőt elég gyakran a tanácsát, véleményét is kérte. Sokszor meglepődött, hogy a fia milyen tisztán átlátja a helyzeteket és tömören, de helytállóan nyilatkozik, ha kérdezi.

Végre felvirradt a nagy nap Koppány életében, eljött a június vége.

Kora hajnalban indultak, a nap még nem bukkant fel a horizonton, csak az ég pirosas derengése jelezte, hogy nemsokára megkezdi útját. Zerind és a fia elbúcsúztak Szeréntől, majd kilovagoltak a szállás kapuján kíséretükkel. Útközben csatlakoztak hozzájuk a többiek. Mikor teljes létszámban összegyűltek, Sukoró, a zászlóvivő kibontotta Zerind úr zászlaját. A hatalmas fehér vászon derékig takarta lovat és lovasát, benne egy vágtató farkassal. Lassan haladtak, mögöttük társzekerek hozták a sátrakat és élelmet. Kétórányi lovaglás után rátértek a régi, rómaiak által épített hadiút maradványaira, amely a Balaton felé vitte őket, mivel Zerind úgy döntött, hogy a tó partján haladnak végig az útjukon.

Kora délután volt, mire elérték a tavat. Úgy határoztak, itt töltik az éjszakát. A lovasok vidáman ugráltak a lovak hátáról, táborverés után vidáman fürdőztek a meleg vízben, csutakolták a lovakat, egyesek hálót vontak. Volt is hal bőven. Mire leszállt az est, kis tábortüzek gyúltak, az emberek húst sütöttek, beszélgettek. Koppány nem vett részt a társalgásban, távolabb húzódott a többiektől, hanyatt feküdt a selymes fűben, két karját a feje alá tette, és nézte az égen ragyogó milliónyi csillagot. Látott két Göncölt, a csillagösvényt, amin a halott hősök lelke vágtat fel az égi pusztákra.

„Vajon melyik az én csillagom, és mikor esik le onnan?" – töprengett, miközben egy zöld fűszálat rágcsált. Valószínűleg elaludhatott, mert arra ébredt, hogy Keve rázza a vállát gyengéden.

– Ébredj, kisuram! Felkelt a nap, a többiek már készülődnek.

– Megyek már.

Még két estét töltöttek a Balaton partján haladva, így is két nappal a szer előtt érték el Veszprém várát. Az alatta elterülő mezőn már gyülekeztek a törzsek képviselői, innen is, onnan is köszöntötték őket. Zerind embereit hátrahagyva Koppány és Keve kíséretében a mező közepén felállított fejedelmi sátorhoz lovagolt. Taksony a sátor előtt ült két fia, Géza és Béla társaságában.

Leugrottak a lovaik hátáról, a gyeplőket Keve kezébe tették, és az utolsó métereket gyalog tették meg. Jöttükre a fejedelem is felállt.

„Hogy megöregedett mióta nem találkoztunk" – gondolta Zerind. Valóban, Taksony vállát az évek és a gondok súlya meggörnyesztették, haja, bajusza és szakálla már teljesen ősz volt. Megölelték egymást, majd kezet fogtak.

– Üdvözöllek, testvérem, Zerind.

– Én is téged, Taksony fejedelem. Hadd mutassam be neked a fiamat, Koppányt! Gyere közelebb!

– Megnőttél, fiam. Hiába, az évek elszállnak felettünk – és kezet nyújtott a fiúnak is.

– Gyertek közelebb, ismerjétek meg a testvéreteket! – intett a két fiának, azok is felálltak. Megölelték egymást és kezet fogtak. A két fiú beszélgetni kezdett a gyerekkel, ők ketten magukra maradtak.

– Minden törzs vezetője megérkezett már? – kérdezte Zerind.

– A nyékiek meg kér törzs vezetői még nem, de futárokkal tudatták, hogy holnapra ők is itt lesznek.

– Megyek az embereimhez, meg aztán beszélni szeretnék az apósommal is, a kabarok vezetőjével, hiszen évek óta nem találkoztunk. Még nem is látta az unokáját.

– Menjél csak, majd holnapután találkozunk a szeren.

– Gyere, fiam, induljunk! Még sok a teendőnk – szólt Koppánynak.

Elmentek és megkeresték a kíséretüket, akik már tábort vertek, épp a kabarok táborhelye mellett.

Zerind megkereste apósát és bemutatta neki az unokáját. Az öreg büszkén nézte az erős fiút. Látta, hogy mennyire hasonlít az anyjára.

A következő napon megérkezett a két törzsfő. Amíg a szer nem kezdődött el, lehetőség nyílt rá, hogy az egyes törzsek vezetői tárgyaljanak egymással határvitákról, kereskedelemről és egyéb fontos dolgokról.

Végre felvirradt a tanácskozás napja. A szolgák még előző este a fejedelmi sátor előtt a keményre döngölt földre hosszú asztalokat kapcsoltak össze, és nehéz tölgyfa székeket helyeztek el körülötte.

A napfelkeltét a nemzetségek vezetői az áldozókőnél várták. Bár legtöbbjük már ilyen vagy olyan rítus szerint megkeresztelkedett, azért jobban bíztak az ősi istenekben, mint a megfeszített emberben.

A táltosok fehér lovat áldoztak, majd kérték az istenek áldását a szerre. Ezután elfoglalták helyüket a felállított asztalnál, melynek fő helyén Taksony ült, mellette jobbról Géza, balról a másik fia, Béla, Zerind, Koppány, Aba, a kabarok vezére, majd következtek a többiek. A fejedelemmel szemközt, az asztal másik végén az erdélyi Gyula ült, Géza apósa, mert a fiú idén tavasszal vette nőül a leányát, Saroltot. Távolabbi asztaloknál a törzsek kisebb vezetői, a kíséretek emberei távolabb a földön ülve várakoztak. Az asztalok terítve voltak enni- és innivalóval. Hosszas csönd után a fejedelem az aranyozott csákánya nyelével megkopogtatta az asztal lapját jelezve, hogy szólni kíván. Egyedül ő viselt fegyvert, hiszen a törvények előírták, a vezetők fegyver nélkül vegyenek részt a tanácskozáson.

– Azért hívtam össze ezt a tanácskozást, mert a tél végén megkerestek a bolgárok, majd kora tavasszal a besenyők és az orosz törzsek követei, és szövetséget ajánlottak nekünk a bizánci császárság ellen. Kérésük az lenne, hogy törzsenként tízszer ezer embert állítsunk fel, és augusztus végén csatlakozzunk bolgárföldön hozzájuk. A remélt zsákmányon egyenlően osztoznánk, arról nem is beszélve, hogy a szövetség győzelme esetén megtörne Bizánc ereje, és a kereskedelmi útvonalak is szabaddá válnának.

Szeretném hallani a véleményeteket, mielőtt választ adnék a bolgárok követének.

Koppány végigfuttatta a szemét az asztalnál ülők arcán és jól látta, hogyan vélekednek máris magukban az egészről. Apja és az erdélyi Gyula kivételével „Gyerünk,

vágjunk bele!", hiszen Bulcsú óta nem voltak zsákmány-
szerző hadjáraton. Ekkor felállt az apja és jelezte, hogy
szólni kíván. Zerind meghajolt a fejedelem felé, és mesz-
sze csengő hangon kezdte beszédét:

– Én személy szerint nem támogatom ezt a szövet-
séget. Jelen pillanatban már évek óta békében élünk a
bizánciakkal, kereskedelmünk is aktív, nem alkalmas
most az idő háborúságra, és minek pazaroljuk a magya-
riak drága vérét idegen célokért? Oldják meg a problé-
máikat a bolgárok és bizánciak egymással. Az ilyen harc
általában mind a két felet kimeríti, mi, ha a kivárásra
játszunk, akkor tulajdonképpen erőfölényből tárgyalha-
tunk mindkettőjükkel. A besenyőket mindenki ismeri itt
az asztalnál ülők közül. Fegyelmezett harcra alkalmat-
lanok, parancsnak nem engedelmeskednek, csak rabol-
ni és fosztogatni tudnak. Az oroszok meg egymással is
harcban állnak, esélyük sem lesz arra, hogy az általuk
beígért sereg teljes létszámban megérkezzen. Arról nem
is beszélve, hogy a bolgárok páncélzata jóval gyengébb,
mint a bizánciaké, ráadásul ez a szövetség, ha létrejön
egyáltalán, akkor ősszel lesz kénytelen harcolni, ami-
kor a gyakori esőzések miatt a fő fegyverünk, az íj szinte
használhatatlan lesz. A bizánci nehézlovassággal köny-
nyű fegyverzettel nem vehetjük fel a harcot. Emlékez-
zetek csak Bulcsú példájára, aki szintén így járt a néme-
tek ellen, és mi lett a vége... egy katasztrofális vereség.

Befejezvén újra meghajolt a fejedelem felé, leült, majd
nagyot kortyolt az előtte álló kupából.

Zerind után egymást követve szólaltak fel a törzsfők,
és Koppány tudta, hogy igaza volt: Gyula és Aba kivételé-
vel, akik osztották az apja véleményét, mindenki a szövet-
ség mellett szólt. A nap korongja már túljutott a delelőn,

mikor Taksony, aki idáig nem szólt bele a vitába, de elgondolkodtatták Zerind szavai, felállt és meghozta döntését:

– Úgy döntöttem, hogy támogatjuk a szövetséget, de a kért tízszer ezer ember helyett csak ötször ezer embert küldünk törzsenként bolgárföldre. Az egyesült magyari hadakat Béla fiam vezeti majd.

Koppány Géza haragtól pirosló arcát nézte: ő szeretett volna lenni a vezér, de a fejedelmi döntéssel szembeszállni nem lehetett. A szernek ezennel vége. A szolgák intésére ételt és italt hoztak az asztalra, közben a törzsfők kíséretének tagjai is megtudták az eredményt, innen is, onnan is felhallatszott a „hújj, hújj, hajrá" kiáltás. Az étkezés végén a törzsfők felálltak, és egyenként elköszöntek a fejedelemtől. Taksony szólt Zerindnek, hogy mielőtt hazaindulna, szeretne vele négyszemközt beszélni az esti órákban. Melegen megszorította Koppány kezét is és rámosolygott. Ez a mosoly egy pillanatra megfiatalította az idős ember arcát, és a fiúnak, ha később az évek múlásával a fejedelemre gondolt, mindig ez a mosolygó arc villant az emlékezetébe.

Már erősen sötétedett, amikor Zerind belépett a fejedelem sátrába. Odabent fáklyák világítottak, az öreg egy szépen megmunkált karosszékben ült, melyet párducbőrrel terítettek le, és egy egyszerű tábori asztal mellé állítottak. Az asztalon egy boroskancsó és két kupa állt, Taksony ölében a fejedelmi kard feküdt, melynek hüvelyét gazdagon díszítették – ez a kard még Árpádé volt, az első nagyfejedelemé.

– Ülj le, testvérem – mutatott a másik székre –, és tölts nekünk bort!

Miután egymásra köszöntötték a serlegeket és ittak, folytatta.

– Azért akartam veled beszélni, mert tudom, hogy nem sok időm van már hátra itt a földön. Hamarosan felszállok a csillagösvényen az őseinkhez.

– Ugyan, testvérem, addig még sok tavasz fog elmúlni.

– Sajnos nem. A szívem rakoncátlankodik, hol ki akar ugrani a mellkasomból, néha meg alig ver. A gyógyítóm egy főzetet itat velem ilyenkor, és az segít is ideig-óráig, de érzem, hogy nemsokára mennem kell. Ezért is akartam veled beszélni, hiszen őseink törvénye szerint ha én meghalok, te követsz a fejedelmi székben, mert te vagy a legidősebb Árpád-vér. Tudom, hisz' elmondtad a szeren, ezzel a hadjárattal nem értesz egyet. Hidd el, én sem szívesen hoztam meg a döntést, de a törzsfők és az egyszerű, szegényebb vitézek ki vannak éhezve a vérre, sikerre, a zsákmányra, a harcra, hiszen hosszú évek óta nem volt benne részük.

– Szerintem ezeknek a hadjáratoknak a kora lejárt, nekünk nem háborúznunk kell, hanem építenünk egy modernebb magyari hont, ami illeszkedik Európához.

– Én is így gondolom most is. A törzsfők hatalmát lassan, de határozottan meg kell törni, a törzsszövetséget meg kell szüntetni, és egy egységes magyari országot létrehozni. A vezető királyként kell uralkodjon. A fejedelmi címet meg kell szüntetni, több földet megművelni, egységes aranypénzt veretni fizetőeszköznek, mindezt a római pápa segítségével, hiszen az ő áldásával kell koronás főként uralkodni. Szép lassan elkezdtem építeni az alapokat, és ha elmegyek, szeretném, ha te folytatnád az építkezést.

– Úgy lesz, testvérem. Hidd el, teljesen hasonlóan látjuk népünk jövőjét. Bár én mindezt mindig is a görög vallás segítségével képzeltem el, nem bízom a római fejedelemben, hiszen ő a német császárok ellen harcol, és saját birodalmat szeretne. De nem bízom a németekben sem, gondolj csak Kurszán halálára, Bulcsúra, hiszen őket is tőrbe csalták.

– A vallás mindegy, hidd el nekem, csak az a lényeg, hogy csatlakozzunk Európa keresztény népeihez, de nem hűbéres államként, hanem független országként. Nem szeretnék se a német császár, se a bizánci császár hűbérese lenni.

– Hidd el, én sem. Ebben is egyetértünk.

– Akkor jó. Békében távozom majd a csillagösvényen az őseinkhez. Még egy kérésem volna feléd. Szeretném, ha a fiaimról gondoskodnál halálom után, főleg Gézára figyelj és vigyázz, mert hirtelen haragú, és meggondolatlan egy kicsit. Félek, hogy a heves természete még bajba sodorja majd.

– Ígérem, úgy lesz, ahogyan kívánod.

Taksony felállt a székéből, ezzel is jelezvén, hogy vége a beszélgetésnek. A leendő fejedelem is követte a példáját, egymásra köszöntötték a poharaikat, majd megölelték egymást és kezet fogtak. Érezték mind a ketten, hogy utoljára látják egymást. Zerind lassú léptekkel elhagyta a fejedelmi szállást. Azt egyikük sem vette észre, hogy a sátor hátsó kárpitja mögött elbújva Géza és ifjú felesége végighallgatták a beszélgetésüket, melynek végeztével kiosontak a hátsó bejáraton. A férfi a felesége felé fordította a haragtól vöröslő arcát és ezt suttogta neki fojtott hangon:

– Soha nem lesz fejedelem Zerind. Erről én gondoskodom és kezeskedem majd. Én folytatom tovább az apám megkezdett munkáját. Még hogy ő vigyáz rám! Na, ebből nem lesz semmi.

Az asszony nem szólt egy árva szót sem, csak bólintott, hevesen átölelte, és hosszan megcsókolta.

Másnap, mikor Koppányék hazaindultak, a fejedelem kint ült a sátra előtt, mellette jobbról- balról a fiai álltak, meg néhány testőrön kívül egy-két német lovag. Nem sokkal később a fiú még egyszer hátrapillantott. Géza pontosan feléjük mutatott a kezével és valamit magyarázott az egyik lovagnak, aki bólintott a szavaira.

5·

A JÖVEVÉNYEK

Már november vége felé járt az idő, amikor Maros vezetésével a hadjáratban részt vett.

Két zászlónyi ember visszatért a szállásra, útközben a vitézek szép lassan fogytak, mert ki-ki megtért a saját szállására asszonyához, gyerekeihez, vagy szüleihez. Így Zerind erődjének udvarára már csak tizenöt-húsz ember lovagolt be. Maros leugrott a lováról, a kantárszárat odadobta az egyik embernek, majd besietett az ajtón, és egyből az írnokszoba felé sietett. Bekopogott az ajtón, majd belépett. Jól sejtette, az úr ott tartózkodott néhány írnok és Koppány társaságában. Odabent a munka félbeszakadt, Zerind egyetlen intéssel elküldte a deákokat, csak hárman maradtak benn.

Hellyel kínálta, öntött neki egy kupa bort, majd így szólt:

– Tudom a hírnökeidtől, hogy a hadjárat csúfos véget ért. Beszélj hát, miként esett meg.

– Uram, szinte valamennyi szavad igaznak bizonyult. A kijevi orosz törzsek nem a teljes létszámú sereget küldték, amit beígértek, a besenyőkre meg jó egy hetet kellett várni, mire megérkeztek. Akkor se nagyon akartak engedelmeskedni a bolgár vezérek parancsainak, arról nem is beszélve, hogy már Bolgárföldön megkezdték a fosztogatást, mintha nem is szövetségesek lettek volna. Átkelvén a Balkán hágóin felégettük, kifosztottuk Trákiát, és egészen Arkadipoliszig nyomultunk előre, ott már várt ránk a bizánciak serege.

Nagyot húzott a borral teli kupából, majd folytatta.

– A bolgárok és az oroszok alkották a derékhadat, tömör gyalogsággal, a besenyők a jobb, mi pedig a balszárnyat. A görög vezér – amint az a pusztai népekre jellemző – taktikát alkalmazott velünk szemben. Az előhaduk támadást színlelt, majd rendben megfutott, mintha menekülne. A besenyők felültek a cselnek, s minden parancs ellenére üldözni kezdték őket. Egy idő után a görögök megfordultak és szembeszálltak velük, közben az eddig tétlenül álló bizánci seregtestek is bekapcsolódtak a küzdelembe. A besenyők egy darabig bírták a nyomást, de mielőtt teljesen felmorzsolódtak volna, megfutottak. Ezek után a deréhadunkra támadtak a görögök teljes lovasságukkal, óriási pusztítást okozva a gyalogosok között. A teljes megsemmisüléstől csak a magyariak nyílzápora mentette meg őket, akiket Béla okosan egyben tartott. A csata elveszett, fejvesztve menekültek a szövetségesek, a mi seregünk zárt rendben vonult vissza és fedezte a többiek futását. A Trákiában szerzett zsákmány jó része bizony elveszett, csak a töredékét sikerült megmentenünk. Bizony igazad volt a szeren, ezen hadjáratok ideje lejárt.

Befejezte, és újra nagyot kortyolt a borból majd kétfelé simította a bajszát.

– Veszteségünk mennyi? – kérdezte Zerind.

– Tizennyolc emberünk veszett oda, negyven kisebb-nagyobb sebesünk volt, de ők már rendbe jöttek az úton. A zsákmányos szekerek holnap ideérnek, bár mint mondottam az előbb, a java odalett. A te részedet, uram, természetesen félretettük.

– Nekem nem kell abból semmi. Osszátok szét az elesettek családjai között!

– Úgy lesz, ahogyan kívánod. Volna még itt valami, uram. Még magyari földön a gyülekezőhelyen csatlakozott hozzánk öt bajor harcos, végigharcolták velünk a csatákat.

– Miért pont hozzátok?

– Ezt kérdeztem én is tőlük. Azt mondták, ismerik a híredet és tudják, hogy derék ember vagy. Most is itt vannak velünk, mert az volna a kérésük, hogy a telet itt vészelnék át. Aztán amint kitavaszodik, tovább is indulnak újabb harcot keresni, mert mint állítják, a harc a mesterségük, ami meg is látszik, mert mesterei a fegyvereknek. Igaz, a magyari íjjal nem lőnek olyan messzire, mint mi, de elég pontosan céloznak. A vezetőjük, akit Lothárnak neveznek, szeretne veled beszélni.

– Rendben. Küldd be, fogadom! Ti pedig menjetek, pihenjetek, holnapután újra visszaveszed a tisztedet!

Maros felállt, meghajolt, majd kiment a szobából. Zerind a fiához fordult:

– No, akkor hallgassuk meg azt a németet, hogy mit szeretne!

Koppány nem válaszolt az apjának. A kezében lévő iratot letette az asztalra és némán bólintott, közben az asztal erezett lapját nézte, de fejében ott zakatolt Bulcsú intő mondata „Vigyázzatok a németekkel!". Napbarnított arca megsápadt egy kissé, ám az apja ezt a változást nem vette észre, mert egy levelet olvasott éppen elmélyülten. Rövid idő múlva kopogtatás hallatszott, majd Zerind szavára kinyílott az ajtó, és belépett rajta Lothár. A középtermetű, de izmos ember ujjasa fölött könnyű láncinget viselt, egyik oldalán bajor egyenes kard függött, a

48

másikon egy gazdagon díszített hüvelybe bújtatott tőr volt. Arcát a különböző harcokban szerzett sebhelyek borították. Meghajolt és várt.

– Beszélj hát! – szólt Zerind.

Koppány is érdeklődve nézte a belépő férfit, de a fejében továbbra is visszhangoztak a harka szavai.

– Uram! Én és az embereim végigharcoltuk a csatákat Trákiában az embereiddel. A zsákmányból nem kérünk, tudjuk, az kevés volt, de szeretnénk a te szálláshelyeden kitelelni – kezdte el mondadóját német nyelven.

– A mi nyelvünket nem beszéled?

– De, uram – váltott magyari nyelvre egy kicsit idegenes kiejtéssel.

– Tudod, az édesanyám magyari földről származott, Keszi törzsbeli, a neve Hajnal volt, de a keresztségben a Mária nevet nyerte. Tőle tanultam a nyelveteket kisgyermek korom óta, de sajnos már jó tíz éve magához szólította az úr. Apámnak rajtam kívül még két fia van, de én vagyok a legfiatalabb, hát papi pályára szántak. Ezért inkább megszöktem otthonról és beálltam Adalbert őrgróf seregébe katonának, azóta is ezt a mesterséget űzöm. Társaimmal együtt jó pénzért zsoldosok vagyunk, bárhol, bárkinek szolgálunk.

– Miért az én zászlómat választottad?

– Mert hallottam híredet, uram. Tudom, hogy keresztény vagy bizánci rítus szerint, és hallottam azt is, hogy több nyelven írsz és olvasol, és azt is, hogy Taksony után te leszel a fejedelem. Gondoltam, hátha szükséged lehet olyan emberekre, mint én és az embereim.

– Nálam idegen zsoldosok nem lakhatnak és nem is harcolhatnak, főleg ha fejedelem leszek, de mivel tudom, hogy csak a telet kívánjátok itt átvészelni, felajánlom

nektek a palánkon kívüli faházamat. Amolyan vadász-
házféle jó egy órányi lovaglásra innen, erdő veszi körül,
de az út jól járható oda.

– Köszönöm neked az embereim nevében is.

– Koppány, keresd meg Kevét, és kísérjétek el őket a
házhoz! Te is menj! – fordult újra a zsoldoshoz. – Majd
még beszélünk.

Lothár meghajolt és követte a gyereket. Kint megke-
resték Kevét, majd lóra ültek és szótlanul elindultak. A
palánktól jó húszpercnyire volt a település, itt megálltak,
Keve és Lothár belovagoltak a házak és a téliesített jur-
ták közé. Jó félóra múlva tértek vissza két szolgálóval,
akik szintén lóháton ültek. Keve szava, no meg Lothár
ezüstpénze megtette a hatását, annyian jelentkeztek,
de a hadnagy ezt a két embert választotta. Nem voltak
magyariak, földművelő szláv ősöktől származtak. Foly-
tatták útjukat továbbra is néma csendben. Nemsokára
elérték az erdőt és egyre beljebb haladtak. Az évszak-
hoz képest meglepően meleg volt, de az őszi nap suga-
rai csak nehezen tudtak áttörni a lombjuk vesztett fák
koronái között. Aztán egyszerre csak egy tisztáshoz
érkeztek, ahol a vadászház gerendákból ácsolt épülete
szinte beleolvadt a környezetbe. Keve leugrott a lová-
ról és kipányvázta azt.

– Gyertek hát! – szólt a többiekhez, mire azok követ-
ték a példáját és utánasiettek. Az ajtónál elbabrált a zár-
ral, majd kinyitotta. A félhomályban odament az első
ablakhoz és kitaszította a rajta lévő zsaluszárnyakat,
majd sorban a többit is. A termet elöntötte a világosság.

– Ez itt az étkező – mutatott rá a hosszú asztalra és a
körülötte lévő gazdagon faragott székekre. A falakat kü-
lönböző szépen kikészített állatbőrök borították.

– Három hálókamra van mellette, egy éléskamra rendesen feltöltve sózott és füstölt hússal. Van ott néhány tömlő bor is, a ház mögött pedig van egy szín tele tűzifával, mellette egy kisebb épülettel a lovak számára, ott megalhatnak a szolgálók is. Fáklyákat és gyertyákat szintén találtok a kamrában. Rendezkedjetek be, ha valamire még szükségetek lenne, azt megvásárolhatjátok a palánk melletti településen.

– Gyere! – fordult Koppányhoz. – Induljunk, mert lassan ránk sötétedik.

Elbúcsúztak a lovagoktól és újra lóra ültek, elindultak hazafelé. Egy darabig némán kocogtak, majd Koppány törte meg a csendet.

– Keve, szeretném, ha néhány megbízható emberrel figyeltetnéd ezeket a férfiakat éjjel-nappal.

A hadnagy meglepetten nézett a fiúra, de nem szólt semmit, csak bólintott.

A házban a németek berendezkedtek, a szolgálókat pihenni küldték, majd az asztalnál vacsorálni kezdtek.

Lothár szólalt meg elsőnek:

– A terv első része sikerült.

6.

A TERV

A megbízott figyelők naponta jelentettek Kevének, de semmi érdemlegeset nem tudtak mondani a lovagokról, csak azt, hogy naponta gyakorlatoznak. Néha vadászni is elmentek kisebb-nagyobb sikerrel, az elejtett vadakból küldtek néha Zerindnek is. A faluba nem jártak be, nem érintkeztek senkivel, ha valamire szükségük volt, a szolgálókat küldték be. A hadnagy ezt rendben elmondta Koppánynak, aki szótlanul hallgatta végig. Nem értette a dolgot, Bulcsú egyre gyakrabban jelent meg az álmaiban és mindig csak ugyanazt ismételte: „Ne bízzál a németekben". Így telt el vagy két hét, lassan alábbhagyott benne a gyanakvás, és győzött a gyermeki kíváncsiság. Egyik nap kilovagolt, hogy megnézze a lovagokat. Néhány vele korabeli fiú és természetesen Keve is vele tartott. A december szokatlanul enyhe volt, a nap sugarai melegen simogatták az arcukat. Éjszakánként se fagyott még ez idáig, sőt az idő inkább a tavaszt idézte. A fiúk vidáman beszélgettek, nevetgéltek, ugratták egymást. Keve, aki leghátul lovagolt, mosolyogva figyelte őket, jó volt látnia, hogy Koppány is feloldódva beszélget a többiekkel, feledve a szokásos komolyságát, szótlanságát. Lassan közeledtek a tisztáshoz, ahol a ház állott. Már messziről hallották, hogy fegyvercsattogás veri fel az erdő csöndjét.

Mikor odaértek a napsütötte tisztáshoz, látták, hogy a németek éppen a vívást gyakorolják. Lothár vívott éppen mind a négy embere ellen. Jó volt látni, hogy boszorkányos gyorsasággal forgatja a kardot négy ellenfelével szemben. Mind az öten félmeztelenek voltak, felsőtestük úszott a verejtékben. Koppányék megállították a lovaikat és nézték a vívókat. Azok egy darabig észre sem vették őket, úgy belemelegedtek a gyakorlatba, német szavakkal harsányan buzdították egymást. Egyszer csak Lothár felpillantott a küzdelemből és tekintete találkozott a fiúéval. Hirtelen megtorpant. Koppány szeméből egy felnőtt férfi szakavatott pillantása nézett vissza. Megálljt kiáltott az embereinek és a fiúhoz sietett, aki akkorra már leszállott a lova hátáról, és odadobta a kantárszárat az egyik társának.

– Üdvözöllek, Koppány! – nyújtotta a kezét. – Mi célból kerestetek fel minket?

A fiú vidáman parolázott vele.

– Nincs különösebb oka jövetelünknek, csak gondoltam megnézünk benneteket. Az valami varázslatos, ahogy a kardot forgatjátok, az előbb néztelek titeket. Volna egy kérésem hozzád. Nem gyakorolhatnánk mi is veletek? Persze csak ha nem túl nagy kérés ez.

– Szívesen látunk benneteket, ahányszor csak jöttök, és természetesen gyakorolhattok velünk. Még talán mi is tanulhatunk tőletek, főleg az új dolgában. Gyertek, akár nyomban nekikezdhetünk.

A többiek szintén leugráltak a lovaik hátáról, kipányvázták őket és kötésig levetkőztek. Párban kezdték a gyakorlást, Koppány Lothár párja lett.

Vívás közben, mikor belenézett a gyerek szemébe, egy harcos pillantását látta. Egy pillanatra megborzongott, de újra támadni kezdett. A fiú ügyesen hárított és visszatámadott. Jó két óra múlva már mindannyian úsztak a verejtékben, ekkor Lothár szava megálljt parancsolt.

– Jól van, mára ennyi elég volt.

A többiek szintén abbahagyták azt, amivel éppen foglalatoskodtak, megálltak és levegő után kapkodva nézték egymást. A gyakorlás alatt kiderült, hogy a magyariak jól forgatják gyermekkorukhoz képest a kardjaikat, nyilazásban messze felülmúlták a lovagokat, ebben Koppány volt a legügyesebb. Ijesztő pontossággal találta el a céltáblát a földről és lóhátról egyaránt, még Kevét is felülmúlta. A harci csákánnyal jól bánt, sőt harminc lépésről is pontosan eltalálta a célt.

Megmosakodtak a napon álló dézsa vizében, megszárítkoztak, aztán felöltöztek, lekezeltek, majd Koppányék elindultak haza, lassan poroszkálva lovaikkal. Így ment ez napokon keresztül. Az időjárás kegyes volt hozzájuk, sem eső, sem hó nem esett, sőt tavaszi erővel sütött a nap, pedig már túl voltak a december közepén is. A fiúk naponta kijártak hozzájuk, és szép lassan megtanulták az egyenes bajor kétélű kard használatát, sőt a tőrhajítást is, a bajorok pedig kezdték megszokni a magyari kettős hajlítású íj használatát.

Egyik nap éppen Koppány tartott bemutatót az íj használatából. Háttal állt a többieknek, egyik kezében az íj, a másikban nyílvessző. A tisztás közepén Konrád állt kezében egy fakoronggal, arra várt, hogy a gyerek megadja neki az engedélyt és feldobja a magasba a korongot. Hirtelen felharsant a fiú hangja.

– Most!

A bajor tiszta erőből felhajította a magasba a fadarabot, és amit ezután láttak, az maga volt a csoda.

Koppány villámgyorsan megfordult és az íjra helyezte a vesszőt, röptében eltalálta a korong közepét. Ám mielőtt a vesszőtől átütött korong, amely a találat erejétől feljebb lökődött, leesett volna a földre, egy újabb nyílvesszőtől találtan ismét átpördült, és csak ezután esett le a tisztásra. Mindenki meglepődött és arra fordult, amerről a másik találat érkezett. A tisztásra bevezető út végén Zerind ült lóháton, kezében az íja, arcán derűs mosoly játszott. Mögötte körülbelül húsz fős kísérete. Íjával a kezében leugrott a lováról és hozzájuk sietett. Lekezelt Lothárékkal, majd a többiekkel is, és csak ezután szólalt meg.

– Eljöttem már megnézni, hogy hová tűnik el a fiam órákra szinte mindennap, mert Juliánusz deák már panasszal élt nálam, hogy napok óta mintha hanyagolná a tanulást.

– De apám! Nem hanyagolom a tanulást, csak most több időt fordítok a fegyverforgatásra. Hiszen erre is nagy szükségem lesz még életemben.

Zerind lenyelte a mosolygását és mozdulatlan arccal nézett a gyerekre, aztán Lothárhoz fordult.

– Nos, hogyan halad a fiam a fegyverek használatában? És ne azt mondd, amit hallani szeretnék, hanem azt, amit a hozzáértő ember szeme lát.

– Nagyon jól, uram. Nyilazásban nincs párja, hiszen ezt magad is láthattad az imént, a karddal is kiválóan bánik, messze a korát meghaladóan, a csákánnyal szintén tökéletesen harcol.

– Ezt örömmel hallom.

– Még nagy harcos lesz egykoron a fiúból.

– De azért a tanulást sem szabad elhanyagolni, hiszen a tudás néha többet ér minden fegyvernél. És nektek hogyan telnek a napjaitok? Remélem, nem szenvedtek hiányt semmiben – váltott témát Zerind.

– Nem, uram. A faluban jó pénzért megkapunk mindent, amiben hiányt szenvedünk. Néha eljárunk vadászni is, több-kevesebb sikerrel, de ezt te is tudod.

– Jól van, akkor mi lassan indulunk haza. Ti is velünk jöttök! – fordult a fiához. – Igaz is, majd elfelejtettem – váltott témát. – Görög kereskedők érkeztek a szállásomra, árulnak mindenfélét ruhától fegyverig. Holnapután gyertek be hozzám, de úgy készüljetek, hogy velem vacsoráltok, és ott tölthetitek az éjszakát is.

– Köszönjük a meghívást. Örömmel teszünk neki eleget.

Elbúcsúztak, Zerind is lóra kapott és kíséretével együtt elvágtatott. A bajorok magukra maradtak, összeszedték a földről a széthagyott fegyvereket, megtisztogatták őket, majd maguk is megtisztálkodtak. Bementek a házba, ahol az asztal már vacsorához volt megterítve, illatoztak a különböző sültek, vegyülve a friss kenyér illatával. A kandallóban barátságosan lobogott a láng, a fáklyák megfelelő világosságot biztosítottak. Mindeközben odakint szép lassan sötétség váltotta fel a nap fényét, egymás után gyúltak ki az égen a csillagok fényei. Lothár elbocsájtotta a szolgálókat. Mikor magukra maradtak, leültek az asztalhoz, Ottó elmondta az asztali áldást, majd szótlanul nekikezdtek a vacsorának. Mikor egy jó óra múlva befejezték az étkezést, boros kupáikat teletöltötték. Ekkor szólalt meg Henrik.

– Lothár, ez mind szép és jó, hogy itt vagyunk, fedél van a fejünk felett, van eleségünk bőven, barátkozunk Zerindékkel, de talán itt lenne az ideje, hogy beavassál bennünket is a tervedbe, mert szerintem Géza ettől azért többet vár tőlünk, mégpedig belátható időn belül.

– Ez így igaz. A minap sikerült találkoznom a Balaton partján a megbízottjával, aki már jó két napja várt reám, de csak ekkor tudtam lerázni magamról a Koppány által ránk állított figyelőket. Gyanakvó egy kölyök, az biztos.

– Ne is mondd! A hideg kilel a fürkésző tekintetétől – mondta Henrik –, na jó, de folytasd!

– A megbízott elmondta, hogy Taksony fejedelem nagyon beteg, vajákosai és görög orvosa szerint sem éri meg a következő nyarat. Géza arra kért, hogy még tavasz kezdetén hajtsuk végre a merényletet, nehogy kifogyjon az időből. Ha végeztük itt, akkor keressük fel Veszprémben, és kifizeti a járandóságunkat.

– Megbízol Gézában? – kérdezte Henrik.

– Magamon kívül nem bízom én senkiben. Még bennetek sem teljesen, de titeket már sok éve ismerlek és tudom, hogy sohasem hagynátok cserben. Visszatérve Gézára, ha elvégeztük a megbízatást, akkor nem együtt megyünk be Veszprémbe hozzá, hanem csak én, meg Ottó. Ti hárman biztos helyen vártok ránk. Ha nem jönnénk meg a megbeszélt időre, akkor elmentek vissza Bajorföldre és meggyónjátok a püspöknek, hogy mit tettünk, ő pedig értesíti azokat, akiket kell ebben az ügyben. Ha pedig minden úgy alakul, ahogyan elterveztük, akkor gazdagon térünk haza, és mindenki járja majd a saját útját.

– Hogyan szándékozol végrehajtani a feladatot? – szólt újra Henrik.

Lothár nem válaszolt azonnal, hanem felállt a székéből, besietett a hálókamrájába, majd kisvártatva visszatért hozzájuk egy bőrbe csomagolt tárggyal. Leült és óvatosan kibontotta azt: egy csodálatos aranyozott kupát rejtett a bőr. Lassan az asztal közepére helyezte. A többiek kérdő pillantását látva elmosolyodott, és rájuk vetette hideg kék szemének pillantását.

– Ezt szánom Zerindnek búcsúajándékul, szó szerint értve a búcsút. Szóval mielőtt elmennénk innen, meghívjuk őt vacsorára. Van egy mérgem, amit még taljánföldön kaptam, azzal bekenem a kupa belső oldalát. A méreg színtelen és szagtalan, ezért aki iszik belőle, az nem érez semmit.

– De ha itt lesz rosszul nálunk, abból nekünk is halálos problémánk lehet, nem gondolod? – vetette közbe Ottó.

– Várj! Ne vágj bele a szavamba, még nem fejeztem be! A méregnek van még egy tulajdonsága. Csak napokkal később szívódik fel, és akkor fejti ki a hatását. Nincs az a gyógyító, aki megmondaná, hogy mitől állt meg a megmérgezett szíve. Különben is úgy tudom, hogy az Árpád-nemzetségben gyakran előfordul a szívprobléma. Mire meghal, mi már messze járunk innen. Ki gyanakodna reánk?

A többiek a beállt csöndben merően nézték az ajándékul szánt kupát, amely csodálatos ötvösmunka volt. Külső falát nagy Sándor vadászatát ábrázoló domborművek díszítették.

– Azért én személy szerint sajnálom Zerindet, hiszen nagy műveltségű, több nyelven ír, olvas, beszél és jártas a hadtudományokban. Különb ő, mint bármelyik főurunk otthon. Amit ma délután Koppány mutatványa után művelt az íjával, az maga volt a csoda – mondta Ottó, aki a legvallásosabb volt közöttük.

– Azért ne szakadjon már meg a szíved érte! Mit akarsz, egy újabb Árpádot? És imádkozzunk újra, hogy „a magyarok nyilaitól ments meg minket, Uram"?

– Nem, ezt nem akarom én sem. De szerintem Zerind nem vinné a nyugat ellen a hadait, okosabb ő annál.

– Jól van. Ezt már nem a mi dolgunk eldönteni. Nekünk egy dolgunk van: végrehajtani a feladatot, amit elvállaltunk, megkapni érte a beígért jutalmat, és gondtalanul élni életünk végéig. Nem tudom, hogy vagytok vele, de nekem már elegem van az állandó harcból és csavargásból. Szeretnék végre letelepedni, egy asszonyt magam mellé és gyerekeket.

A többiek erre nem szóltak semmit, csak egyetértően bólogattak. Lothár hátralökte a széket, amelyen ült, fogta a kupát és gondosan elcsomagolta, majd bort öntött mindegyiküknek. A többiek is felálltak, majd összeütötték a poharaikat és kiitták.

– Jó éjszakát nektek!

Elvonultak a hálókamráikba, s mindenki a saját gondolataival elfoglaltan nyugovóra tért.

7.

A KERESKEDŐK

Zerind nem a teljes igazságot mondta el a bajoroknak. Valóban görög kereskedők érkeztek a szállására, de az egyikük a bizánci császár követe volt. Délelőtt, amikor megérkeztek hozzá és bejelentkeztek nála, már akkor felismerte Nikodémuszt, a császár követét, akivel már sokszor találkozott korábban is. Amikor vége volt a találkozónak, Nikodémusz maradt utoljára.

– Este nyolckor várlak az írnokok szobájában, akkor elmondhatod, milyen ügyben küldött a császárod.

Ezt hallgatta el Lothárék előtt, de ez nem is tartozott rájuk. Ahogy hazafelé lovagoltak Koppánnyal, messze megelőzve a kíséretüket, Zerind megosztotta vele a titkot. A fiút büszkeség töltötte el, hogy apja megbízik benne és beavatja ilyen fontos ügyekbe.

– Erről még Kevének se szóljál egy szót sem!

– Ígérem, apám!

Mikor hazaértek, Zerind elbocsájtotta a kíséretét, megvacsoráltak, majd fiával együtt elvonult a fürdőházba. Jó egy órát töltöttek ott. Szerette ezt, mert kikapcsolta a gondolatait, a meleg víztől mindig úgy érezte, hogy mázsás súlyoktól szabadul meg a teste. Később, amikor görögföldről származó szolgálója átmasszírozta az izmait finom illatú olajjal, átszunyókálta azt a félórát. Nyolc óra előtt pár perccel már ott ült az írnokok szobájában, teljesen frissen, mind szellemileg, mind fizikailag. Mellette ült Koppány szintén tisztán és frissen – várták, hogy Nikodémusz megérkezzen. Kisvártatva kopogtatás hallatszott a nehéz tölgyfa ajtón, majd belépett a görög követ.

Bizánci módra meghajolt, majd Zerind hellyel kínálta és bort töltött neki. Egymásra köszöntöttek a kupáikat, majd ittak. Koppány természetesen erősen felvizezett bort kapott csak.

– Beszélj hát!

Nikodémusz válasz helyett előhúzott egy tőrt az övéből, és markolatával előre átnyújtotta azt a másiknak.

Zerind kérdően nézett rá.

– Uram, ha lecsavarod a tőr nyelének végén lévő gombot, az üregben megtalálod a császárom írásos üzenetét.

Zerind odaadta a tőrt Koppánynak, aki akként cselekedett, ahogy a követ mondta. Kivette az üregből a vékony hártyára írt üzenetet és felolvasta. Nem volt abban semmi különös, a császár barátságáról biztosította Zerindet és jó egészséget kívánt neki. Kedves fiának nevezte, remélve, ha fejedelem lesz, akkor megmarad a jó kapcsolatuk továbbra is.

– Biztosítsd uradat, hogy úgy lesz, ahogy gondolja. És most mondd el, hogy valójában mi az üzenet!

Koppány meglepődve pillantott az apjára, ő úgy gondolta, hogy ennyi az egész, a szokásos udvariaskodási forma. Majd apja is ír valami udvarias levelet és kész. Apja észrevette csodálkozó pillantását.

– A lényeges üzenet Nikodémusz fejében van, hiszen a levél elveszhet, vagy illetéktelen kezekbe kerülhet.

– Ez így igaz, Zerind fia Koppány. Ezt soha ne felejtsd el! A fontos és valóságos üzenetet jobb, ha a hírnök megtanulja. Azt nem lehet elvenni, legfeljebb nem érkezik meg, ha netalán a követ útközben valamilyen okból kifolyólag meghal.

– Értem, és ezt nem feledem el soha – válaszolta a fiú.

– Jól van, fiam. Remélem is, hogy így lesz. No, akkor halljuk az igazi üzenetet!

Nikodémusz nekikezdett és elmondta, hogy a császár a következő év tavaszán teljesen megszállja Bolgárországot és megszünteti az önálló patriákat, így a két ország határos lesz. Azt is tudja, hogy a jelenlegi magyari nagyfejedelem halálos beteg, és ha a Jóisten úgy akarja, Zerind lesz a következő fejedelem. Azt tudja ő is, hogy mindig jó kapcsolatokat ápolt Bizánccal mind politikailag, mind kereskedelmileg, és reméli, hogy vége a két nép közötti háborúságnak. Azt is hallotta, hogy ellenezte a legutóbbi szeren a szövetséget, mely végül katasztrofális vereséghez vezetett, és Bizánc megerősödve került ki a küzdelemből, ugyanakkor a magyariak sem gyengültek meg, hála Zerind javaslatának, és csak kis létszámban vettek részt a szövetségben. Azt is reméli, hogy a leendő fejedelem a bizánci vallás segítségével kívánja népét a kereszténység útjára vinni és cserébe ígéri, hogy nem kezeli vazallusként az országot, valamint szeretné, ha fia eljegyezné az egyik leányát, a kis Máriát, aki most nyolcéves. A kereskedelmi központ a két ország között a határon fekvő Nándorfehérvár lenne. Azt is üzeni még, hogy következő években szeretné szorosabbá tenni kapcsolatát a német császárral, erre már meg is kezdte az előkészületeket.

– Rendben van, meghallgattam császárod üzenetét. Átgondolom, és két nap múlva megadom a választ neki. Várlak holnapután ugyanitt, délután három órakor. Ugyanaznap este hivatalosak vagytok, te és kereskedőtársaid vacsorára.

Nikodémusz felállt és meghajolt.

– Még valamit szeretnék, uram, ezzel.

Az érkezésekor az ajtó mellé tett fehér vászonba csavart tárgyhoz lépett, és kibontotta azt. Egy szépen, fejedelmien megmunkált hüvelyű kard került elő belőle. Kezébe fektette, és fejet hajtva nyújtotta Zerind felé.

– Ezt császárom küldi neked és kívánja, hogy hasznosan és igaz célok érdekében kelljen használnod.

Zerind átvette a fegyvert és rögtön látta, hogy valamelyik pusztai nép, talán a szkíták kovácsának több száz éve készült remeke az. Kivonta az enyhén hajlított kardot a hüvelyéből, ami a fáklyák fényében kékesen villogott. A hideg acél éle, mint a borotva, szinte anyagtalanná volt köszörülve.

– Köszönöm császárod ajándékát. Mondd el neki, hogy méltó kézbe került – mondta büszkeségtől sugárzó arccal. – Most elmehetsz.

A követ meghajolt és távozott.

A beállott csöndben sokáig nem szólalt meg egyikük sem, ültek az asztalnál mozdulatlanul, mint két régi, ókori kőszobor. Végül Zerind törte meg a hallgatást.

– Mi a véleményed a hallottakról?

– Nekem? – kérdezte meglepetten a gyerek.

– Igen, neked. Most kiderül, hogy mennyit tanultál Juliánusztól.

– Apám, nekem az a meglátásom, hogy ha fejedelem leszel, akkor érdemes elfogadni a császár barátságát. Most főleg, hogy a két ország határos lesz, de nem hűbérésként, hanem független barátként. Kereskedelmi szempontból is fontos a jó viszony, marháinkat könnyen eladhatjuk Nándorfehérváron, ugyanakkor vásárolni is tudunk fegyvereket, fűszereket, a parlagon heverő földek megműveléséhez szükséges eszközöket. Erős szövetségesként uralhatjuk a Kárpát-medencét, és nem ártana felvenni a kapcsolatot a Kárpátok gyűrűjén kívül táborozó besenyőkkel is. Rokon nép az velünk, nem kellene folyton egymással háborúznunk, sőt erős szövetségben élhetnénk. Egyet azért meg kell velük értetni: hogy a rablóhadjáratok ideje lejárt. Az sem ártana, ha a kereszt jelét magukra vennék, mert különben elsodorja őket a keresztény Európa, továbbá maga Bizánc sem fogja sokáig tűrni, hogy rabolnak, fosztogatnak. Ugyanezt meg kell értetni a magyari törzsek vezetőivel is, hiszen jó példa erre Sarolt apja, az erdélyi gyula, meg természetesen mi is, akik Bizánc jelét magunkra vettük.

Arra gondolok még, hogy az őshazában maradt magyariakat is meg kellene keresni és rábírni őket, hogy csatlakozzanak hozzánk. Ezzel mi is erősödnénk, ők is testvérünkként élhetnének ezen a földön, velünk. Nem szabad szövetségesek nélkül maradnunk, hiszen hallottad te is, hogy a két császár barátságot kíván kötni egymással, és ha nem hajlunk valamelyik irányba, akkor végzetes harapófogóba kerülhetünk.

Koppány az apjára nézett, jelezvén, hogy befejezte. Zerind már az első mondatoktól kezdve meglepődve hallgatta a fia szavait, hiszen nagyjából neki is ez volt a véleménye. Nem gondolta volna, hogy a gyerek ily könnyen eligazodik a politikai útvesztőkben.

– Jól van, megfontolom a szavaidat. Most indulj aludni!

– Jó éjszakát, apám!

– Jó éjszakát neked is!

Koppány felállt és távozott. Zerind egy ideig nézte az üres asztallapot, amin tisztán látszott az erezet. Fejében egymást kergették a gondolatok. Aztán az irattartó polchoz lépett és kikereste Európa térképét, kiterítette az asztalra és fölé hajolt. „Ha szövetségre lépnek a keleti császár és a nyugati, akkor tényleg elfogynak a szövetségesek, és harapófogóba kerülünk. Muszáj szövetségesként a bizánciak felé közeledni, egye meg a fene a keresztet. A nép majd lehajtja a fejét, hogy vizet locsoljanak rá Jézus nevében. Erős még itt az őseink hite, eltelik jó pár évtized, mire majd hatalma lesz felettünk a keresztnek. Jól beszélt a fiú, a besenyőkkel sem ártana szövetségre lépni, igaz, nem a harc miatt, hanem jó ütközőállam lehetnének. A Kárpátok gyűrűjén kívül kordában tarthatnák az orosz törzseket és a kipcsákokat meg más népcsoportokat."

Eloltotta a gyertyákat, csak a falon világító fáklyákat hagyta égve. Kisietett a szobából és az asszonyszállás felé vette lépteit, hiszen sok éjszakája már, hogy tiszteletét tette asszonyánál, és különben is szüksége volt Szerén megnyugtató szavaira, ölelő karjaira.

Ezen az éjszakán megváltozott az időjárás. Észak felől hideg levegő érkezett a feltámadó szél szárnyán, jelezvén, hogy vége a téli tavasznak, és most már tényleg a tél lesz itt az úr. Másnap reggelre lehűlt a levegő és elborult az ég, a falakon álló őrszemek fázósan húzták öszsze magukon a köpenyeiket.

Koppány, miután elköszönt apjától, azonnal a szobájába sietett, levetkőzött, és ahogy szokott, meztelenül bebújt a takarók alá. Karját a feje alá tette és megpróbált elaludni, de nem jött álom a szemére. Egyre csak a követ, apja és saját szavai visszhangoztak a fejében. Már erősen hajnalodott, mire elnyomta az álom. Reggel fáradtan és morcosan ébredt. A délelőtti tanuláson alig tudott Juliánusz szavaira koncentrálni, a deák többször is megrótta figyelmetlenségéért. Amikor véget ért a tanítás, Koppány a lovához sietett, felnyergelte a derék jószágot. Kevét is elparancsolta maga mellől, majd az állat hátára pattant és kivágtatott a kapun.

Most mindenképpen egyedül szeretett volna lenni, kiszellőztetni a fejét és megnyugtatni a felajzott idegeit. Céltalanul hajszolta lovát, a csípős hideg kellemesen hűsítette. Egyszer csak ott volt egy kopár mezőn, melyen egy magányos, lombját vesztett fa árválkodott, mely alatt egy régi római istenség törött szobra állt. Megállította Hollót és lecsúszott a hátáról, engedte, hogy az állat bóklászva legelésszen. Közelebb lépett a szobortorzóhoz, melynek a talapzatán még itt-ott kivehetők voltak a latin szavak töredékei. Az egész szobrot vastagon borította a zöld moha. A gyerek megtapogatta a szavakat rejtő réteget, és megpróbálta letisztogatni a betűket rejtő részt. Amikor elkészült vele, magában mormogva silabizálta a még olvasható részeket. Ezek szerint a szobrot egy Marcellianus nevezetű kereskedő állíttatta Mithrásznak, amiért megmenekült a környéken fosztogató barbároktól. A töredezett számok alapján a szobor több mint hatszáz éves.

A fiú tudta, hogy a rómaiak által uralt Pannónia területén is nagy kultusza volt Mithrásznak, főleg Diocletianus császár idején terjedt el a keleti napisten imádata. „Mennyi mindent láthatott már ez a szobor!" – gondolta magában. Miközben ezzel foglalatoskodott, felszakadtak az égen a zárt felhők és utat engedtek a valódi napistennek, amely fáradtan és erőtlenül szórta sugarait a földre. Koppány kisétált a fa alól és felemelte a fejét. Megpróbált belenézni a napba, széttárta a karját, és messze csengő hangon kiáltott:

– Mondd csak, napisten, mire tartogatsz engem? Mi lesz a sorsom? Kérlek, küldj nekem jelet!

A kiáltása sokáig visszhangzott. Egyszer csak megpillantott egy magányosan szálló sólymot, amely úgy repült, mintha a napkorongba akarna szállni. Megkönnyebbülve sóhajtott fel: itt van hát a jel.

Magasra fogok jutni, vagy törni. Tudta, ezt jelenti a sólyom. Még egyszer a lassan lenyugodni készülő nap felé nézett, az ég teljesen tiszta volt. Hideg lesz az éjszaka, ezt ösztönösen állapította meg. Füttyentett a lovának. A hű jószág jött is nyomban, ő megsimogatta a nyakát, mire az beleszuszogott a nyitott tenyerébe. Aztán felkapaszkodott rá, és vágtatva elindult hazafelé.

8.

A VACSORA

Koppánynak teljesen igaza lett, az éjszaka valóban hideg volt. A teljesen tiszta égboltról a csillagok fénye hunyorogva jutott el a földre, a telihold fényesen világított. A falakon az őrszemek szorosan összehúzták a magukra terített bundás, prémes köpenyeiket, a házakban és jurtákban erősen fűtöttek.

Mire eljött a reggel, a vizek tetején vékony jégtakaró feküdt. A délelőtt folyamán valamelyest enyhült az idő, ugyanis szép lassan a tiszta égboltot szürke felhők borították be, összeállva vastag takaróvá. Úgy dél körül egy-két korcs hópihe is hullott.

A vár tágas terének közepén a kereskedők felállított sátraihoz jöttek-mentek a vásárlók, nézelődők. A férfiak elsősorban a fegyvereket nézegették: volt mindenféle harcban használatos szerszám. A nők csatokat, boglárokat, különböző csodálatos ékszereket szemléltek, de volt selyem, bársony, sőt még különféle keletről származó fűszer is. Fogytak az áruk, hízott a kereskedők erszénye. Egy óra tájban megérkeztek Lothárék is, kényelmesen végignézték az árukat, vásároltak egy-két dolgot, amit az őket kísérő szolgálókkal rögtön haza is küldettek. Később Marossal beszélgettek, aki hívta őket, hogy nézzék meg az erőd közvetlen környékét. Még a házába is betértek, hogy melegedjenek egy kicsit, és felhajtsanak egy-egy kupa kellemesen fűszerezett bort.

Fél három körül lassan elfogytak a vásárlók, a kereskedők is kezdték összepakolni a portékáikat. Nikodémusz pontosan a megbeszélt időpontban kopogtatott az írnokok szobájának ajtaján, és a hívó szóra belépett. Ugyanúgy, mint először, csak Zerind és fia tartózkodott a helyiségben. Leült a felkínált helyre, szótlanul megemelte az előtte álló kupát, és az úrra és fiára köszöntötte azt. A kellemes meleg ital átjárta átfagyott testét. Hátradőlt a kényelmes faragott karosszékben, miközben kezeit a langyos kupán melengette, így várta, hogy Zerind megszólaljon. Helyette azonban Koppány kérdezte:

– Sikeres volt a vásár?

– Nem panaszkodhatunk, főleg a társaim nem, akik valódi kereskedők. Szépen fogytak a fegyverek, és az asszonyoknak való holmik is.

– Innen merre visz utatok?

– Holnap elindulunk Taksony fejedelem szállására, a telet már ott vészeljük át.

– A császárod hogyan értesül majd apám válaszáról?

– A császár palotájában felnőtt galambokat hoztam magammal, azok csalhatatlanul hazatalálnak. Amint megtudom az apád válaszát, már itt elküldöm az egyikkel finomhártyára írva, egy másikat meg egy nappal később engedek útjára a biztonság kedvéért, így császárom már két nappal később tudni fogja apád válaszát. Amint kitavaszodik és hazaértem, személyesen és természetesen bővebben elmondom neki az üzenetet, amely remélhetőleg kedvező lesz mindnyájunk számára. És még valamit! A szöveg rejtjelezett lesz, ha illetéktlen kézbe kerülne, akkor sem tudná meg senki, hogy mi áll abban.

– Köszönöm, Nikodémusz.

– Akkor halld hát a válaszomat! – szólalt meg most már Zerind. – Tudasd a császárral, ha az istenek is úgy akarják, és fejedelem leszek, akkor szövetséget ajánlok neki. Még egyszer mondom, szövetséget, és nem hűbéresküt. Szeretném a magyariak népét függetlennek megtartani mind a bizánciaktól, mind a német császártól. A régi hazában lévő magyariakat is szeretném hazahívni, velük még erősebbek leszünk, mint most. A besenyőkkel is szövetségre kívánok lépni, sőt támogatnám őket egy besenyő állam létrehozásában is, ha ők is akarják ezt. Természetesen a mi fennhatóságunk alatt, így együtt a görögökkel egy hatalmas területet birtokolnánk, ami jól egyensúlyozná a német törekvéseket és egyensúlyban tartaná Európát. Szeretnék szoros kereskedelmi kapcsolatokat kiépíteni veletek, azt tudnod kell, hogy az erdélyi gyula mindenben támogat engem, így a sókereskedelem, sőt az aranykereskedelem is zavartalan lenne.

Nikodémusz lenyűgözve hallgatta ezt a nagyszabású tervet. „Igen, ez az ember méltó lesz a fejedelmi címre, sőt később talán még a magyarok királya is lehet" – gondolta, de hangosan ezt nem mondta ki. Tudta, majd az idő eldönt mindent. Újra a fiú szólalt meg.

– Azt is a tudomásodra hozzuk, hogy apám már felvette a kapcsolatot a besenyő vezérekkel, akik hajlandóak a mi mintánkra törzsszövetségre lépni, így az orosz törzsek terjeszkedését is meg tudnánk fékezni. Az őshazában maradt magyariakhoz is elküldtük a követeinket, valamikor tavasszal megjön a válasz is.

– Értem – felelte a görög.

– Amint fejedelem leszek, a fiamat elküldöm hozzátok követségbe császárodhoz, így legalább lesz alkalma megismerni a kultúrátokat, és a jövendő arájával is találkozhat.

70

– Szívesen látjuk őt, ezt már most is közölhetem veletek a császár nevében is.

– Szeretném majd később, ha már fejedelem leszek, a népemet a görög vallás útjára vezetni úgy, mint azt a gyula tette Erdélyben, és ezzel végleg a keresztény utat járjuk majd.

– Ennek a császár bizton örül majd, és biztosítja neked a megfelelő embereket.

Zerind felállt. Követte a példáját Koppány is, jelezvén, hogy a megbeszélésnek vége. A követ is felállt, majd kezet fogtak.

– Teljes bizodalmamat bírod – mondta neki Zerind –, este hat órára várlak téged és társaidat vacsorára, amint azt már megbeszéltük. Ott lesznek a nemzetségem vezetői is, és öt német lovag, akik vendégbarátságomat bírják, ezért az asztalnál nem beszélünk politikáról.

– Rendben van, uram – felelte, majd meghajolt mind a kettőjük felé és távozott.

Apa és fia kettesben maradtak, Koppány újra visszaült a székére, Zerind azonban nem. Fel és alá járkált egy darabig, majd szembefordult a fiúval:

– Látod most már, hogy milyen dolog a politika? Az asztalnál nem úgy van, kard ki kard, aztán majd lesz valahogy, győzzön a jobbik. A politika igen árnyalt dolog, itt tudni kell képmutatónak lenned, még az úgynevezett barátokkal is. Nikodémusz nem is gyanítja, hogy a kint lévő magyariakhoz talán még csak most értek oda a követségbe küldött embereim, választ csak hoszszú hónapok múltán várhatunk. És még csak nem is sejtem, milyen lesz ez a válasz a besenyőkkel. Még nem is tárgyaltunk semmiről, de szándékomban áll megkeresni őket követek útján.

– Akkor mire volt jó ez az egész?

– Csak maradjanak meg abban a hitben a görögök, hogy személyemben nem gyenge szövetségest, holmi dróton rángatott bábut kapnak, csak tartsanak az erős magyari–besenyő szövetségtől, amely, ha úgy kívánja, bármikor megszerezheti magának az általuk még meg sem szállt Bolgárföldet.

– Értem, szóval, ha erősek vagyunk is, még erősebbnek kell mutatnunk magunkat.

– Ez pontosan így van, jól látod a lényeget, most pedig menjünk a fürdőházba, tisztálkodjunk meg a vacsora előtt.

A vacsora pontosan hat órakor kezdődött el. A T alakban felállított asztaloknál a fő helyet Zerind foglalta el, a balján a felesége, jobbján a fia ült. Szerén mellett Nikodémusz, Koppány mellé Lothárt ültette, a többiek, a görögök, a németek, nemzetségének vezetői, a besenyők és Bulcsú maradékának vezetői és asszonyaik keverten ültek. A helyiséget erősen fűtötték, a fáklyák és gyertyák fénye szinte nappali fényt adott. Az asztalokon görög és magyari ötvösmunkák remekei álltak, tányérok és boroskupák, kancsók képében. A verejtékező szolgálók egymás után hordták be a különböző mártásokban párolt húsokat, sülteket, a helyiség egyik sarkában a regösök halkan pengették szerszámaikat.

Két szempár figyelte egész este Zerind szinte minden mozdulatát. Az egyik Nikodémusz volt. Amint a férfi belépett a családjával az ajtón, elcsendesült a terem. A bent lévők felálltak, az érkező egyetlen kézmozdulatával üdvözölte az ott lévőket majd intett, hogy foglaljanak helyet. Mikor mindenki leült, Zerind továbbra is állva maradt, majd felemelte a kupáját és erős, tiszta hangon megszólalt:

– Üdvözöllek benneteket, vendégeim és nemzetségem vezetői! Már jó ideje nem voltunk így együtt, de most a görög és bajor barátaink tiszteletére adott vacsora alkalmat ad erre. Lassan új esztendő köszönt ránk, amit kívánok mindenkinek, hogy jobb legyen, mint az idei volt – ezzel felemelte poharát és a vendégeire köszöntötte azt. Azok felállva viszonozták, a ház urának és családjának egészségére ürítették kupáikat. „Született fejedelem minden mozdulatában és tettében", gondolta a görög követ, és azt is megfigyelte, hogy amíg szinte mindenki farkas módjára esett neki az ételeknek, addig a férfi csak módjával és elegánsan, lassan és vigyázva evett. A kupáját is csak elvétve illette az ajkával. Meglepve konstatálta azt is, hogy amíg mindenki előtt aranyozott, ezüstözött tányérok és kupák sorakoztak, addig a ház ura egyszerű óntányért és -kupát használt. Ékszer sem volt rajta, csak a súlyos, napmedálos aranylánc. Eszébe jutott, hogy valamikor olvasta Priszkosz rhétor leírását Attiláról, a hun királyról, mintha Zerindről mintázta volna azt. „Amint visszaérek a császáromhoz, jelentem neki, hogy ez az ember kiváló szövetségesünk lesz, ez nem ingatag, mint a nádszál, ez nem szereti a pompát, a hivalkodást, ezt nem lehet arannyal megvásárolni. Ő olyan átlátszó és tiszta, mint az üveg, a népének sorsát mindennél előbbre helyezi."

A másik szempár, amely figyelte, Lotháré volt. Szinte ő is ugyanazokat a megállapításokat tette, mint a görög. Egyetlen egy pillanatig átfutott az agyán, hogy talán nem is Gézát kellene szolgálnia, hanem ezt az embert, de tisztában volt vele, ha ennek őszintén feltárná a küldetését, akkor szemrebbenés nélkül megöletné, vagy inkább megölné őket. De nem azért, mert az életére törnek, hanem azért, mert elárulná a megbízóját. Ez az ember sosem bocsátaná meg az árulást.

A beszélgetések halk moraja megtöltötte a termet, az evőeszközök csörömpöltek. A vacsora vége felé sajtot, mazsolát, mézbe áztatott diót, mogyorót szolgáltak fel, közben a zenészek magyari ritmusokat játszottak. Ekkor Zerind felállt és a karját nyújtotta az asszonyának, táncba vitte őt. Lassú, méltóságteljes tánc volt ez, a zene ritmusa szerint Szerén boldogan és kipirult arccal nézett az urára és követte mozdulatait. Nemsokára a többi előkelő is követte a példájukat, és csatlakoztak asszonyaikkal a táncoló párhoz. Koppány egész este szótlanul ült, követve apja példáját, mértékletességet mutatott az étkezés során. Most hátradőlt a székében és a szüleit nézte, gyönyörködött a mozdulataikban. Lassan halkult el a zene és véget ért a tánc, a párok visszatértek a helyükre. A regösök új dalba kezdtek, de ennek már énekelték a szövegét is. Sokan az asztalnál ülők közül csatlakoztak hozzájuk:

Turul nemzetség vére, Álmos fia Árpád
Te szereztél nekünk új hazát.
Sok harcosunk vére hullott érte,
De bizony mondom néked, megérte.
Hű társad volt ebben Kurszán, a kende,
Őt a beste német orvul megölte.
Sok harcosunk vére hullott érte,
De bizony mondom néked, megérte.
Nevedet félte német és talján,
Reszketve küldött aranyat a nagy Bizánc,
Sok harcosunk vére hullott érte,
De bizony mondom néked, megérte.

Többen az öklükkel ütötték az asztal lapját a refrén éneklésénél, Zerind a dal közben fia arcát nézte, aki szintén együtt énekelt a többiekkel, és az arca kipirult. A kezeivel ő is az asztalt verte. Tudta, Koppányt jobban érdekli a hősi múlt, mint a jelen, vagy éppen a bizonytalan jövő, de remélte, hogy ez az évek előrehaladtával majd megváltozik. A zene hirtelen elhallgatott, és a termet megtöltötte a felhangzó ősi csatakiáltás.

– Hújj, hújj, hajrá!

Az asztalnál ülő németek és görögök idegesen összerezzentek a hangorkántól, és a hátukon végigfutott a hideg. Közülük a szöveget egyedül csak Lothár értette, de a dallam és a félelmetes ütemes asztalcsapkodás, majd a végén a hangorkán nem hagyott kétséget afelől, hogy miről szólhat a dal.

Zerind felállt, jelezvén, hogy a vacsora véget ért. Karját nyújtotta asszonyának, intett Koppánynak és elhagyta termet, ami szép lassan kiürült, igaz, egyes idősebb vezetőt szolgálóknak kellett támogatni, mert a nehéz borok megtették a hatásukat. Az ajtón kívül halkan odaúgta az asszonyának:

– Várj reám, kedvesem, egy fertályóra múlva nálad leszek!

Szerén szerelmesen nézett rá, de nem szólt egy szót sem, közben arcát a boldogság pírja öntötte el. Mikor később benyitott a felesége hálóhelyiségébe, már a kereveten feküdt teljesen meztelenül. A gyertyák lobogó fénye táncot jártak a testén, kibontott haja félig elfedte lányosan kerek mellét. Gyorsan ledobta magáról a köntösét és az asszony fölé hajolt. Hosszan megcsókolta...

Órák múlva, mikor betelt egymás testével, az asszony odabújt a férfihoz. Fejét az ura széles mellkasán nyugtatva megszólalt.

– Bár adná az ég, hogy újra gyermeket szülhetnék neked!

– Bízzuk ezt az istenekre!

Az asszony felemelte a fejét és a férje arcába nézett.

– Kedves uram! Nem hiszel a keresztények istenében, ennek ellenére a jelét te is magadra vetted?

– Igen, így van, mert így kívánja az érdekünk és a politika. De jobban bízom én a magyariak istenében. Bár tudod, néha azt gondolom, ha van felettünk isten, az csak egy lehet, és mindegy, milyen módon és formában imádjuk, milyen nyelven szólunk hozzá. Nézd, a régi görögök, rómaiak istenei is veszni hagyták az imádóikat, ahogy a hunok és más népek istenei sem segítették a népüket, de azért szeretném azt hinni, hogy a halálom után az égi pusztákon várnak rám az őseim, és velük együtt ülhetek majd a nagyfejedelem mellett. Tudod, ahogy mondottam, a kereszténység fölvétele az egész népünk érdeke, de hidd el nekem, még háromszáz-négyszáz év múlva is alig lesz a keresztnek hatalma a magyariak lelke fölött.

Az asszony megindultan hallgatta. A férfi még sohasem avatta be ennyire a gondolataiba. Most ő hajolt föléje és hosszasan csókolta, simogatta a testét. Mikor megérezte az újra feltámadó vágyat az urában, készséggel adta át magát neki. Hajnalodott, mire kitombolták magukat, és összefonódva elnyomta őket az álom.

9.

A BETEGSÉG

Másnap a kereskedők útra keltek Taksony fejedelem szállása felé Veszprémbe, hogy ott vészeljék át a telet. Elindulásuk előtt Zerind még egyszer beszélt Nikodémuszszal, Koppány társaságában fogadta ismét. Az egész nem tartott tovább félóránál.

December vége felé végleg beköszöntött a tél, négy napon keresztül folyamatosan havazott. Aztán mint egy varázsütésre abbahagyta, és feltámadt az északi szél. Napokon keresztül bömbölt, hordta a lehullott havat, az emberek házaikban, jurtájukban hallgatták a kint tomboló szélvihart és erősen fűtöttek. Majd ez is elmúlt, az ég kitisztult, nappal a napkorong fénye olvasztotta az eresz alján lógó jégcsapokat és apasztotta a lehullott havat, de amint lebukott a látóhatár mögött, újra erősen fagyott. A január sem hozott változást, újra meg újra eleredt a hó, közben Koppány betöltötte a tizedik születésnapját. Korához képest igen magas és erős volt. Mindennap tanult Juliánusszal, Kevével meg a fegyverforgatást gyakorolta, az apja pedig az európai politikai szövevényibe avatta be, meg a magyariak problémáiba. Néha órákat töltöttek együtt a fürdőházban és ott beszélgettek kettesben, ahol avatatlan fül nem hallgathatta ki őket.

De más is történt február közepe táján. Amikor már a tél szorítása engedni kezdett, egyre vékonyult a földeket borító hótakaró. Az éjszakák se voltak már olyan hidegek, a nappalok egyre melegebbek lettek, a nap új erőre kapott. Az egyik ilyen napon Koppány néhány ifjú társával, természetesen Keve kíséretében, kilovagolt a szállásról. Nem mentek messzire, egy közeli pataknál megálltak, melyet még látszólag vastag jégpáncél fedett. Megálltak a fiúk a patak partján, hócsatázni kezdtek, nem kímélve idősebb kísérőjüket sem. Teljesen belefeledkeztek a játékba, közben Koppány egyre-egyre hátrálni kényszerült. Egyszerre csak a patak jegén állott, még mindig csak hátrált, közben vadul dobált, egy-egy találat után hangosan nevetett. Újabb hógolyót gyúrt, éppen amikor megtörtént a baj. A patak közepe táján lévő vékonyabb jég nem bírta tovább a súlyát, és hangos reccsenéssel beszakadt a fiú talpa alatt.

Szinte azonnal derékig merült a jeges vízben. Megpróbált kimászni a lékből, de az újra meg újra beszakadt a súlya alatt. Már egyáltalán nem érezte a két lábát, azt viszont igen, hogy az ereje elszáll a hideggel.

A parton állók az első pillanatban megdermedtek, eltűnt arcukról a mosoly és az öröm, helyét a rémület vette át. Keve tért magához elsőként. Mikor látta, hogy a fiú hiába próbálkozik a kijutással, lovához futott és lekapta a nyerge mellől a szőrpányvát. Visszaérve a parthoz megszólalt.

– Figyelj rám! Hagyd abba a kapálózást! Dobom neked a pányvát, kapd el, és én kihúzlak onnan!

A fiú már teljesen erőtlen volt, válaszolni sem tudott, csak bólintott, de elsőre elkapta a kötelet. Keve pedig teljes erejéből húzni kezdte. Akkorra már a társak is magukhoz tértek a rájuk tört félelemből és ők is segítettek neki. Szinte egy pillanat volt az egész, és Koppány már a parton is volt. Ajka elkékült a hidegtől, nadrágja szinte ráfagyott a testére. Zekéje aljával együtt Keve szinte letépte róla ezeket, majd a hóba markolt, és gyorsan dörzsölni kezdte vele meztelen testrészeit, hogy helyreállítsa vele a vérkeringését. Mikor ezzel végzett, bebugyolálta a köpenyébe és a saját lova nyergébe ültette. Fölugrott mögé, és elvágtatott vele a szállás felé. A többiek is követték, vezetéken hozva Koppány lovát. A kapuban álló őrszemek riadtan ugrottak szét a vágtató ló elől. Keve megállás nélkül nyargalt tovább. A palota előtti téren megpillantotta Marost, aki éppen a szolgákkal pörölt valamin. Lefékezte a száguldó lovat és odaordított neki:

– Azonnal küldj egy szánt az öreg Detréért!

Maros rápillantott Keve arcára és nem szólt semmit, hanem elrohant intézkedni, a szájtáti szolgálókra is rákiabált.

– Keressétek meg az urat, és küldjétek a gyerek szobájába!

Leugrott a lováról, ölbe kapta az elkékült szájjal vacogó gyereket, és hatalmas léptekkel elindult befelé. Egyenesen a fiú szobája felé tartott. A női cselédek, akik éppen az ebédlőt takarították, elképedve nézték, nekik csak menet közben vettette oda:

– Szóljatok az asszonyotoknak, hogy jöjjön Koppány szobájába!

Mikor odaért a szoba ajtajához, szinte berúgta azt, aztán óvatosan letette Koppányt az ágyra. Azonnal letekerte róla a köpenyt, és száraz rongyokkal dörzsölni kezdte a testét.

Szerén és Zerind majdnem egyszerre értek a szobába. Mikor meglátták az eszméletlen gyereket, csaknem megdermedtek a látványtól. Azonban erőt vettek magukon és odaléptek az ágyhoz. Keve arcáról ömlött a verejték, ahogy gyúrta és masszírozta a testet.

Szerén odaférkőzött.

– Hagyd, majd én csinálom tovább!

Zerind kikiabált az ajtón.

– Parázstartókat hozzatok még!

Aztán kérdően nézett Kevére, aki részletesen beszámolt róla, hogy mi is történt pontosan.

– Az én hibám, uram. Vállalom a felelősséget, Detréért már elküldettem.

– Rendben, de ez egy szerencsétlen baleset. Itt nincs felelős.

Közben a szolgák még négy parázstartót hoztak be, hamarosan meleg lett a szoba levegője.

Szerén még mindig masszírozta a fia testét, amely egyre vörösebb lett. Eltűnt az ajkairól a kékség, és egyszer csak kinyitotta a szemét.

– Anyám, mi történt? Hiszen te sírsz. Folynak a könnyek a szemedből. És miért van itt ilyen meleg? Hogyan kerültem ide? Hiszen az előbb még a fiúkkal játszottam...

Még mondani akart valamit, de hirtelen elaludt. Az anyja megfogta a homlokát, majd betakarta a medvebőr takaróba.

– Azt hiszem, lázas – mondta Zerindnek.

– Nemsokára itt lesz Detre.

Zerind és Keve eltávozott, csak Szerén meg egy szolgálólány maradt a fiúval. Az anyja időnként hideg vízbe mártott egy fehér vászondarabot, és a fiú homlokára helyezte azt.

Alig telt el egy óra, mikor belépett a szobába a táltos és unokája. Azonnal a beteghez sietett, megfogta a homlokát.

– Most menjetek el, de te hozzál egy csöbör forró vizet a konyháról! – szólt a szolgáló után.

Szerén tiltakozni akart, de a torkába belefagyott a szó az öreg pillantásától, így hát ő is kiment a szobából. Detre a parázstartókba különböző kiszárított növényeket szórt, majd amikor a leány meghozta a forró vizet, abba is szórt a növényekből. A levegőt különleges illatok töltötték meg, és egy idő után Koppány kapkodó lélegzete egyre csitult, majd szabályossá vált. Egyszer csak kinyitotta a szemét, s amint meglátta Detrét, arcát mosoly öntötte el:

– De jó, hogy itt vagy! Régen nem találkoztunk... – majd hirtelen felült –, mit keresek én itthon?

A következő pillanatban újra visszahanyatlott az ágyra, és ájulásszerű alvásba zuhant.

A táltos kitakarta és lehúzta róla az inget, majd dörzsölni kezdte a meztelen testét. A vásznat időnként a meleg vízbe mártogatta, majd amikor végzett, akkor erős és kérges kezeivel újra meg újra átmasszírozta minden porcikáját. Ezután megfordította a tehetetlen testet, és hátulról is megismételte azt. A fiú bőre már teljesen vörössé vált, ekkor bebugyolálta a takarójába. Mikor végzett, kapkodva szedte a levegőt az erőfeszítéstől.

– Menjél, keresd meg az apját és az anyját! – fordult az unokához. Amint a másik elment, lerogyott az egyetlen székbe, ami a szobában, volt és a beteget figyelve magában mormogva fohászkodott az istenekhez.

Koppány ebből mind semmit sem érzékelt. Mélyen aludt, az álmok birodalmában járt. Egy nagy zöld mezőn lépkedett, kellemes meleg volt. Távolabb egy ritkás facsoportot pillantott meg, arra vette a lépteit. A fák mellett jurták álltak. Középen egy hatalmas és díszes sátor emelkedett, távolabb egy nagy kék folyó kígyózott, a partján a zöld fűben több ezer ló legelészett. A nagy sátor előtt férfiak ültek széles karéjban, közülük kimagaslott két faragott széken ülő ember. Az egyik már idősebb volt, teljesen ősz, a másik egy fiatalabb, díszes ruhába öltözve. A fiú rögtön tudta, hogy az egyikük Álmos, a másikuk Árpád lehet. Ő most a nagyfejedelem előtt áll. Kíváncsian néztek rá, aztán az egyik földön ülő alak felállt és hozzálépett. Bulcsú volt az, a harka.

– Mit keresel itt, Zerind fia, Koppány?

– Nem tudom, bátyám, hogy kerültem ide. Szeretnék veletek maradni örökre, olyan jó itt.

– Azt elhiszem, de ez a holt lelkek birodalma. Látod, ott ülnek az őseid, a hét vezér, meg a többiek. Majd eljön a te időd is, de az még nem most lesz. Most vissza kell térned, hiszen még nagy dolgok várnak rád a másik életben.

– Könyörgök, ne küldjetek el! Én szeretnék köztetek maradni.

– Nem lehet. Menned kell!

Közben érezte, hogy egyre melegebb van, és testét elönti a forróság. A kép egyszerre csak halványulni kezdett.

– Kegyelmes fejedelem, ne küldjél engem el! Segíts nekem, Bulcsú! – kiabálta hangosan.

Erre a kiáltásra lépett be a szobába az anyja és az apja. Zerind kérdően nézett a táltosra.

Detre rápillantott a fiúra, majd az úrhoz fordult:

– A fiad a holtak birodalmában jár, de még nincs itt az ideje, hogy távozzon. Vissza kellett, hogy forduljon.

Koppány nyugtalanul dobálta magát az ágyon, teste úszott a verejtékben. A szervezete küzdött a betegség ellen. Az öreg unokája odalépett hozzá, kitakarta a testét, újra átmasszírozta azt a balzsammal és nedves vásznat tett rá, majd bebugyolálta a takarójába. Ettől újra megnyugodott a beteg. A fiú a parázsra illatos füveket dobott.

– Most menjetek, én itt maradok és vigyázok rá! Nem lesz baja, hiszen erős szervezete van, legyőzi a kórt.

Szerén maradni akart, de az öreg lebeszélte róla és elküldte pihenni.

Azon az éjszakán semmit sem aludtak, csak feküdtek összebújva az ágyon és beszélgettek.

– Miért emlegeti Koppány mindig Bulcsút? – kérdezte a férjétől az asszony.

– Ezt én sem tudom pontosan, de ha teheti, mindig a harka után érdeklődik. Láttam a nyakában a medálját, Detre pedig elmesélte, hogyan került a fiúhoz. Egy kicsit féltem is, mert jobban szereti a hősi múltat, és tartok tőle, hogy ez lesz majd a veszte is.

Még sokáig beszélgettek, de még alig pirkadt, mikor már újra a gyerek szobájában voltak.

A szoba sarkában Detre szunyókált, jöttükre azonnak felriadt. A fiú egyenletesen lélegzett, arca sápadt volt, de nyugodt.

– A nehezén már túl van.

– Köszönöm neked. Az unokád hol van?

– Elküldtem pihenni.

– Jól tetted.

– Lesz még egy-két nehéz napja, de már nem lesz semmi gond. Bár az időjárás változásait élete végéig meg fogja érezni.

– Miben fog ez megnyilvánulni?

– A térdei fájni fognak, ha hirtelen változik az idő.

A beszélgetésre a beteg is felriadt, és rekedtes hangon megszólalt.

– Nagyon szomjas vagyok.

Szerén odalépett hozzá, a homlokára tette a kezét, amely most nem tüzelt a láztól. Másik kezében az öregtől kapott csészét tartotta, melyben gyógyfőzet volt. Óvatosan felültette, és a szájához illesztette azt. Mohón kortyolt belőle, visszahanyatlott a vánkosra és hevesen köhögni kezdett, majd hirtelen minden átmenet nélkül újra elaludt. Öt teljes napig küzdött a betegséggel, újra meg újra elmerült a láz tengerében. Még kétszer-háromszor átkelt abba a bizonyos másik világba, de onnan Bulcsú mindig visszaküldte. Aztán hatodik napon magához tért, felült az ágyban és enni kért, mert borzasztóan éhesnek érezte magát. Teljesítették a kívánságát, s miután evett, újra elaludt, de ezután már láztalanul, álmok nélkül.

Zerind unszolta Detrét, hogy maradjon a szálláson az unokájával együtt, de ezt az öreg udvariasan elhárította, mondván, hogy az öreg fát már nem szabad átültetni, meg különben is megtalálják, ha esetleg újra szükség lenne rá. Nem akart semmit elfogadni fizetség fejében, de alig hogy eltávozott, az úr két emberével küldetett neki két szarvasmarhát és egy csodálatos szépségű besenyő lovat. Eltelt vagy tíz nap, mire Koppány teljesen erőre kapott, bár élete végéig fájlalta a térdét, ha hirtelen változott az időjárás. A halált idáig sem félte, de ez után a betegség után végképp elszállt a félelme, mert tudta, sőt átélte, hogy odaát az ősei várják majd, és nagy békességben nyugodhat.

10.

Az új nemzetségfő

Végre megérkezett a március hava, és hirtelen megölte a
telet. A délről érkező langyos száláramlatok elfogyasztot-
ták a havat, az éjszakai fagyok megszűntek, a nap egyre
erőteljesebben tűzött és szárította a földeket, legelőket,
visszaterelte a kiáradt folyókat a medrükbe. A jurtákról
lekerültek a téli takarók, a méneseket és gulyákat kite-
relték a zöldellő legelőkre. Koppány egy számára külö-
nös dologra lett figyelmes. Amióta megváltozott az idő,
egyre több futár, küldönc és követség érkezett az apjá-
hoz, és ő is egyre gyakrabban részt vett ezek fogadásá-
nál. Megértette, hogy apjában a jövendő fejedelmet lát-
ják, ezért keresik a törzsfők, különböző nemzetségfők
vele a kapcsolatot. Mindenki mást szeretett volna el-
érni és kérni a jövendő fejedelemtől, de Zerind, miután
meghallgatta őket, mindenkit azzal bocsájtott el, hogy
várják ki, míg ténylegesen ő lesz a nagyfejedelem, mert
addig csak ígérni tud, ami egy férfinál nem becsületes
dolog. Ha megválasztották, akkor majd visszatérhet-
nek a problémák orvoslására, különben is, nem illendő
dolog a jelenlegi vezető, Taksony háta mögött szervez-
kedni. A március napjai egymást követték, lassan már
a hónap vége közeledett, amikor Lothár egyik szolgá-
lója kíséretében belovagolt az erődbe, a kantárszárat a
kezébe nyomta és besietett a palotába. Egyenesen az ír-
nokszoba irányába vette a lépteit, majd bekopogott az

ajtaján. A hívó szóra belépett és megállt Zerind asztala előtt, aki éppen valamilyen iratot olvasott. Felpillantott az előtte álló lovagra.

– Mi a baj?

– Nincs semmi, csak szeretnénk elköszönni tőled, Zerind úr, és ezúton meghívnálak a vadászházba egy búcsúvacsorára, hiszen kitavaszodott, és most már útra kelhetünk.

– Jó, rendben van. Induljatok bármikor, hiszen így szólt az egyezségünk, de ezért szükségtelen vacsorát rendeznetek a számomra, hiszen mi, magyariak híresek vagyunk a vendégszeretetünkről. Különben is, még én tartoznék nektek azért, mert a fiamat fegyverforgatásra tanítottátok.

– Uram, fogadd el a meghívásunkat, mert mi így szeretnénk búcsúzni tőled és fiadtól, akit igen megkedveltünk.

– Jól van, ott leszünk, én és a fiam is. Három kísérőnk lesz még – adta be a derekát Zerind.

– Akkor két nap múlva várunk benneteket úgy négy óra tájban, amolyan estebédre.

– Akkor két nap múlva – nyújtotta a kezét Lothár felé, jelezvén, hogy a beszélgetésnek vége.

A bajor megértette ezt, keményen megszorította a másik kezét, majd sarkon fordult és távozott.

Hazafelé menet a szolgálót beküldte a faluba, hogy egy-két dolgot beszerezzen a vacsorához, a többiek már a ház előtt várták izgatottan.

– Sikerült! – kiabálta nekik már messziről.

Amint odaért hozzájuk, kikötötte a lovát és intett nekik, majd besietett a házba. Megvárta, míg beérkeznek és leülnek az asztalhoz, majd részletesen elmondta nekik, hogy milyen nehezen fogadta el a meghívást Zerind.

Mikor Lothár eltávozott, az úr elküldte az egyik deákot, hogy kerítse elő Koppányt és Kevét, akik úgy jó félóra múltán már ott álltak az asztala előtt.

– A bajorok meghívtak bennünket két nap múlva vacsorára, én elfogadtam a meghívást. Te, Keve, még két emberednek szóljál, mert ők is velünk tartanak majd. Most mehettek.

Keve meghajolt, Koppány szótlanul követte, de mielőtt becsukta volna az ajtót, utolérte az apja hangja.

– Igaz is, van itt egy irat, amit szeretném, ha te is végigolvasnál, és elmondanád nekem róla a véleményedet.

Boldogan fordult vissza és leült apja mellé egy székre. Miután végigolvasta a levelet, elmondta, hogy mit gondol róla. Hamar eltelt a két nap. Délután három óra táján elindultak mind az öten a németek szállása felé. Szép tavaszi délután volt, a fák már rügyezni kezdtek, a legelőnek alkalmas helyek zöld takarót vontak magukra, az ég tiszta, egyetlen felhő sem zavarta a napistent abban, hogy zavartalanul szórja a sugarát a földre. Egyórányi lovaglás után megérkeztek a vadászházhoz, az úton nem sok szót ejtettek. A lovagok már kint várták őket. Leszálltak a lovakról, a kantárszárat odadobták a szolgálóknak, majd vidáman paroláztak, s beléptek az ebédlőnek használt helyiségbe.

Ott megterítve várta őket már a hosszú asztal. Helyet foglaltak. Lothár intett a szolgálóknak, akik egymás után hordták be a főtt és sült húsokat, amik különböző mártásokban pompáztak. Volt ott borsporral beszórt sült hal, vaddisznó sülve-főve, fácán egészben sütve tormával, frissen sütött kenyér.

Ottó elmondta az asztali áldást, a magyariak érdeklődve hallgatták, majd Lothár szólalt meg magyarul:

– Tessék, lássatok hozzá! Jó étvágyat kívánok mindenkinek!

Mindenki elővette az étkezéshez használt kését, és jóízűen nekiláttak a fogásoknak. Vacsora közben nem sok szó esett, úgy ettek, mint aki több napja nem látott ételt. Egyedül Zerind mutatott mértékletességet. A szolgálók időnként megjelentek és elvittek egy-egy kiürült tálcát, és bort töltögettek az üresen álló kupákba. Az étkezés befejeztével megélénkült a társalgás is.

– Merrefelé veszitek utatokat innen? – kérdezte Koppány a vele szemben helyet foglaló Henriktől.

– Visszamegyünk Bajorföldre, én személy szerint úgy gondolom, elég volt már a csavargásból, az állandó harcból, szeretnék már megállapodni. Van egy kevéske aranyam, szeretnék egy házat venni, egy asszonyt is hozni, aki gyerekeket szülne nekem. Bérlőkkel megműveltetném a házhoz tartozó földeket, egyszóval gazdálkodnék.

– Meg tudnál lenni harc nélkül? Hiszen ezidáig ez volt az életed.

– Ez így van, de tudod, egy idő után az ember belefárad a háborúkba, az ott tapasztalt borzalmakba, és szeretne már megpihenni.

– Értem én – ezt mondta neki a fiú –, vagy legalábbis azt hiszem, hogy tudom, miről beszélsz.

– Mikor szándékoztok indulni?

– Holnapután.

Közben Zerind és Lothár is elmélyült beszélgetést folytatott politikáról, háborúkról, császárokról, királyokról, a magyariak történetén át sok minden szóba került közöttük. Jó kétórányi társalgás után Zerind lassan indulni készült.

– Köszönöm a vendéglátást, és szeretném, ha jó szívvel gondolnátok ránk – intett Koppánynak és a kísérőknek, akik rögtön búcsúzkodni kezdtek.

– Várj, uram. Van még egy ajándékunk számodra, kérünk, maradj még egy percre! – szólalt meg Lothár

– Felesleges, jó szívvel fogadtalak be benneteket, ti is jó szívvel láttatok vendégül. Így nem vagyunk adósai egymásnak.

– Várj még egy kicsit, és hozom is! – felelte a német, közben a fejében sebesen kergették egymást a gondolatai. Mit csináljanak, ha a magyar nem fogadja el az ajándékot? Aztán felugrott az asztaltól és elsietett a hálókamrája felé. Egy miatyánknyi idő után már újra az asztalnál volt és letette Zerind elé a vászonba csomagolt ajándékot, aki kicsomagolta azt, és meglepve az ajándék értékétől a másikra pillantott.

– Egy hadjárat során a zsákmányrészem egyik darabja volt – felelte az.

Zerind első pillanatban felismerte, hogy ez a kupa színarany, és legalább ötszáz éves lehet. A Római Birodalom végnapjaiban készülhetett, valamikor Valentianus császár idején. Felemelte az asztalról és megfordította. A talpába vésett évszám alapján látta, hogy nem tévedett. A római számok 450-es évet mutattak, alatta a készítő aranyműves neve volt látható, Liviusnak hívták. Visszahelyezte az asztalra és körbeforgatta. Csodálatosan szép volt a Nagy Sándor vadászatát ábrázoló dombormű, és aprólékosan kidolgozott.

– Köszönöm néked, vagyis nektek ezt az ajándékot. Ez valóban csodálatos és nagyon régi darab, egy kisebb vagyont ér.

– Nem az értéke fontos, inkább az, akinek adjuk. Tudjuk, uram, hogy rajongsz a régiségekért.

– Ez így igaz. Ennél szebb ötvösmunkával még nem találkoztam.

– Akkor engedd meg, hogy megtöltsem! Ebből igyál velünk még egy utolsót!

Visszaült az asztalhoz és körbeforgatta a kupát, melyen arany emberek és arany kutyák kergettek arany állatokat. Ujjaival megérintette annak a belső falát, ismét körbeforgatta, de ujjai már a belső falat simogatták. Hirtelen megmagyarázhatatlan rossz érzése lett, megborzongott, és nem tudta megmondani, hogy miért, de egyre fokozódott ez a baljós előérzet. Ez a kupa csak bajt hoz mindenkire, akivel csak kapcsolatba kerül – gondolta.

Elengedte, és letört egy darab kenyeret. Bekapta, hogy elűzze a rossz szájízét.

– Nem fogadhatom el tőletek ezt a nagy értékű ajándékot, és ne töltsél több bort, mára már elég volt az italozásból! Jó utat kívánok nektek a hazaúton, és sok szerencsét a további terveitekhez! – Felállt és odament a kézmosó tálhoz, megmosta a kezeit, mert olyan érzése támadt, mintha valami égetné az ujjait. Megtörölte a kezét, elmosolyodott, aztán felvette poharát és a benne lévő bort a bajorokra köszöntötte, majd felhajtotta.

Lothárék kétségbeesve pillantottak egymásra, tudták, hogy tervük elveszett, és emiatt vesztegettek el hosszú hónapokat. De ismerték már annyira Zerindet, hogy tudják, amit egyszer kimondott, azon nem fog változtatni. Azt is érezték, hogy itt és most semmit nem tehetnek. Kényszeredett mosollyal elbúcsúztak a magyariaktól, akik ellovagoltak.

Mikor magukra maradtak, nézték azt az átkozott kupát. Ottó szólalt meg elsőként.

– Mihez kezdünk most?

Lothár hosszas hallgatás után törte meg a csöndet:

– Halogatjuk az indulást valamilyen ürüggyel. Gyakran szokott kilovagolni csak a fiával, meg egy-két kísérővel. Egyikünk mindig figyeli a palánkot, és ha így történik, akkor nyíllal végzünk vele, természetesen lesből.

– Hát, ez elég kétségbeesett terv – vélekedett Henrik.

– Neked van jobb? – vágott vissza mérgesen a másik.

– Nincs. Rendben, próbáljuk meg.

Azt egyikük sem sejtette, még maga az áldozat sem, hogy amikor a kupa belsejét simogatta, akkor a bőrén keresztül elegendő méreg jutott a vérébe, és az a kis darab kenyér, amit megérintett és megevett, szintén segítette a halál munkáját. Lothárnak óriási szerencséje volt, hogy amikor bekente a kupát, kesztyűben tette azt, bár fogalma sem volt róla, hogy bőrön keresztül is halálos. Visszacsomagolta azt az átkozott kupát és visszatette a csomagjába. Azt tudta, hogy négy-öt nap után az anyag elillan és elveszíti hatását.

Az elkövetkező öt-hat nap során különböző ürügyekkel halogatták az indulást – hol egy patkó lazult meg valamelyik ló lábán, hol a kocsikerék sérült meg –, közben állandóan szemmel tartották a palánkot. Azonban nem volt szerencséjük ezekben a napokban, Zerind nem hagyta el azt.

Koppány viszont azt figyelte meg, hogy az elmúlt napokban mennyire megváltozott az apja. A vacsora óta több időt töltött vele, egyre jobban beavatta a dolgaiba őt és igyekezett abban is segíteni, hogy eligazodjon az itthoni viszonyok között: melyik törzs melyikkel van szorosabb kapcsolatban, melyikkel nem, s elmagyarázta neki az európai erőviszonyokat is.

Zerind a fiún kívül minden estéjét és éjszakáját az asszonyával töltötte és olyan szeretettel és szerelemmel halmozta el, mint a házasságuk elején. Szerén egyre csak azért fohászkodott, hogy teherbe essen, és újra gyermeket adjon az urának. Így teltek a napjaik, amikor is egy hajnalon Zerind felébredt, óvatosan kibújt a takarók alól, neszteleniül magára kapta köntösét. Bármilyen halkan is mozgott, Szerén felébredt.

– Hová készülsz, kedves uram? Hiszen még csak hajnal van.

– Eszembe jutott, hogy meg kell írnom egy levelet, de nem tart soká, várj meg ébren.

Az asszony felült az ágyban és hagyta, hogy a takaró az ölébe hulljon. Fedetlen keblein táncot jártak a gyertyák fényei.

A férfi lehajolt hozzá és megcsókolta.

– Jövök hamarosan.

– Jó, így várlak – felelte az asszony és elpirult.

A másik kilépett az ajtón, és az írnokok szobájába ment. Leült az asztalhoz és gyorsan átfutotta az eddig leírt sorokat, majd felemelte a tollat és a tintás kalamárisba mártotta. Ám ekkor hirtelen erős szédülés fogta el, és úgy érezte, mintha valaki tiszta erőből megmarkolta volna a szívét és csak egyre erősebben szorítaná, nyomná össze. A toll kihullott erőtlen kezéből, és a megkezdett levélre esett, fekete tintapacát hagyva azon. Kiáltani akart, de nem jött ki hang a torkán, látása elhomályosult, feje az asztalra bukott. Még egyet sóhajtott, és belehullt a sötétségbe. A méreg elvégezte munkáját.

Szerén várta az urát, de teltek a percek, már lassan órává álltak össze. Rosszat sejtett, kiugrott az ágyból, magára kapkodta a ruháit és férje után indult, de nem jutott messzire. Hirtelen kiáltás hallatszott, majd futó lábak zaja. Keve tűnt fel a lépcsőfordulóban, fején nem volt süveg, az arca szokatlanul sápadt volt, kapkodva szedte a levegőt.

– Mi történt? – kérdezte ijedten az asszony.

– Jaj, nagy a baj, jaj nekünk! – zihálta a másik.

– Az istenért, szedd már össze magad és beszélj értelmesen!

– Meghalt Zerind! Az írószobában találtam rá az asztalra borulva. Azt hittem, alszik, szólongattam, de nem válaszolt. Seb nincs rajta...

Az asszony ezt már nem hallotta, rohant lefelé, közben még visszakiáltott:

– Azonnal szólj Koppánynak! – Amikor odaért, látta, hogy igazat beszélt a másik, ekkor elhagyta az ereje, és sírva, sikoltozva borult a férjére.

Koppány éppen álmodott, megint Bulcsúról. Együtt jártak egy napsütötte réten, de a harka most nem beszélt. Szótlanuk nézték a tájat, ám hirtelen elborult. Ekkor szembefordult a fiúval, megfogta a vállát. – Mostantól kezdve nagy és csodálatos dolgok várnak rád – mondta –, mától kezdve vége a gyermeki korodnak...

Erre felébredt, és valóban rázták a vállát, csak nem a harka, hanem Keve.

– Ébredj! Meghalt az apád.

– Mi, hogyan?

Felült, és kirázta a fejéből az alvás okozta kábulatot. Kiugrott az ágyból, magára kapkodta a ruháit és elindult a testőr után. Odaérkezvén látta, hogy anyja a halottra borulva hangtalanul zokog. Odalépett hozzájuk, átölelte az anyját, majd lehajolt és megcsókolta Zerind asztalon heverő, kihűlt jobb kezét. Felegyenesedett, látta Kevét, Marost, és a testőrök várakozó tekintetét. Rájött, hogy parancsra várnak, tőle.

– Maros, küldd szét a hírnököket a nemzetségfőkhöz gyászlepellel bevont zászlóval! Keve, te intézkedj, apámat mosdassák meg és öltöztessék fel, ravatalozzák fel a palota előtti téren, hadd lássák még utoljára az emberei.

A szólítottak meghajoltak és távoztak.

11.

A TEMETÉS

Ezen a reggelen éppen Lothár figyelte a palánkot, amikor hirtelen lovasok vágtáztak ki a kapuján és szétnyargaltak a szélrózsa minden irányába. Látta a fekete fátyollal bevont lobogókat a kezükben és azt is, hogy a palota tetején lévő hatalmas zászlót félárbocra engedik. Tudta, ez mit jelent, de remélni se merte, hogy ekkora szerencséjük lehet.

Határozott, a lova hátára kapott és elvágtatott az erőd felé. Mikor a kapun bejutott látta, hogy az egész egy felbolydult méhkashoz hasonlít. Férfiak jöttek-mentek, vagy éppen kis csoportokban izgatottan beszélgettek, síró asszonyt is sokat látott. Leugrott a lováról.

– Mi történt? – kérdezte az egyik magyaritól. – Mi ez a nyugtalanság?

– Te nem tudod? Az éjjel meghalt Zerind úr.

– Az nem lehet! – vágta rá a német, közben alig bírta megállni, hogy el ne rikkantsa magát örömében.

– Hogyan történt?

– Nem tudom – válaszolta a megszólított. – Állítólag elaludt, és álmában tört rá orvul a halál, hiszen seb nincs a testén.

Ennyi elég volt neki. A lovára kapott és elvágtázott.

Délre Zerind teste már fel volt ravatalozva a palota előtti széles térségen. A nemzetség tagjai özönlöttek, hogy végső búcsút vegyenek tőle. Férfiak, asszonyok,

95

gyerekek könnyező szemekkel nézték szeretett urukat, akin a legszebb ruhája volt. Oldalán díszkardja, mellette vezéri csákánya és kedvenc íja feküdt. Fejénél Szerén állt talpig fehérben, a gyász ősi színében. Már nem sírt, elfogytak a könnyei, csak hatalmas ürességet érzett. Koppány mozdulatlanul állt a ravatalnál, arcáról semmilyen érzelmet nem lehetett leolvasni. Fehér gyolcsinge fölött ott volt már az apja kedvenc lánca, a napkorongos, mellette Bulcsú talizmánja függött. Nem sokkal később az öreg Detre is megérkezett. Egyenes derékkal ment ura testéhez és lehajolt, megcsókolta a halott hideg arcát. Innentől kezdve ő búcsúztatta el a népétől a vezetőjét.

Koppány már jókor kiadta a parancsot, hogy a halott kedvenc lovát öljék le és nyúzzák meg, csak a lábakat és a fejét hagyják benne a bőrben, hogy legyen mivel útra kelni az apjának az égi mezőkre. Az ácsok már javában faragták az emlékét őrző kopjafát, melynek a csúcsára az ősi címer, a vágtázó farkas került. A szolgálók megásták a sírt a palánk melletti temetőben, közvetlenül a halott első feleségének sírja mellé, kelet-nyugati fekvésben, hogy a messze hagyott őshaza felé nézzen még utoljára. Jöttek, és csak jöttek az emberek. Sok öreg a régi szokás szerint késsel vagy tőrrel hasogatta meg az arcát, hogy vérkönnyekkel vegyen búcsút az elhunyttól.

Lothár meg sem állt a vadászházig, ott leugrott a lováról és berontott az ajtón. A többiek elképedve néztek rá.

– Mi történt? Nagy a baj?

– Óriási szerencse ért bennünket! – kiabálta, majd halkabbra fogta a szót. – Meghalt Zerind.

– Mi? Hogyan? – kérdezték egymás szavába vágva.

– Nem tudom, miért és hogyan, csak azt tudom, hogy ma este már temetik is magyari szokás szerint. Ideje, hogy mi is végső búcsút vegyünk tőle, és holnap indulhatunk is Gézához a jutalomért.

Úgy is tettek. A legszebb ruhájukba öltöztek, majd elvágtattak a szállás felé. Mire odaértek, a táltos már javában benne járt a beszédében. Méltatta a halott urát, kiemelve, hogy nem fegyverrel szerzett magának dicsőséget, hanem bölcsességgel.

Mikor a nap korongja nyugat felé két kopjányira állt, elindult a menet a temető felé. Négy díszes ló vontatta szekéren feküdt az úr teste, mögötte lovagoltak az előkelők, és gyalogolt a nép többi része. Mikor odaértek a kiásott sírhoz, Koppány odament az apjához és Detre segítségével egy fehér vászondarabbal takarta le a halott arcát, hogy közvetlenül föld ne érje azt. Ezután hű emberei leemelték a szekérről és gyengéden a sírba fektették. Mellé helyezték kedves fegyvereit, egy kevés ételt és italt tettek neki, hogy ne szenvedjen semmiben hiányt a hosszú úton. Végezetül lova maradványai is a sírba kerültek. Megvárták, míg a nap korongja lebukik nyugaton, a szürkületben egymás után ragyogtak fel a meggyújtott fáklyák. Szerén volt az első, aki a felhalmozott földhányáshoz lépett. Belemarkolt a porhanyós földbe, és azt a testre dobta. A többiek sorban követték a példáját, aztán a szolgálók belapátolták a sírba az összes földet, majd eligazgatták azt. A végében felállították a kopjafát. Mikor mindennel elkészültek, Detre lépett a frissen hantolt földhöz és megszólalt:

– Jó utat neked, Teveli fia, Zerind, Árpád nagyfejedelem dédunokája! Bizton tudom, hogy őseid befogadnak majd maguk közé, és ma éjszaka már mellettük ülsz az égi pusztán a fejedelmi sátor előtt.

– Így legyen! – zúgta a nép. – Jó utat!

97

Fáklyafénynél tették meg a hazautat, ott már megterítve álltak a hosszú asztalok, készen a torra. Az egyik asztalnál Koppány ült a fő helyen, mellette az anyja, Keve és Maros, Detre, majd a besenyők és Bulcsú népének vezetője foglalt helyet. A távolabb égő kisebb tüzeknél a közemberek foglaltak helyet. A regösök gyászos muzsikákat játszottak a hangszereiken.

Mielőtt nekiláttak volna az étkezésnek, Koppány felállt és intett a zenészeknek, akik erre a mozdulatra abbahagyták az éppen játszott dallamot, és síri csönd telepedett a tágas térre.

A fiú felemelte a kezében tartott kupáját, és korához képest meglepően erős hangon így szólt:

– Tudom, a mai napon véget ért a gyermekkorom, a mai gyászos esemény rákényszerített, hogy felnőtté váljak. Apám halála miatt én lettem a nemzetségünk vezetője. Mivel még fiatal vagyok, ezért úgy határoztam, hogy ebben a munkámban egy ideig segítségre lesz szükségem. Ezen alkalomból felkérem apám hű ispánját, Marost, az anyámat, s Juliánusz deákot, hogy minden ügyemben támogassanak és tanácsaikkal segítsenek.

Keve továbbra is a kísérőm és egyben a testőrségem parancsnoka marad. A besenyők és Bulcsú népe a nemzetségünk támogatását és védelmét élvezi, cserébe elvárom a vezetőiktől, hogy segítsenek bölcs tanácsaikkal a továbbiakban is úgy, ahogyan ezt apám idejében is tették.

– Detre – fordult a táltos felé –, téged most nem kérlek, hanem parancsba adom, hogy költözz a palánkra az unokáddal együtt!

Az öreg meglepetten nézett a fiúra, de nem szólt semmit, csak bólintott.

– Te, Bazilikosz, a görög vallás papja, továbbra is gyakorolhatod hivatásodat udvaromban, és ígérem, nem lesz bántódása annak, aki követi tanaidat. Most pedig álljatok fel, mert az esküm következik.

A gyászolók szinte egy emberként kapták fejüket Koppány felé, mert ilyenre még nem volt példa ebben a nemzetségben. Lassan, méltóságteljesen álltak fel.

– Esküszöm nektek, ha nemzetségem bármelyik tagját, légyen az előkelő, vagy a legutolsó szabados is, bármilyen sérelem éri és hozzám fordul a panaszával, én fáradtságot nem ismervén kivizsgálom azt és orvosolom. Ígérem azt is, hogy egyben tartom a nemzetségünket, és törvény adta keretek közt növelem a szállásterületünk nagyságát. Végezetül azt is megfogadom a színetek előtt, hogy az apám által lerakott alapokra fogok építkezni.

Még mielőtt kiürítette volna a kezében tartott kupát, az ég felé nézett, ahol már tisztán kivehető volt a csillagösvény.

– Jó utat, apám, és kérlek, vigyázzad a lépteimet ezen a világon!

– Jó utat, Zerind úr! – zúgta a tömeg. Mindenki felhajtotta az italát, majd helyet foglalt, és most már valóban elkezdődött a tor.

Koppány, hasonlóan apjához, csak mértékkel evett, s mikor befejezte az evést, Maroshoz fordult:

– Holnap beszélj az asszonyokkal! Szeretném, ha zászlóimra a farkasfej alá fölkerülne Bulcsú harka szimbóluma is, a halálfő.

Míg beszélt, végigfuttatta pillantását az asztaloknál ülő gyászolókon. Tekintete megpihent Lothár arcán és pillantása elsötétült, azonban ezt a változást csak Keve vette észre.

– Valami baj van, uram?

– Nincs semmi. Amint vége a vacsorának, keresd föl a németeket és add udvariasan a tudtukra, hogy szeretném, ha legkésőbb holnap délig elhagynák a szállásomat, és azt is közöld velük, hogy soha többé ne kerüljenek a szemem elé.

Most az anyjához fordult.

– Anyám, ha túl fáradtnak vagy gyengének érzed magad, nyugodtan elvonulhatsz pihenni. Holnap szeretnék veled hosszabban szót váltani.

Az asszony nem szólt semmit a szavaira. Koppány azonnal Juliánuszhoz fordult:

– Napfölkeltekor várlak az írnokszobában, mert sok dolgunk lészen. Levelet kell írnunk a fejedelemnek, a törzsfőknek, a bizánciaknak, nagyapámnak.

– Várlak, uram.

Koppány fölállt, erre a beszélgetések abbamaradtak. A regösök újra elnémultak, de ő csak intett, hogy folytassák tovább, és elindult a szállása felé. Végtelen magányt érzett, megértette, hogy egy nemzetségfőnek csak alattvalói lehetnek, de barátai már nem.

Bement a szobájába. Leöltözött, levette a két láncot a nyakából és úgy nézte a medálokat, mintha először látná őket, majd visszahelyezte azokat a nyakába és tudta, hogy élete végéig viselni fogja azokat.

Lefeküdt az ágyára, két karját a feje alá tette, a mennyezeten furcsa ábrákat rajzoló gyertyafényeket nézte, majd egy minutum múlva már mélyen és álomtalanul aludt.

Másnap kora hajnalban már az írnokok szobájában volt, frissnek és kipihentnek érezte magát. Mire Juliánusz megérkezett, már megfogalmazta a Taksonynak és a császárnak szóló levelet. A belépő deáknak csak intett köszönésképpen és átadta neki az elkészült leveleket, hogy tisztázza le azt. Ezután nekilátott a nagyapjának küldendő üzenetnek. Mikor ezzel is végzett, a hat törzs vezetőinek fogalmazott írást, amit elég volt egy példányban leírnia, hiszen mindegyik üzenet ugyanaz volt, csak a címzettek mások. Ezzel elkészülvén hívatta Kevét, aki jött is nyomban.

– Ha Juliánusz elkészül az üzenetekkel, válogass ki futárokat, akik elviszik ezeket a nevezettekhez. Igaz is. Beszéltél a németekkel?

– Igen, és megértették az üzeneted lényegét. Bár szerettek volna elbúcsúzni tőled, én lebeszéltem ebbéli szándékukról őket.

– Jól tetted. Nem kívánom látni őket többé.

Ezzel elhagyta a szobát, a konyhára sietett, bekapott néhány falatot, majd az anyja szállása felé vette a lépteit.

Az anyja már várta, mozdulatlanul ült a szépen faragott karosszékében. Intett a fiának, hogy üljön le, de ő inkább állva maradt, sőt egy idő után elkezdett fel és alá járkálni.

– Tudom, hogy az apám halála sok mindent megváltoztat majd. A bizánci nem adja feleségül hozzám a leányát, sőt egyes törzsfők is elfordulnak majd tőlünk. Taksonnyal is keresnem kell a barátságot, Gézával is, hiszen most ő a lehetséges fejedelem.

– Egyet se bánd a bizánci mátkát, lesz helyette majd más. A törzsfők is visszapártolnak majd, csak folytasd tovább apád politikáját, sőt fejleszd azt tovább. Gézáéktól nincs félnivalód, hiszen te is Árpád vére vagy. Valamit nekem is el kell mondanom neked.

– Mondd, anyám, figyelek rád!

– Lehet, de még egyáltalán nem biztos, hogy az apád gyermekét hordom a szívem alatt.

– Mikor lesz ez bizonyos?

– Két hét múlva, holdtöltekor.

– Rendben. Ha kiderül, hogy igaz a hír, én örülni fogok neki, hiszen lesz egy öcsém.

– Nem biztos, hogy fiú lesz.

– Akkor lesz egy húgom, akire ugyanúgy vigyázok majd, mint a nemzetségem többi tagjára.

Az asszony megrendülten hallgatta fia felnőttes szavait, és szemét elfutotta a hála könnye.

Koppány lehajolt, és megcsókolta az anyja kezét.

– Ha úgy lesz, ahogy sejted, akkor is elvárom a segítségedet.

Ezzel sarkon fordult és távozott. Egyenesen az istállókhoz sietett, felnyergelte Hollót és kivágtatott a kapun. Annyi minden kavargott a fejében, hogy most csak magányra vágyott. Egyenesen a napisten szobrához vágtatott, megbéklyózta a lovát, leterítette a köpenyét, és leült szemben a szoborral. Hagyta, hogy a gondolatai szabadon szárnyalhassanak. A tavaszi napsugarak kellemesen melegítették. Később hanyatt feküdt, két karját a feje alá tette és az égen futó fehér felhőket nézte, amik különböző ábrákat rajzoltak a szeme elé. Lassan elaludt, nyugodtan, álom nélkül. Amikor úgy másfél óra múltán felébredt, frissnek és kipihentnek érezte magát.

12.

Az új fejedelem

Lothár nem várta be, még Koppány újabb embereket küld hozzájuk, ismerte már annyira a fiút, hogy tartson tőle. A tor utáni másnap tizenegy óra körül elhagyták a vadászházat, melynek kulcsát az egyik szolgálóra bízták. Négyen lóhátra kaptak, Ottó hajtotta a kétkerekű kordét, melyen az ingóságaik voltak. Az ő lovát a kocsi után kötötték vezetőszárra. Egyenesen Veszprémnek vették az útjukat, jó két nap alatt el is érték a céljukat. A várral szembeni hegyoldalban elrejtette az embereit és rájuk parancsolt, hogy tüzet ne merjenek gyújtani, nehogy árulójuk legyen a füst. Ő maga egy közeli patakban megtisztálkodott, és előszedte az úti ládájából a legszebb ruhadarabjait. Miután elkészült, felült a lova hátára és lassan elporoszkált a vár irányába. Mikor a kapuhoz ért, az őrző vitézeknek felmutatta Géza pecsétjét, mire azok tüstént készségesek lettek, majd' egymást tiporták le a nagy igyekezetben. Jó öt percbe tellett, mire dűlőre jutottak és döntöttek. Egy Dés nevű tizedesre esett a választásuk, hogy Géza elé vezesse Lothárt.

A fejedelem fia éppen ebédelt kettesben a feleségével, Sarolttal, mikor Lothár belépett az ajtón. Géza egy intéssel elküldte a szolgálókat, majd felállt az asztal mellől. Széles mosollyal az arcán kezet fogott vele és invitálta, hogy tartson velük az étkezésnél. Nem kérette magát, hiszen farkaséhes volt. Leült hát az asztalhoz, szemben az asszonnyal, aki nyomban töltött neki egy kupa bort, az urának és magának szintén. „Csodaszép nő" – gondolta magában, miközben felemelték a kupáikat és öszszeütötték azt.

– Igyunk arra, hogy a tervem sikerült, és igyunk szegény Zerindre is. Jó utat neki! – tette még hozzá gúnyosan Géza.

Ki-ki lehajtotta a saját italát, és nekiláttak az evésnek, közben az asszony mohó kérdésekkel ostromolta. Tudni akart minden részletet: mi, hogyan és mikor történt, milyen volt a temetés, és hogyan viselte a nemzetség az úr halálát. Részletesen elmondott hát mindent, azt is észrevette, hogy Géza erősen ittas állapotban van. Bár maga Sarolt is szorgalmasan ürítgette a kupát, rajta nem fogott a bor ereje. Lothár hallott már róla mendemondákat itt is, ott is. Tudta így, hogy képes bárkit az asztal alá inni, és azt is, hogy férfimód üli meg a lovat. Lassan végeztek az étkezéssel, a nő felállt és járkálni kezdett. Férje üres tekintettel bámulta az előtte álló karcsú serleget, ő maga a járkáló nőt nézte. Szemét végigfuttatta az alakján, elidőzött fekete hajfonatán, hófehér nyakán, a ruha mellrészén domborodó formás keblein, karcsú derekán és asszonyosan telt csípőjén.

– Uram, ha lehetne, szeretném az elvégzett munkánk jutalmát megkapni.

Géza egy pillanat alatt kijózanodott a német szavaira, s intett asszonyának, aki rögvest távozott, s nemsokára visszatért egy súlyos bőriszákkal a kezében. A herceg átvette tőle, és a másik elé helyezte a közöttük lévő asztallapon. Lothár kioldozta az iszák nyakát összefogó bőrszíjat és elégedetten nézte annak tartalmát, mert tele volt az aranyérmékkel.

– Négyszázötven arany, ahogyan előre megállapodtunk. A munkádat becsülettel elvégezted, ahogy ígérted, így hát én is állom a szavamat. Bár egy kicsit sért, hogy nem bízol bennem, ha jól sejtem, az embereidet a váramon kívül hagytad, mert féltél, hogy nem tartom be a szavamat.

– Igen, ez így van.

– Látod, az őszinteséged tetszik nekem. Akkor halld a további szavaimat is. Szabadon távozhatsz az embereiddel együtt, de van egy kikötésem. Soha többé nem léphetitek át a magyari gyepűket. Ha mégis a tudomásomra jutna, hogy így tesztek, akkor kioltom az életeteket.

– Megértettem, és elmondom az embereimnek is.

– Jól van, most már távozhatsz.

A német meghajolt Géza felé, az asszonynak kezet csókolt és távozott.

Mikor kettesben maradtak, Sarolt a férje felé fordult. Szép arcát megpirosította a harag lángja.

– Miért engedted, hogy szabadon távozzon? El kellett volna fogatnod.

– Ha elfogatom, csak azt érem el, hogy az emberei szétfutnak a szélrózsa minden irányába és telekürtölik a világot azzal, hogy mivel bíztam meg őket. Hidd el, most nem hiányzik egy újabb botrány, hiszen apámnak már csak napjai, vagy egy-két hete van hátra ebben a világban, utána pedig én leszek a fejedelem. Én vagyok a legidősebb Árpád-leszármazott.

– Igazad van, kedves uram – lépett az asszony az urához, majd ölébe ült és hosszan, szenvedélyesen megcsókolta. A férfi tenyere átölelte a derekát, másik kezével pedig az asszony mellét kezdte el simogatni.

Lothár örült, hogy ilyen könnyen megszabadult. Megkereste a lovát, és egyenesen az emberei búvóhelye felé vette az irányt. Nagy sietségében nem vette észre, hogy megfelelő távolságból egy másik lovas követi. Ursza volt az, Géza besenyő származású embere, akit azzal bízott meg, hogy kövesse a németeket, amíg el nem hagyják a magyari gyepűket, ha pedig ezt nem tennék meg, akkor ölje meg őket. A tisztáson már várták a többiek.

– Sikerült! – kiabálta nekik már messziről, mire azok ujjongani kezdtek. Mikor odaért hozzájuk, megmutatta nekik az aranyakat.

– Fejenként kilencven jut, majd elosztjuk, ha kijutottunk Bajorföldre, addig a társzekéren rejtjük el.

– Rendben van – egyeztek bele a többiek.

Gyorsan ettek egy-két falatot, aztán elindultak nyugat felé. Azonban ahogy Zerind érezte a végzetes vacsorán, azon a kupán mintha tényleg átok ült volna, és csak balszerencsét hozott arra, aki csak a közelébe került. Az egyik német megvadult lova hátáról a hegyek között egy mély szakadékba zuhant, és rögtön szörnyethalt. A másikat egy erős sodrású folyó ragadott el örökre, miközben átkelni igyekeztek rajta, Henriket a gyepűt őrző besenyők nyilai terítették le, akik mindig készek voltak saját szakállukra is rabolni.

Bajorföldet csak Lothár és Ottó érték el épségben, ott szépen megosztoztak az aranyon. Ottó, aki mindig is vallásos volt, nemsokára belépett az egyik kolostorba, felajánlva az aranyait a szegényeknek, ám mielőtt felszentelték volna, ismeretlen betegségben váratlanul elhunyt. Lothár vett magának egy udvarházat nem messze a családi birtokuktól, rá egy évre megnősült, egy gazdag család egyetlen leányát vette feleségül. Három év alatt két gyermekük született, egy fiú és egy leány, ám a felesége, Judit belehalt a második gyermekük szülésébe.

A reá következő öt éven belül pedig két járvány is végigsöpört a vidéken, amelyek először a leányát, később pedig a fiát ragadták el tőle. Úgy látszik azonban, hogy a sorsnak még ez sem volt elég. Nem sokkal azután, hogy újra megnősült volna, vadászat közben egy eltévedt nyílvessző fúrta át a jobb karját, amit ő könnyed legyintéssel intézett el, sőt maga vágta ketté az izmot átfúró vesszőt. Ki is húzta azt, hanem amint napokkal később kiderült, a seb elfertőződött, és a karja üszkösödni kezdett. Ezt követően a felcsernek könyöktől két arasszal feljebb amputálnia kellett a karját. Ebbe kis híján belehalt, de mivel erős szervezete volt, túlélte. Természetesen az esküvő elmaradt, ő pedig egyedül tengette tovább az életét.

Miután Lothár eltávozott Veszprémből, rá három hétre meghalt Taksony fejedelem. Nem sokkal halála előtt hívatta a két fiát, Gézát és Bélát. A fejedelem már napok óta nyomta az ágyat, már nem volt ereje, hogy felkeljen. A fekvőalkalmatosságot az egyik napnyugatra néző ablakhoz vitette, és a kitárt ablakszárnyon keresztül mindig a lenyugvó napistent nézte. Ezen a délutánon is így tett, megvárta, míg fiai letérdeltek az ágya mellé. Szeme alá kékes karikákat rajzolt a közelgő halál, haja már csaknem teljesen megőszült, arca kétoldalt beesett.

– Az én időm lejárt ezen a földön. Érzem, mire a napisten nyugovóra tér, én is meghalok.

– Ne mondjon ilyeneket, apám – kérlelte Béla, az öreg azonban egy kézmozdulattal elhallgattatta.

– Tudom, mit beszélek. Én ma este már a nagyfejedelemmel vacsorázom, meg a többi ősömmel és rokonommal, köztük a nemrég eltávozott Zerinddel, akit édestestvéremként szerettem és tiszteltem. Géza fiam, így hát te leszel az utódom, de esküdj meg nekem arra, hogy az általam lerakott alapokon tovább építkezel, és mindig gondod lesz a testvéredre, Bélára is. Ígérd meg azt is, hogy szíveden viseled Zerind fia, Koppány sorsát is.

– Esküszöm az istenekre, hogy így lesz.

– Szeretném, ha te is olyan bölcsességgel irányítanád a magyariak sorsát, ahogyan tettem én is, hiszen a gyászos augsburgi csata után a lazuló törzsszövetséget újra összefogtam, és ahogy tudtam, egységessé formáltam ezt a nehezen és sok vérrel megszerzett országot.

Elhallgatott, és sokáig a lenyugvó napot nézte. Nehezen kapkodta a levegőt, a szíve egyre rendszertelenebbül kalapált a mellkasában. Nagysokára szólalt meg ismét.

– A keresztséget vegyétek fel, még ha csak színleg is, és igyekezzetek a népet is erre szorítani. Hála az öregistennek, ezt a feladatot már nem nekem kell megoldani.

Fiai néma csendben várakoztak, hátha mond még valamit, de a fejedelem behunyta a szemét és egyre csendesebben lélegzett. Úgy tűnt, mintha elaludt volna, közben a nap korongja a szemben lévő dombhoz ért, és lassan kezdett eltűnni a látóhatárról. Mikor már csaknem eltűnt, Taksony kinyitotta a szemét és utoljára megszólalt:

– Látjátok, a napisten is aludni tér, most már nekem is indulnom kell a hosszú útra a nagyfejedelem elé. Ő majd megítéli a tetteimet, és remélem, helyet mutat az asztalánál. Mindig vigyázzatok egymásra!

Sóhajtott még egyet és meghalt. Béla letérdelt a halott mellé, lecsukta annak semmibe néző szemét, és megcsókolta még egyszer a kezét. Géza rezzenéstelen arccal nézte a halottat.

– Menj, szólj az asszonyoknak, hogy mosdassák meg az apánkat, öltöztessék fel, oldalára a szeretett kardját övezzük.

Béla meghajolt felé és elsietett, csak ekkor foszlott le arcáról a keménység. Két kövér könnycsepp gurult le a szemeiből és folyt végig az arcán, bele a tömött, fekete szakállába. Azonban nem törődött vele, ő is lehajolt, és ajkával megérintette apja hideg homlokát.

– Jó utat neked, fejedelem!

Hangja most idegenül csengett a füleiben. Elindult kifelé, ahol csaknem összeütközött öccsével és a mögötte haladó szolgálókkal.

Lesietett a falépcsőn, megkereste Videt, a fejedelem intézőjét.

– Meghalt a fejedelem. Szeretném, ha nekem is olyan hű támaszom lennél, mint apámnak. Küldj futárokat a szállásterületen élőkhöz és a törzsfőkhöz is. Közöljék a hírt, és azt is mondják meg nekik, hogy június hónap tizennegyedik napfelkeltéjén szert tartok, melybe elvárom az összes törzsfőt.

– Megtisztelsz, fejedelem, és parancsod szerint cselekszem.

Miután magára maradt, leült egy karosszékbe és könyökére támaszkodva a gondolataiba merült. Így talált rá egy félóra elteltével asszonya, Sarolt, aki már fehér ruhába, az ősi gyász színébe öltözött. Gyengéden megfogta a férfi vállát, majd szembefordult vele és meghajolt.

– Köszöntelek, fejedelem.

– Jó, hogy jöttél. Annyi minden jár a fejemben, csak úgy cikáznak a gondolataim, de nincsen kivel megosztanom ezeket.

Az asszony férje melletti karosszékben foglalt helyet, és Géza sorolni kezdte neki a gondolatait, majd egy óra hosszat beszélgettek. A nő inkább hallgatott, csak nagy ritkán szólt közbe.

– Jó két hónap múlva szert tartok, az utolsót.

Ez volt Géza befejező mondata.

A nő kérdezni akart, de már nem volt rá ideje, mert jött Béla, Vid is érkezett, és férje intett neki, hogy távozzon.

MÁSODIK RÉSZ

BESENYŐKALAND

1.

A KARVALYOS ZÁSZLÓ

Több mint negyven nap eltelt már Zerind halála óta, a szállás ügyeit most már Koppány irányította, az ő kezében futottak össze a jelentések, elszámolások, Juliánusz segítségével azonban könnyedén eligazodott rajtuk. Eljutott természetesen hozzá is Taksony fejedelem halálhíre, mélységesen megindította az öreg halála, magában meggyászolta. Géza szerbe hívó üzenetét szintén megkapta. Kihirdette ezt a vezetőknek és közölte velük, hogy addig majd eldönti, kik legyenek a kísérői. A fegyverforgatásra is szinte mindennap szakított magának időt, és Kevével szorgalmasan gyakorolt. Elbocsájtotta az idős Detrét, bár ő parancsolta meg, hogy költözzön be a várba. De az csak panaszkodott, hogy nem érzi jól magát a falak között, olyan ez néki, mintha köveket raknának a mellére, ezért útjára engedte hát.

A görög papnak is engedélyezte, hogy misézzen a kápolnában, ahogyan ezt még az apja annak idején meghagyta.

Szerén előző este közölte a hírt vele, hogy most már biztos a gyermekáldásban, a fiú átölelte, és megpuszilta az arcát kétfelől. Ez a nap is verőfényesnek ígérkezett, ám olyan tíz óra tájban hirtelen fekete felhők takarták el a napot. Az ég megdördült, és villámok cikáztak. Aki csak tehette, fedél alá menekül. Hirtelen megnyíltak az ég csatornái, és heves zápor kezdte el csapkodni a földet, közben a szél is feltámadt. Az egész nem tartott sokáig,

113

talán egy órát, de lehet, hogy még annyit sem. Amilyen hirtelen érkezett, ugyanolyan hirtelen távozott is a vihar, a nap újra melegen sütött, felszárítva az eső nyomait. Az emberek is kimerészkedtek és folytatták a félbehagyott munkájukat. Koppány éppen az írnokok szobájában tartózkodott, amikor kitört az égiháború.

– Haragszik az Öregisten – mondta fel sem tekintve a kezében lévő irományból, melyet éppen olvasott.

Juliánusz és a többi görög deák nem győzték magukra hányni a keresztet e szentségtörő beszéd hallattán, no meg a félelemtől is, hiszen akkorákat dörgött kint, hogy majd' megsüketültek belé. Csodálták a fiút, aki teljesen nyugodt maradt, csupán két gyertyát húzott közelebb az asztalon magához, hogy jobban lásson, mert kint olyan sötét lett, mintha nem is nappal lett volna, hanem éjszaka.

– Hallod-e, Juliánusz! Úgy hiszem, ebből a császári házasságból nem lesz semmi, amit Nikodémusz emlegetett, mikor utoljára itt járt.

– Miből gondolod ezt, uram?

– Ebből a levélből, amit éppen most olvasok, és éppen ő küldte. Sajnálkozik benne apám halála miatt és sok minden mást is ír, csak éppen a hercegnőről egy szót sem ejt benne. Magam úgy gondolom, hogy mivel apám meghalt és nem lett fejedelem, már nem vagyok annyira fontos a császári udvarnak. Bár a császár engem is kedves fiaként emlegetett, ez már csak a mézesmadzag.

– Én is így vélem.

– No, akkor gyere, írd le a válaszomat és küldd el!

Mire végzett az írnokházban, már jóval elmúlt dél. Beugrott a konyhára, ott játékosan kunyorált egy kis sült húst a főző asszonyoktól, majd elindult az udvarra, mert tudta, hogy Keve várja egy kis gyakorlatozásra.

Kilépett a ház előtti térre, s rögtön meglátta a kísérő-
jét. Keve őt várta a két felszerszámozott ló társaságában,
s éppen a nyeregbe akart pattanni, amikor a toronyban
figyelő őr kürtjének a hangja szinte belehasított a leve-
gőbe és nyomban a hangja is.

– Lovasok közelednek! Lehetnek egy zászlónyian, de
mögöttük távolabb is jöhetnek, mert látom a felvert port.

Koppány a palánk mellvédjéhez szaladt és onnan néz-
te a közeledő lovasokat. Mellette a katonák felvont íjjal
gyülekeztek a palánk hosszában. Már tisztán kivehető
volt a sebesen vágtató lovasok alakja. „Magyari ruhát
hordanak – ez volt a fiú első gondolata –, ezek nem el-
lenségek. De vajon melyik törzshöz tartoznak, és miért
jöttek ilyen sokan?"

A lovasok jó két nyíllövésnyire lefékezték futásukat
és megálltak. Az egyikőjük előrébb léptetett, és kibon-
totta az eddig a nyergéhez kötözött rúdon lévő zászlót,
majd leugrott a lováról és a földbe szúrta a rudat. A ki-
bomlott vásznat meglengette a szél, piros alapon fekete
karvaly volt arra hímezve.

– Ez Kurszán kende népének zászlaja – szólalt meg
Koppány –, Maros, Keve, meg tíz ember jöjjön velem!

Ezzel a lovához sietett és felült a hátára. Megvárta,
míg a vitézei csatlakoznak hozzá és kivágtatott a ka-
pun, egyenesen a lovasok felé. A földbe szúrt zászlónál
állította meg a paripáját és két kezét széttárva mutatta,
hogy fegyvertelen. A lovasok vezetője is előreléptetett,
merőn nézve a fiút.

Megállította a lovát. Negyvenéves lehetett talán, nap-
barnított arcába az idő már belevéste nyomait ráncok
formájában, fekete bajuszában már feltűnt egy-két ősz
szál is, haját magyari módra varkocsban fonta. Süvegét,

melyen egy ezüst abroncs futott körbe, egyetlen hatalmas sastoll ékesítette. Hosszasan és szótlanul szemlélte a gyereket, majd megszólalt:

– Üdvözöllek, fiú. Én a Kurszán nembéli Solt fia, Buda vagyok. Zerind úrral szeretnék szót váltani.

– Az bizony bajos lesz – válaszolta neki Koppány.

– Miért lenne bajos?

– Azért, mert az apám idestova két hónapja halott. Már az égi pusztákon lovagol. Én Zerind fia, Koppány vagyok, az új nemzetségfő.

Látszott a másikon, hogy a hír mélyen megrendíti, kiült arcára a gyász és a keserűség.

– De nekem is elmondhatod, mi járatban vagytok errefelé. Javaslom, hogy öt embereddel gyere velem a várba, és ott szólhatunk egymással nyugodt körülmények között.

– Jó – válaszolta hosszas hallgatás után Buda –, de mielőtt elindulnánk, volna itt még valami. Látod azt a porfelleget? – mutatott a háta mögé. – Azok az ökrös szekereink, azon vannak az asszonyaink és gyerekeink, meg ott lovagolnak az utóvéd harcosai is.

– Látom, nehéz nem észrevenni. Azt javaslom, a többi embered maradjon itt és várják be a szekereket. Mikor ideérnek, ott a palánk mellett folyik egy patak, a fűzfák között letáborozhatnak. Majd küldetek ki enni-innivalót nekik. Gyere hát velem! – ezzel megfordult és elindult vissza az erődbe, az emberei követték. Mikor beértek a térre, megállította a lovát és leugrott a hátáról. Megvárta, míg a többiek is leugráltak a hátasaikról.

– Keve, Maros, ti gyertek velem! Kerítsétek elő Juliánuszt is, meg anyámnak is szóljatok!

Intett Budának, aki az embereivel szintén követte őt.

Az étkezőteremben hellyel kínálta őket. Ő maga le-ült az asztalfőre, s intett a szolgálóknak, hogy hozza-nak enni- és innivalót. Közben előkerült a deák, majd nem sokkal később megérkezett Szerén is. Koppány fel-ugrott a helyéről és intett az anyjának, hogy foglalja el helyét az asztalnál.

– Ismerjétek meg az anyámat, Aba nembéli Szerént, a nyitrai kabarok közül. Ő segít nekem tanácsaival.

A férfiak felálltak, megvárták, míg az asszony he-lyet foglal a fia mellett, majd ismét leültek. Az étkezés közben nem sok szót pazaroltak. Mikor mindenki befe-jezte, Koppány megvárta, amíg a szolgálók leszedik az asztalokat, csak az ivóalkalmatosságok maradtak, oda-fordult Buda felé.

– Most már mondhatod, bátyámuram, hogy mi já-ratban vagytok, és legfőképpen, mit szerettetek volna apámmal beszélni.

– Mint mondottam, Kurszán kende nemzetségéhez tartozunk. Bizonyára te is tudod, Kurszán halála után Árpád fejedelem nem töltette be új emberrel a kende cí-met, és Kurszán szállásterületét a magáéhoz csatolta. Egészen idáig nem is volt ezzel semmi baj, de tavaly óta nagyot változott a világ. Taksony fejedelem egyre többet és hosszasan betegeskedett, helyette fia, Géza intézte az ügyeket. Egyre gyakrabban küldte hozzám az embereit, hogy hagyjuk el a szállásterületünket, mert arra szük-sége lenne a fejedelemnek, de cserébe kapunk egy újat a nyugati gyepűknél, a határt őrző rabló besenyőknél. Többször megismételte ezt az ajánlatot, de én nem akar-tam elfogadni. Beszélni akartam Taksonnyal is, de soha nem jutottam a színe elé. „Beteg a fejedelem – mondták mindig –, most nem tud foglalkozni az ügyeddel". Véleményem szerint nem is tudott róla, hogy milyen tervei vannak Gézának. Az én népem meg a füves pusztához szokott, mi keresnivalónk lenne nekünk a nyugati lápvidéken? Akkor telt be végleg a pohár, amikor burkoltan megfenyegetett, ha nem megyek bele az alkuba, akkor rám küldi a besenyőket meg a németeket, akik körülötte lebzselnek éjjel és nappal. Megvártam a tél elmúltát és szekerekre rakattam az asszonyokat, gyerekeket, jurtáinkat – ami ott maradt, azt felgyújttattam az embereimmel, hogy ne kerüljenek idegen kézbe. Kerülőutakon jöttünk, nem akartunk Géza embereivel találkozni. Azért apádhoz fordultunk volna, mert tudjuk, ő befogadta a Harka népét is, meg a besenyőket is, akik csatlakozni akartak hozzá. Így jutottunk idáig.

Ezzel befejezte. Hosszas csend telepedett közéjük, végül ezt Koppány törte meg.

– Meghallgattalak, most menj az embereidhez. Holnap, ha a nap delelőre hág, gyere vissza a válaszomért.

Buda és emberei felálltak és elmentek. Mikor magukra maradtak, a fiú hosszasan nézett maga elé, úgy vizsgálgatta az asztal erezetét, mintha most látná először. Aztán hátralökte a széket, melyen ült ezideáig, hirtelen felpattant és járkálni kezdett fel és alá. A többiek csak a szemükkel követték a mozgását, percek teltek el így.

– Mit tegyünk? – fordult Maroshoz.

– Véleményem szerint be kellene fogadni őket – válaszolta az ispán.

– Nektek milyen hozzáfűzni valótok van?

Juliánusz megköszörülte a torkát, jelezvén, hogy szólni kíván.

– Ezt alaposan át kell gondolni. Fogadjuk be, mondja Maros. Persze igaza van, testvéreitek ők, csak egyet ne felejtsünk el: Taksony halott, Géza az új fejedelem, mert hiszen a szer a törvényeitek szerint úgyis megválasztja. S ha Kurszán embereit befogadjuk, Géza haragját könynyen magunkra...

– Ebből elég! – kiáltott hirtelen közbe Koppány. – Nem félek Gézától, nem kezdhet velem semmit, nem árthat nekem, hiszen egy vérből származunk, bennem is Árpád vére folyik! Ez nem a bizánci udvar, ahol egymás életére törnek a testvérek, rokonok. Úgy döntöttem, befogadom őket, testvéreim ők nekem, gyarapítják majd a harcosaim számát és nemzetségünk létszámát. Holnap megadom nekik, amire vágynak: új otthont. Bulcsú népének és a szálláshely határa között van egy jókora, legelőkben dús terület, folyik ott két patak is, erdőben sincs hiány, azt adom nékik.

– Ismerem azt a helyet – szólalt meg az ispán –, tényleg kiváló.

– Akkor holnap te vezeted őket tovább – ezzel leült az asztalhoz, jelezvén, hogy a megbeszélésnek vége.

Másnap délben, mikor a küldöttség újra megjelent, elmondta nekik is a döntését. A szigorú, szomorú tekintetek megenyhültek, megkönnyebbülés járta át a szívüket. Buda előrelépett és köntöse alól előhúzott egy szépen faragott pálcát, melynek szárán az ősi magyar rovásírás szimbólumai voltak láthatóak, a végére pedig egy kiterjesztett szárnyú karvalyt munkált a készítő.

– Fogadd el tőlünk ezt a pálcát, Zerind fia, Koppány! Még Kende használta utoljára, ez volt a címének jelképe.

– Köszönöm néktek – válaszolta, és közben a szeme felragyogott a megtiszteltetéstől. – Ígérem, hogy amíg én élek, és élnek majd az utódaim, addig óvni és segíteni foglak titeket a karom minden erejével.

– Mi ígérjük neked, amíg egy is él a nemzetségünk-
ből, addig híven szolgálunk téged, és karunk minden
erejével óvni fogunk.

– Holnap útra kelhettek, az ispánom majd vezet ben-
neteket az új földetek felé.

2.

Az utolsó szer

Mennyivel másabb volt ez a szer, már maga az út is! Immár ő viselte a nemzetségfő címét, s nem élt az apja, kinek csöndes és megnyugtató szavába kapaszkodhatott volna. Ugyanazt az utat választották, melyen tavaly is elindultak, fő kísérete is változatlan maradt. Száz lovast vitt magával, negyvenet a sajátjai közül, húszat-húszat a besenyőktől, a Bulcsú nemzetségből és húszat Kurszán népéből, hogy lássák és tudják, hogy őket is annyira becsüli, mint a többieket. Keve vitte utána a zászlót, melyen a vágtázó farkas alatt ott volt a félelmetes halálfő is.

Amint belovagoltak a Veszprém alatt elterülő széles síkra, intett az embereinek, hogy verjenek tábort közvetlenül a nyitrai kabarok mellett. Ő maga elindult megkeresni a nagyapját. Amikor megtalálta, leugrott a lováról és odaszaladt az öreghez, aki a sátra előtt üldögélt egy földre terített medvebőrön.

Amint Aba meglátta fiút, korához képest szokatlan fürgeséggel ugrott talpra:

– Koppány, te vagy az? Mennyit nőttél, erősödtél tavaly óta! Kár, hogy szegény apád eltávozott közülünk! Hogy van az anyád, az én lányom?

– Örülök, hogy látlak. Én is köszönöm, anyám jól van, most várja második gyermekét.

Látta az öreg arcán átsuhanni az értetlenséget, ezért gyorsan hozzátette:

– Apámé a gyermek, csak anyám az ő halála után tudta meg, hogy terhes.

Közben letelepedtek a medvebőrre és hosszasan beszélgettek arról, hogy mi történt az elmúlt egy év alatt és arról is, mi várható a holnapután kezdődő szeren.

Aztán eljött az is. Még alig virradt, mikor a törzsfők összegyűltek az áldozókőnél, a többiek tisztes távolságból figyelték őket. Az áldozat végeztével az öreg Súr feltette a kérdést:

– Feleljetek, magyari törzsfők! Akarjátok-e Taksony fia, Gézát fejedelemnek? Alkalmasnak találjátok-e őt a tisztségre?

A szólítottak egymás után Géza elé járultak és úgy mondták

– Igen, alkalmasnak találom, és őseink törvénye szerint választom őt a tisztségre.

A táltos az új fejedelem kezébe helyezte a rangot jelképező csákányt, amit Árpád óta minden fejedelem használt, majd előkerült a régi és hatalmas pajzs is, amin a levegőbe emelik a tisztség betöltőjét.

Koppány az emberei mellett állt és onnan figyelte a szertartást. Látta Géza büszke arcát, amin egy izom se rándult, olyan biztosan és szilárdan állt a lassan vállmagasságba emelkedő pajzson, mint a görög mesterek által készített kőszobrok. Ekkor felharsant az összesereglett emberek viharos üdvözlése. Az új fejedelem háromszor lendítette az ég felé a csákányt tartó karját, mindannyiszor felmorajlott az éljenzés.

A ceremónia után visszatértek a széles térségen felállított asztalokhoz, mindenki elfoglalta a helyét és ettek az időközben előkészített ételekből. Bort azonban csak módjával fogyaszthattak, az előrelátó Géza nem szerette volna, ha idő előtt lerészegednek a törzsfők, hiszen sok mindent meg kellett még beszélniük, és tudta, az ittas ember nem alkalmas erre. Koppány nagyapja mellett foglalt helyet. Nem került messze a főasztaltól, ahol a fejedelem, s mellette teljesen szokatlanul, egyetlen nőként a hitvese, Sarolt ült. Nagyon látszott már az állapota, ezért kissé nehezen mozgott. Gyermeket várt, az elsőt, az eljövendő anyaság megszépítette arcát. Géza balján testvére, Béla figyelt kissé sápadt arccal, hiszen csak nemrégen épült fel hosszan tartó betegségéből. Így telt el egy óra, az asztaloknál csak az étkezés és egyhangúnak tűnő halk mormogás hallatszott.

Géza felállt és késével megkocogtatta az előtte álló serleget, jelezvén, hogy szólani kíván. A beállt csöndben elkezdte beszédét:

– Köszönöm néktek, népem vezetői, hogy fejedelmetekké választottatok, ezért esküszöm, hogy életem végéig hűen szolgállak majd benneteket. Cserébe viszont én engedelmességet várok el tőletek. Halljátok hát első rendelkezéseimet! A zsákmányszerző hadjáratokat beszüntetem, sőt megtiltom. Nem akarom, hogy értelmetlen harcokban hulljanak a magyari harcosok, vagy két nagyhatalom közé ékelődjünk, ezért tárgyalásos úton kívánom rendezni a bonyodalmakat. Továbbá megtiltom, hogy a törzsi viszályokat fegyverrel intézzétek, mert ez is csak felesleges vérontáshoz vezetne. Ha problémátok lesz egymással, forduljatok hozzám, és az én szavam dönt majd a fegyverek helyett! Arra az elhatározásra jutottam továbbá, hogy amíg én élek, nem lesz több szer, ez az utolsó.

Elhallgatott és megvárta, amíg a döbbent morajlás elcsitul, és csak azután folytatta.

– Állandó tanácsot kívánok felállítani, először itt Veszprémben, később pedig új székhelyemen, a most újjáépülő Esztergom várában. Minden törzs képviseltetheti magát két-három emberrel a tanácsban.

A törzsek vezetői elképedve néztek egymásra, de szólni nem szólhattak, hiszen a vezérük még nem fejezte be.

– Továbbá szorgalmazom a kereszténység felvételét, de nem erőszakkal, hiszen az csak rossz vért szülne, de szeretnék ebben élen járni.

– Zerind fia, Koppány, most hozzád szólok. Bár még ifjú vagy, szeretném, ha állandó tagja lennél a tanácsnak. A másik dolog pedig, hogy hallottam, befogadtad a szálláshelyedre a hitszegő módon elmenekült Kurszán népének töredékét. És még egy, miért varrattad zászlódra Bulcsú jelképét, a halálfőt?

Koppány felállt és szembefordult a vérrokonával, majd a szemébe nézvén hangosan, hogy mindenki hallja, így válaszolt:

– Köszönöm a megtiszteltetést, de nem fogadhatom el, mint magad is mondtad, ifjú vagyok, még sokat kell tanulnom, és hol tanulhatnám a legtöbbet, mint saját birtokom ügyeinek intézésével. Ha majd elég érett leszek és még áll az ajánlatod, szívesen veszem a kérésed. A másik, igen, Kurszán népét befogadtam, hiszen menedéket kértek tőlem, és mivel magyariak ők is, úgy döntöttem, nálam maradhatnak. Sőt, mivel védi őket a vendégjog, ezért aki ártani akar nekik, az velem és minden népemmel találja szemben magát.

Itt már az öreg Aba nem győzte a köntöse alját rángatni, mert a fiút kezdte elragadni az indulat, és egyre hangosabban és dühösebben beszélt.

– Végezetül igen, a jelképet zászlóimra varrattam, mert nagyra becsülöm a néhai harka tetteit. Jó példakép

ő számomra, no, nem a csatavesztése, hanem a szerve-
zőkészsége és körültekintő külhoni diplomáciája. Ennyit
szerettem volna mondani néked, fejedelem.

– Köszönöm, és tiszteletben tartom a döntéseidet. Ha
úgy érzed, elég tapasztalt leszel, a váram mindig nyit-
va áll előtted.

Koppány enyhén meghajolt, és helyet foglalt ismét.
Géza még megszólított egy-két törzsfőt, de ő erre már
nem nagyon figyelt, kezeit az asztal lapja alá rejtette,
hogy senki ne vehesse észre, hogy mennyire remegnek
azok, no nem a félelemtől, hanem a felindulástól és a le-
nyelt dühtől. Később, mikor véget ért az evés és főleg az
ivás, az újdonsült fejedelem asztalt bontott, és távozott
felesége és testvéröccse kíséretében. Ekkor megoldód-
tak az eddig féken tartott nyelvek, és az előkelők nagy
hangon, mely kissé borízű volt már, beszélgetni kezd-
tek az elhangzottakról. Ezt Koppány és az öreg Aba már
nem várták meg, hanem ők is távoztak. A fiú elkísérte
az öreget a sátrához, majd búcsúzni kezdett, de nagyap-
ja megállította:

– Ne siess annyira, te gyerek! Kísérj be engem, sze-
retnék veled néhány szót váltani! Ki tudja, mikor talál-
kozunk, ha találkozunk még ebben az életben egyálta-
lán, hiszen öreg vagyok én már, nem hiszem, hogy sok
időm van hátra ezen a világon.

Engedelmesen követte őt a sátrába, leült a felkínált
tábori székre, az öreg egy kéveske bort töltött mind a ket-
tőjüknek. Egymásra köszöntötték a serlegeket.

– Nem volt részedről bölcs dolog, hogy tengelyt akasz-
tottál a fejedelemmel.

– Tudom, de sikerült kihoznia a sodromból ennek a
pökhendi, nagyképű alaknak.

– Mondok neked valamit, és ha lehet, fogadd meg a szavaimat! Próbáld meg, sőt ne próbáld, inkább tanuld meg uralni az indulataidat, mert hidd el nekem, könnyen a vesztedet okozhatják majd.

– Igen, megfogadom a tanácsodat, és igyekszem aszerint cselekedni.

– Még valami. A fejedelmedről még előttem se, de mások előtt végképp ne beszélj úgy, ahogyan az imént, mert valaki még besúgja neki, és az a halálodat jelentheti.

– Köszönöm bölcs intelmeidet, szem előtt tartom majd.

– Csak ennyit szerettem volna.

Felállt és odament a fiúhoz, átölelte, majd kezet fogtak.

Koppánynak a saját sátrában sokáig nem jött álom a szemére, amikor nagy nehezen elaludt, akkor pedig rémképekkel álmodott. Másnap kábultan ébredt, és csurom víz volt a takarója. Egy ideig eltartott, amíg összeszedte a gondolatait, majd Kevéért küldetett és elrendelte a táborbontást. Mire a nap delelőre hágott, már útnak is indultak. Nem köszönt és nem búcsúzott el senkitől.

3.

A FELNŐTTÉ VÁLÁS

Eltelt hét esztendő. Mennyi minden történt ezen idő
alatt! A 977. évet írták, Koppány betöltötte a tizenhato-
dik életévét. Megváltozott az évek múlásával: magassá-
gát örökölte az apjától, lassan egy fejjel magasabb lett az
embereinél. Haját ő sem fonta varkocsba, hanem vállára
engedte, s fején egy szépen díszített bőrszíjjal szorította
le. Ékszert nem viselt, csupán a Bulcsú és apja lánca füg-
gött a nyakában, az érmék domború mellkasára lógtak
alá. Továbbra is, ha tehette, naponta gyakorolta a fegy-
verek forgatását, az íjjal különösen jól bánt, a fürdőhá-
zat is gyakran felkereste, és időnként már rajta felejtet-
te a szemét egy-egy csinos fehérnépen.

Ezen a meleg márciusi napon kíséretét otthon hagyva
kilovagolt az ősi római napistenszoborhoz, lovára bék-
lyót vetett, és leterített köpenyére ülve a hátát a nap su-
garaitól langyos márvány talapzatnak vetette, s behunyt
szemmel végiggondolta az elmúlt hét év történéseit.

Alig ért haza a szerről, rá egy hétre anyja elvetélt, na-
pokig lebegett élet és halál között. Az egyik bába megsúg-
ta neki, hogy fiú lett volna a születendő gyermek. Magá-
ban gyászolta el a testvérét és aggódott Szerén életéért,
de ahogyan teltek a napok, kiderült, hogy erős benne az
élni akarás. Szép lassan felépült, de arcán mély nyomot
hagyott a fájdalom. Koppány igyekezett őt egyre inkább
bevonni a szállásterület ügyeinek intézésébe, főleg azért,

hogy elterelje a gondolatait, de így is tudta a szolgálók elmondásaiból, anyja sok éjszakát ébren tölt, kerüli az álom, és elvesztett fiát siratja. A következő évben jött a hír, hogy Géza fejedelem és öccse, Béla felvette a keresztséget, természetesen római módra. Géza keresztségben nyert új neve István, még öccséé Mihály lett. Az István nevet Géza sohasem használta, sőt amikor a szemére vetették, hogy az ősi isteneknek is áldoz, állítólag így felelt: „Elég hatalmas és gazdag vagyok hozzá, hogy két úrnak is áldozzak". Ez igaz volt-e vagy sem, nem tudni. Igaz, Koppány sohasem kutatta ezt. Bélát meg szinte száműzte: a nyugati gyepűket őrző besenyők és magyariak vezérévé tette. Közben megszületett a fejedelem első gyermeke, egy leány, ami csalódás volt számára.

Hirtelen felriadt a gondolataiból, mert valami nesz ütötte meg a fülét. Kinyitotta a szemét, de nem mozdult semmi. Az erdőből lassan egy őz óvakodott ki a szobor körül lévő tisztásra. Kezét lassan az íja felé csúsztatta, ekkor az állat meglátta őt, de nem menekült el, mint várható lett volna, hanem még közelebb merészkedett. A fiú belenézett a szemébe és letett róla, hogy leterítse, pedig pompás állat volt a maga nemében. Behunyta újra szemét és tovább emlékezett.

973-ban a fejedelem tizenkét előkelő törzsfőt és nemzetségfőt küldött az Ottó császár által tartott birodalmi gyűlésre, ahol azok is keresztséget nyertek. Géza szerette volna, ha ő is közöttük van, de elhárította ezt a megtiszteltetést, mondván, hogy még fiatal, és amúgy is megkeresztelték már, igaz, bizánci rítus szerint. Jobban fájt neki az a hír, hogy jelentős területeket engedett át a németeknek a béke fejében, olyan területeket, amik már egy emberöltőn keresztül a magyariaké voltak, és sok hős vére hullott érte. „Béke – biggyesztette le a száját –, mintha bizony félnünk kellene tőlük".

Még abban az évben megszületett a fejedelmi pár második gyermeke, ez már bizony fiú lett, és a büszke Vajk nevet kapta.

Közben Kevétől, a régi társtól meg kellett válnia, a hadnagy ugyanis addig-addig járt a Kurszán nembéliek szállására, amíg szívét rabul nem ejtette Buda leánya. Takaros leányzó volt, az már biztos. Amikor megegyeztek az apjával, Koppány biztosította a javakat, sőt apja régi vadászházát is a párnak adományozta, akik ezt örömmel fogadták. A menyegző után Tarna fia Ipolyt tette meg a testőrök hadnagyának, és ő lett az állandó kísérője – igaz, a fiú talán öt-hat tavasszal látott többet nála. Nemsokára megszületett az ifjú pár első gyermeke, aki fiú lett, és a Zsolt nevet viselte.

Elgémberedett egy kissé, ezért felállt és kinyújtózott. Az őz időközben eltűnt a sűrűben. Lassan odaballagott a lovához, felnyúlt a nyerge mellett lévő kulacsáért és ivott belőle. A hű jószág közben a vállához dörzsölte a fejét. Megsimogatta a nyakát és visszafordult a szoborhoz, amit az évek során rendbe tetetett, voltak neki ügyes kezű mesterei.

Jöttek a hírek a fejedelmi udvarból. Géza áttette a székhelyét a lassan, de biztosan újjáépülő Esztergomba. A tanács is működött, bár egyre több német érkezett az udvarba, és egyre több szerzetes is. A törzsfők szép lassan behódoltak, egy-két kivétellel. Koppány nem szerette őket, nem is nagyon keresett kapcsolatot a nyugattal, annál inkább nyitott Bizánc felé. Nikodémusz, bár évek óta nem járt erre, azért szorgalmasan levelezett a fiúval. Koppány minden évben elkísérte a kereskedőknek szánt

marhacsordát, félték is a zászlaját. A határ mindkét olda-
lán lappangó rablók és más gyülevész népek eleinte még
megpróbálták elrabolni az értékes állatokat, de elég volt
egy-két véres összecsapás, és megtanulták tisztelni a ma-
gyari vitézek és pásztorok fegyvereit. Koppány íjától meg
egyenesen rettegtek. Az utóbbi időben nem is zaklatták,
inkább segítettek neki – igaz, jó pénzért.

Visszafeküdt a köpönyegére, két karját a feje alá téve
a magasban futó felhőket nézte.

Lassan már jó fél éve, hogy Bulcsú, és néha az apja is
eljönnek hozzá éjszakánként álmában, és ebben a vissza-
térő álomban széles pusztákat mutatnak neki, ahol szám-
talan ménes legelészik. Csúcsos bőrsüvegű kopjás férfiak
vigyázzák az állatokat, távolabb hatalmas, folyó víz tükrén
megcsillan a nap fénye, és jurták előtt füstölnek a tüzek.
Nem tudta, mit jelent ez, hiszen hol van magyari földön
hatalmas síkság? Nem tudta, kiket lát, milyen nemzetség
tagjait, de mivel a harka egyre sürgetőbben és gyakrab-
ban mutatta ezt neki, ezért elhatározta, hogy holnap fel-
keresi Detrét, ő biztosan meg tudja fejteni ezt az álmot is.
Lelkiismeret-furdalást érzett egy pillanatig, hiszen már
több mint egy éve nem kereste az öreget, nem is hívatta,
mindig annyi dolga akadt. Leszakított egy zöld fűszálat,
és végét erős fogai közé harapva rágcsálni kezdte és gyö-
nyörködött a hófehér felhőkben. Olyan jólesett most nem
gondolni semmire, jó volt a csönd is, amely szinte körülölelte.

Másnap a kora reggeli órákban Ipoly kíséretében el-
indult Detréhez. Mivel nem szerette a felesleges beszé-
det és kísérője is megszokta ezt, nem beszéltek, lassan
poroszkáltak, a reggeli szellő lágyan simogatta az arcu-
kat. Mikor beértek a fák közé és a táltos tüzének füstjét
is érezték, megállította a lovát.

– Te maradj itt és várj meg, amíg vissza nem jövök! Nyugodtan tarisznyáljál meg és nyergeld le a lovadat, ez úgyis eltart egy jó darabig.

Aztán tovább lovagolt az ismerős ösvényen. Itt semmi sem változott az elmúlt év alatt, gondolta magában, legfeljebb a fák lettek magasabbak. Kiért a tisztásra, ahol az öreg és unokájának jurtája állt, leszállt Holló nyergéből és hagyta, hogy az állat szabadon bóklásszon kedvére. Detre is ugyanúgy ült a földre terített medvebőrön, mintha csak tegnap váltak volna el. Éppen reggelizett, lepényt tördelt, és a másik kezében tartott sült húsból nagyokat harapott hozzá. Szinte nyomtalanul múltak el felette az évek, lehetetlen volt pontosan megmondani a valódi korát, de talán ő maga sem tudta pontosan az évei számát.

– Gyere közelebb, uram! Foglalj helyet mellettem, és segíts elkölteni a reggelimet!

Koppány leült mellé, de a felkínált ételt nem fogadta el. Mielőtt elindult volna, már reggelizett, ezért türelmesen várt, hogy a másik befejezze. Mikor az öreg a csontokat odavetette a két kivénhedt kutyájának, akik már arra sem méltatták a jövevényt, hogy megmorogják, Koppány odanyújtotta a csikóbőrös kulacsát. Detre alaposan meghúzta azt.

– Mi járatban vagy erre? Hiszen már sok-sok nap eltelt, mióta nálam voltál.

Az ifjú elmondta neki az álmát. A táltos egyszer sem szakította félbe, csak figyelmesen hallgatta. Mikor befejezte, hosszú csönd telepedett közéjük, így telt legalább egy fertályóra. A fiú már éppen szólni akart, mikor a másik belefogott a mondókájába.

– Tudod, szerintem Bulcsú azt akarja neked üzenni, hogy fordítsd arra a lovad fejét, amerről a népünk érkezett. Kelj át a Kárpátok gyűrűjén és keresd meg a besenyőket, hiszen testvérnépek azok minékünk. A csúcsos süvegű, rövid kopjás bőrvértet viselő harcosok az álmodban besenyő harcosok.

– Jó, de mi dolgom nekem ott, és miért akarja, hogy odamenjek?

– Erre a választ csak az istenek tudják. Lehet, hogy ez a küldetésed, de lehet, hogy a besenyőknek van szüksége rád... Ki tudhatja ezt pontosan? Különben is, megismerheted az életüket, amely pont olyan, mint a mi őseinké volt a folyók közében, ahonnan a besenyők miatt kellett eljönnünk.

– Hagyjam itt a nemzetségem, most, mikor már felnőttkorba léptem? Nekik is szükségük van rám.

– Ezt én nem tudhatom, de az álombéli üzenet ezt hordozza. Keresd föl a testvéreinket!

– Megfontolom a tanácsodat – de amint ezt kimondta, már tudta, hogy el fog menni a hosszú útra.

Feltápászkodott az öreg mellé, benyúlt az övébe és egy bizánci veretű aranyat dobott a bőrre. – Tudom, azt akarod mondani, hogy nem kellett volna, de én adom. Vegyél néhány lábasjószágot és fűszereket a faluban.

– Az Öregisten kísérje a lépteidet és vigyázzon rád az úton! – kiáltotta utána Detre.

Amint hazaérkeztek, rögtön futárokat küldött szét a nemzetségekhez azzal az üzenettel, hogy két nap múlva várja őket tanácskozásra. Ezután az ebédlőbe sietett, s egy szolgát elszalasztott, hogy kerítse elő az anyját, Juliánuszt és Marost.

4.

Tanácskozások

Mire előkerültek az anyjáék, addigra Koppány enni- és innivalót hozatott magának. Most, hogy elszánta magát, szinte megkönnyebbült és farkasétvággyal látott neki az ételnek, közben vizezett bort kortyolgatott. Hellyel kínálta az érkezőket, majd mutatta nekik, hogy lássanak neki az ételnek ők is. Mikor befejezték, Koppány hátralökte a széket, melyen eddig ült, és szokásához híven felalá kezdett járkálni, közben elmondta nekik a tervét, és úgy tett, mintha nem látná a megdöbbenést az arcukon. Maros szólalt meg elsőként.

– Uram, ha te elmész, ki fogja a nemzetség ügyeit intézni?

– Természetesen ti hárman, de ha valami nagy probléma adódna, ami ha úgy érzitek, meghaladja az erőtöket, nyugodtan forduljatok a többi vezetőhöz.

– Mit fog ehhez szólni a fejedelem? – kérdezte az anyja.

– Mit szólhatna? Hármatokon és a nemzetségek vezetőin kívül senki nem fogja tudni a valódi célom. Elhíresztelem majd, hogy a nagyapámat megyek meglátogatni, utána meg Erdélybe megyek a gyulához.

– Ki fogja intézni a követekkel való tárgyalást és a levelezéseket? – vetette közbe a deák.

– Az is a ti dolgotok lészen, mint ahogyan az időközben felmerülő peres ügyekben is ti döntötök a vének segítségével.

Látta az arcukon, hogy meggyőzte őket a szavainak erejével. Felkapta az asztalról a serlegét és egy hajtásra megitta a benne hagyott bort, majd leült és elbocsájtotta őket. Mikor magára maradt, közelebb húzta az asztalon lévő egyik tálat, amin még maradt egy-két sült, és jóízűen falatozni kezdett.

A következő napon, mikor minden ügyes-bajos dolgot elintézett, szólította Ipolyt, hogy szerszámozza föl a lovát és vezesse elő. Mikor elkészült, kiment a palota előtti térre és leintette a testőrét, majd nyeregbe szállt és elindult a vadászház felé, amely most már Keve hadnagy otthona volt. Lassan haladt és magában újragondolta a tervét, meg azt is, amit hű társának mondani akart. A ház közelében leugrott a lováról és gyalog haladt tovább. Keve, aki éppen a fiával játszadozott, meglátta, hogy közeledik. A fiúcskával a vállán elébe sietett, és vidáman paroláztak. Koppány a gyereknek is a kezét nyújtotta, aki teljes erejével belecsapott a felkínált jobb tenyérbe.

– Kerülj beljebb, uram, nemsokára készen lesz az ebéd.

– Majd később sort kerítünk arra is, most járjunk egyet inkább, szeretnék veled négyszemközt beszélni.

A férfi leemelte válláról a gyereket és szólította a feleségét, aki szinte nyomban megjelent az ajtóban a hívó szóra. Mikor meglátta Koppányt, széles mosollyal hozzáfutott, és megcsókolta az arcát kétoldalról.

A férje reá bízta a kicsi Zsoltot, majd elindultak a fák között, lassan lépkedve. Egy kis idő elteltével Koppány letelepedett egy öreg tölgy tövébe, a másik is követte a példáját. A hadnagy már régóta ismerte urát és tudta, hogy szereti a csöndet, ezért nem szólt feleslegesen. Várt türelmesen, amíg a másik megtörte a köztük lévő hallgatást. Elmondta a tervét Kevének, aki figyelmesen hallgatta, mikor befejezte, csak akkor szólott:

– Engedd meg, uram, hogy én is veled tartsak ezen a hosszú úton. A fiam már nagy, a feleségem a szolgálókkal elboldogul, különben is, már jó pár éve csak a rozsda marja a kardomat.

– Pontosan ezért jöttem hozzád, így hát rögvest választ adtál a kérdésemre. Holnap megtartom a törzsi tanácsot, és reá kétszer hét nap múlva indulni szándékozom. Úgy tervezem, hogy ötven besenyő harcost viszek, és ötven-ötven embert Bulcsú, Kurszán és a saját nemzetségemből. Az út alatt te leszel az én vezérlő hadnagyom.

– Megtisztelsz vele.

Mivel mindent megbeszéltek, elindultak vissza a ház felé. Bementek és nekiláttak az ebédnek, amely a ház asszonyának kezét dicsérte. Derekasan ettek és ittak, és az árnyékok már hosszúra nyúltak odakünn, mikor Koppány elbúcsúzott és elindult a hazavezető úton.

Másnap korán ébredt, még alig hajnalodott. Felkapta magára a Bizáncból hozott köntösét és a fürdőházba sietett. Sokáig áztatta a testét a kellemesen meleg vízben, majd lefeküdt az egyik falócára, és a szolgáló tetőtől talpig illatos olajjal kente be a testét. Alaposan megmasszírozta az izmait. Aztán a fiú ruganyosan, mint egy cserkésző párduc, felpattant, s egy korsó hideg vízzel öntötte le magát. Érezte, amint a vér megpezsdül az ereiben. Alaposan megtörölközött, majd szobájába sietett és felöltözött, az egyszerű magyari vitézek viseletét öltötte magára. A konyhába sietett és farkasétvággyal esett neki az ételnek. Az írnokok már vártak rá Juliánusszal az élen, elintéztek egy-két égetően fontos dolgot. Lediktált három levelet, és már ment is tovább. Úgy tíz óra tájban gyülekezni kezdtek a nemzetségfők.

Amikor belépett, az addig hallható monoton mormogás elhallgatott, és síri csönd telepedett a helyiségre. Elfoglalta a helyét az asztalnál, majd fölemelte a kupáját, és a jelenlévő vezetőkre köszöntötte azt.

Aztán elkezdte felvázolni nekik a tervét, amazok egyetlen hang nélkül hallgatták végig. Beszéde végén egyesével biztosították őt arról, hogy egyetértenek vele, hiszen a szegényebb szabadosok már erősen nyugtalankodnak, főleg mióta a fejedelem betiltotta a hódító hadjáratokat. Azt is igazságosnak találták, hogy minden nemzetségből ötven embert visz magával, azt meg teljesen természetesnek vették, hogy régi fegyvernökét, Kevét tette meg a sereg hadnagyának.

Az elkövetkező napokban az asszonyok rengeteg tésztát gyúrtak és húst szárítottak. Az utóbbit porrá törték és zsákokba csomagolták. Koppány Keve és Maros társaságában kiválogatta a saját ötven emberét, ezt a többieknél a vezetőkre bízták. Mindenki egy vezetéklovat visz magával, ebben is megegyeztek. Az utolsó előtti napon ismét kilovagolt minden kíséret nélkül Detréhez és kérte, hogy tudja meg az istenek szándékát a küldetése felől. A táltos azt mondta, hogy az istenek támogatják az útját, és az nagy dicsőséget szerez majd neki. Elköszönt az öreg barátjától, és a hazaúton megállt a római napistenszobor előtt. Leugrott a lováról és közelebb lépett a szoborhoz, közben felnézett az égre, ahol a valódi napisten rótta az útját. Széttárta a karját és felé kiáltott:

– Mondd, uram és a legnagyobb isten mind közül! Mire tartogatsz engem, kérlek, válaszolj nekem! Nem hiszem sem a bizánciak, sem a rómaiak megfeszített, sápadt fiúistenét. Milyen isten az, aki a saját fiát feláldozza?

Hangja sokáig visszhangzott a levegőben. Majd meglátta, hogy fenn az égben három varjú üldöz egy sólymot, de az egy hirtelen irányváltással kiszabadult a gyűrűjükből, és mire azok észbe kaphattak volna, az egyiküket fejen koppintotta, és feljebb és feljebb repült a felhők közé. Koppány leeresztette a karjait és meghajolt a szobor felé:

– Köszönöm, uram, neked ezt a kedvező jelet. Hidd el nekem, szent esküvéssel fogadom, hogy mindig hű fiad leszek!

Felugrott a lova hátára és elindult hazafelé. Talán életében először érezte, hogy hazamegy.

A tizennegyedik napfelkeltén a palánk melletti füzesnél várták be egymást, pontosan ott, ahol valamikor Kurszán népe táborozott egy rövid ideig. Lassanként megjöttek az emberek, ötösével, tízesével. Már majdnem dél volt, mire összeverődtek a különböző nemzetségből érkezettek. A vezetők jelentették neki, hány embert hoztak. A lovasok vidáman paroláztak egymással és vitatták, hogy mi várhat rájuk a hosszú úton. Koppány elosztotta őket: ötven embert előreküldött elővédnek, ő maga száz emberrel alkotta a derékhadat, ötven embert Balambér vezetése alatt utóvédnek hagyott. Ipoly kibontotta a farkasfejes zászlót. A nap már legalább háromkopjányira elhagyta a zenitet, amikor a fősereggel elindultak. Már előzőleg megbeszélték, hogy feleslegesen nem hajszolják a lovaikat. Lassan, szinte lépésben haladtak, nem siettek, hosszú út állt előttük. Kétnapi kényelmes lovaglás után elérték a Dunát.

A folyó békésen csordogált a medrében, hiszen hetek óta nem volt eső. Az előhad bevárta a fősereget, sőt az utóvédet is. Gázlót kerestek, és néhány próbálkozás után találtak is alkalmasat. Átúsztak a folyón, a túlparton letáboroztak. A legények lecsutakolták lovaikat, majd maguk is fürdőztek egyet. A kimosott ruháikat szárogatták a tűző napon és heverésztek a zöld, kövér fűben. Néhányan uszadékfát és száraz gallyakat gyűjtöttek az esti tábortüzekhez, előkerültek a borostömlők is. Közben visszaérkezett Koppány is, aki harminc emberével felderítette a környéket. Össze is akadtak pár mérfölddel feljebb egy révész gazdával, sőt egy halászfalut is leltek, ahol rövid alkudozás után majd' egy szekérnyi frissen fogott halat vett meg tőlük néhány ezüstért. A csapat rögtön nyársakat faragott, és a lassan elköszönő nap sugarai mellett tüzeket raktak. Nemsokára a sülő hal nyálcsordító illata töltötte be a levegőt. Koppányt ez most nem érdekelte, a lova hátán bevágtatott a vízbe. Először letisztogatta a hű állatot, majd maga is levetkezett és tetőtől talpig alaposan megmosdott. Mire visszaért a táborba, a sátra már állt, előtte vidáman lobogott a tűz. Letelepedett a fűre terített köpenyre, Keve már nyújtotta is felé fatálon az ennivalót. Mikor befejezték a vacsorát, csak akkor szólalt meg:

– Holnap napfelkelte után elindulunk a Tiszához, és annak medrét követve haladunk észak felé. Így mindig víz közelében leszünk, és lesz ennivalónk, továbbra is ez a hadrend marad.

A hadnagyok egyetértésük jeleként bólintottak, aztán felálltak, és ki-ki a saját sátra felé indult. Keve még kijelölte az őrszemeket, aztán a hátát Koppány sátrának vetve elszunyókált szép lassan ő is. Koppány bent a sátorban lefeküdt, és beburkolózott medvebőr takarójába. Még sokáig hallgatta a tábor ezerszínű zaját, lassan közeledett az éjfél, mire elnyomta az álom. Alig pirkadt még, mikor felébredt, s kilépett a sátorból. Keve is nyomban felriadt, de ő csak intett neki, hogy maradjon, aztán lesietett a vízpartra. Ledobta a ruháit és a folyóba gázolt. Belevetette magát a vízbe és a parttal párhuzamosan úszni kezdett, aztán megfordult, majd újra visszsza. Legalább tizenötször tette meg a távot oda-vissza. Mikor kilépett a partra, úgy érezte, újjászületett. A lassan felkelő nap sugarainál megszárítkozott, felöltötte a ruháit, s visszatért a táborba, amely még csak most kezdett ébredezni. Végül is jó két órával napfelkelte után indultak el, persze az előőrs már hamarébb.

Két és fél nap alatt érték el a Tiszát. Odaérhettek volna sokkal korábban is, de Koppány nem hajszolta csapatát, tudta, még hosszú út vár rájuk a besenyők földjéig. Két éjszakát a Duna és a Tisza között elterülő széles, füves pusztán töltötték. Útközben szabad legeltető pásztorokkal találkoztak, akik hatalmas marha- és gulyás-, ménescsordákat legeltettek. Déltájban elérték a folyót. Az előhad már tábort vert utasításának megfelelően; mikor ők is odaértek, álltak a sátorok, lobogtak a tüzek, a kondérok alatt sültek a friss húsok a parázs fölött. Mikor az utóvéd is megérkezett, lecsutakolták a lovakat, megfürödtek a folyóban, voltak, akik halászni próbáltak. Akadtak olyanok is, akik a vízparti csalitosban vadásztak kisebb állatokra. Az éjszaka múltával tovább haladtak a folyó folyásával szemben észak felé, a kabarok szálláshelyére. Napokig tartott az útjuk, kikerülték Szerencs veszélyes mocsarait egy pákász segítségével, majd Ond vezér valamikori szálláshelyén éjszakáztak. Innen indultak tovább. Itt már megszűntek a hatalmas zöldellő pusztaságok, ezen a helyen már a hegyek voltak az urak. Jó félórányi lovaglás után elérték a kabarok szállásterületét, amit a bölényfejes kopjafák is jeleztek az út mentén. Innentől kezdve együtt haladtak tovább: az élen Koppány, mellette Keve és a többi hadnagy. Ipoly vitte a zászlót, melyet vidáman lengetett a könnyű szél. Nemsokára őrizőkbe botlottak, akik megállították őket. Koppány egyedül odaléptetett hozzájuk, két karját széttárva, jelezvén, hogy békés szándékkal közeledik.

– Legyetek üdvözölve, kabarok, én Zerind fia Koppány vagyok, Aba úrhoz jöttem, a nagyapámhoz.

– Üdvözölünk mi is téged, előreküldök egy gyors hírvivőt, hogy jelentse érkezéseteket.

– Köszönöm néked, addig is lassan haladunk tovább, hogy nagyapámat láthassam.

– Adok egy vezetőt mellétek, bár eltévedni nem tudnátok, hiszen ez az út egyenesen az Aba nemzetség szállására visz, de az illem és a szokás ezt kívánja.

Elfogadták a felkínált segítőt, mivel amúgy sem tehettek volna másként, és lassan haladtak tovább. A vezető szótlanul haladt elöl, ők sem próbáltak szóba elegyedni vele. Csodálatos tájékon haladtak. Az út jobboldalán dombok, távolabb hegyek magasodtak, baloldalán szelíd lejtők alatt hatalmas zöld legelők és megművelt földterületek látszottak. Az itt ragadt szlávok művelték azokat. A kabarok nem bántották őket, mióta idejöttek, békében éltek egymás mellett, a szlávok eladták nekik a terményeik egy részét. Még távolabb egy folyó víztükre csillogott a nap fényében, ami a Hernád volt.

5.

GENERÁCIÓK TALÁLKOZÁSA

Valóban, mire odaértek az Abák székhelyére, nagyapja a település kapujában várta őket néhány kísérője társaságában. Koppány leugrott a lova hátáról és gyalogosan ment az öregúr felé, Aba is le akart szállni, azonban a fiú megszólította:

– Maradj csak, nagyapa, hiszen te sok tavaszt láttál már!

– Az már igaz! – dörmögte az öreg a bajusza alatt.

Közben odaért és a kezét nyújtotta felé, vidáman paroláztak.

– Ülj vissza a lovadra és kövess engem! Az embereidet odavezetik a kijelölt szálláshelyre, ahol letáborozhatnak. Küldettem oda élelmet is nekik, hadd pihenjenek, hosszú út áll mögöttetek.

Koppány eszerint cselekedett és követte a település belseje felé a nagyapját, csak Kevét tartotta maga mellett.

A vezéri szállást, amit nyugodtan nevezhetnénk várnak is, hiszen erős cölöpkerítés védte, négy sarkában egy-egy fából ácsolt torony magasodott benne őrizőkkel, a kapuját két teljes fegyverzetben pompázó harcos vigyázta. A durva gerendákból ácsolt épület előtt leugrottak a lovaik hátáról szolgálókra bízva azokat, az öreg megmutatta Koppány szobáját mellette, és Kevéét is.

– Pihenjetek, frissüljetek fel, három óra múlva találkozunk az ebédlőben! – és sarkon fordult.

Koppány belépett a szobába, amelynek falait különböző állatbőrök borították. A hatalmas ágyat medvebőrök takarták, volt még itt két szépen faragott szék és az egyik sarokban egy mosdóalkalmatosság. Levetkezett, lemosta magáról az út porát, aztán lefeküdt az ágyra. Amint behunyta a szemét, szinte azon nyomban el is aludt, vagy másfél órát, mélyen és álomtalanul. Ébredés után teljesen kipihentnek érezte magát, testéből elszállt a fáradtság. Megmosta az arcát a hideg vízben, felöltötte a ruháját, kardot nem kötött, csupán tőrét csatolta fel a szíjára. Éppen elkészült, mikor kopogtatást hallott az ajtaján.

Odalépett és kinyitotta azt, Keve állt ott.

– Uram, lassan eltelik a három óra, azt hiszem, meg kellene keresni az étkezőtermet.

Csak bólintott, végigmérve testőrét.

– Csatold le azt a kardot! Itt nem lesz rá szükség, elég a tőröd is.

A másik ekként cselekedett, aztán elindultak. Mikor beléptek a nagy szálába, minden szem rájuk szegeződött, és elcsitultak az addig hallatszó zajok és zörejek. A hosszú asztaloknál ott ültek a kabar előkelőségek asszonyostul, a fő helyen az öreg Aba ült, mellette foglalt helyet a fia, Amádé, az asztalfőn két hely üresen állt számukra.

– Gyertek, foglaljatok helyet mellettem! – Amíg végighaladtak, a vendégek felálltak, s mikor a kijelölt helyhez értek, újból a törzsfő szólalt meg.

– Engedjétek meg, népem vezetői, hogy bemutassam nektek a lányom fiát, Koppányt, az unokámat. Többen találkoztatok már vele a szereken, de akkor még gyermek volt, most pedig már kész férfi. A kísérője pedig Keve hadnagy, vele is találkozhattatok már.

A két vendég a bemutatáskor könnyedén meghajolt a többiek felé, akik viszonozták ezt. Mielőtt leültek volna, Koppány felemelte az előtte álló kupát.

– Köszöntelek téged, Aba nembéli Aba, akit a nagyapámként tisztelhetek, és benneteket is, kabarok vezérei, legyen rajtatok az Öregisten áldása, vigyázza ő a nemzetségeteket!

Ittak, majd helyet foglaltak. A szolgálók elkezdték behordani a sülteket és a friss fehér kenyereket.

Evés közben nem nagyon beszélgettek, egyszer-egyszer hol egyik, hol másik előkelő állt föl pohárköszöntőt mondani. Koppány udvariasan viszonozta a köszöntőket, de ajkaival alig érintette a kupáját. Nem szerette a féktelen italozást, csakúgy, mint annak idején az apja. Lassan véget ért az étkezés, a sarokban a regösök zenélésbe fogtak:

Árpád apánk büszkesége
A kabarok nemzetsége,
Segítettük új hont foglalni néki,
Sok emberünk vére folyt ki.
A fejedelem ezt méltányolta,
Ezt a földet nekünk adta,
Régi szabadságunk megtartatta.
Legyen hát áldott
Az ő emléke,
Igyunk hát a nemzetségre.

Aba a fiúhoz fordult:

– Ne értsd félre, örülök jöttödnek, de sejtem, nem csak engem kívántál látni. Mi hát az utazásod célja?

– Néked megmondom. Először is szerettem volna veled találkozni, másodszor Erdélyországba megyek a gyulához, onnan pedig Besenyőföldre indulok.

– Mi dolgod néked a besenyőkkel?

– Szeretném látni a Kárpátokon kívüli területeket, megnézni azt az utat, ahol valamikor a fejedelem behozta népünket erre a földre, és harci tapasztalatokat szeretnék szerezni. Mióta Taksony és Géza betiltotta a külhoni hadjáratokat, nincs lehetőség erre.

– Az már igaz! De hidd el nekem, néha jobb a béke és a gyarapodás, mint a háborúság.

– Igen, ezt magam is így vélem, de érzem, nagy dolgokra vagyok hivatva, és ahhoz kell ez az út.

– Tudom, fiam, de ne keresd fölöslegesen a veszélyt! Ne hívd ki magad ellen a sorsot, élj békében!

– Nem tudok, mióta látom és hallom, hogy a fejedelem egyre több papot hoz, meg németet az országba, és az ő tanácsukra hallgat. Sok földet nekik adott már, amit a magyariak vére által szereztünk.

– Mindjárt vége a mulatozásnak. Maradj itt, megmutatom néked a másik unokámat.

Koppány Amádé felé nézett, aki mellett ott ült a felesége, a szintén kabar származású Piró. Végigfuttatta tekintetét az asszony lányosan karcsú alakján, melyen nem hagyott nyomot a gyerekszülés, egyedül a melle feszült a tejtől, neki a selyemruhájának. Abának két fia született az anyján kívül, aki a legidősebb volt. Amádé a nagyapjával élt, és sokat segített az öregnek. Két éve vette el asszonyát, és közel egy éve született meg a gyerekük, egy fiú. A fiatalabbik, Tas a szállás északi felén élt, vagy három éve vitt asszonyt magának, s még nem köszöntött rájuk a gyerekáldás.

Közben Aba felállt, erre elcsendesedett a terem, a zenészek is elhallgattak. Felemelte a poharát.

144

– Köszönöm néktek, hogy megtiszteltétek a házamat, de későre jár, ezért javaslom, bontsunk asztalt és térjünk nyugovóra!

Mindenki felállt, és felemelte a kupáját. Ittak még egy utolsót a házigazda tiszteletére, aztán szép lassan elmentek. Koppány is elbocsájtotta hadnagyát. Mikor négyesben maradtak, a családfő a menyéhez fordult.

– Megígértem Koppánynak, hogy láthatja a másik unokámat.

Piró meghajtotta egy kissé a fejét.

– Gyertek hát velem!

Követték az asszonyt a szállása felé. Mikor beléptek a szobába, a gyermekre vigyázó cseléd felugrott a székből, amelyet egy gazdagon díszített, faragásokkal ékes bölcső mellé helyeztek. Piró egy kézmozdulattal elbocsájtotta, majd a ringatózó bölcső felé hajolt és kivette belőle a fiát. A gyermek békésen szuszogott és bizonyára tündérekkel álmodott, mert mosolygott, legalábbis a fiú így gondolta. Látta, hogy az utód az Abák arcvonásait örökölte. Ekkor a csecsemő kinyitotta a szemét és nagyot ásított, majd kíváncsian szemlélte a föléje hajló unokatestvére arcát, de nem ijedt meg tőle, nem kezdett el sírni, hanem újra elmosolyodott.

– Tetszel neki – szólalt meg az asszony mély, bársonyos hangján.

– Üdvözöllek, kicsi ember! Kívánok neked erőben és gazdagságban hosszú életet itt, ezen a földön – simogatta meg félve az aprócska arcot.

A gyermek, mintha megértette volna szavát, újra végigmustrálta kék szemével, melyet az anyjától örökölt, a feléje hajló idegen arc vonásait és kezecskéjével a haja felé kapott.

– Látod, ő itt Aba nembéli Sámuel – szólalt meg most első ízben az apja. – Te meg, fiacskám, ismerd meg az unokatestvéredet, az én nővérem fiát, Koppányt!

Az öreg ellágyulva nézte a jelenetet, de nem szólt semmit. A korán elhalt feleségére gondolt, aki most biztosan nagyon boldog volna, ha itt lehetne, bár föntről biztosan látja ezt a találkozást és örül neki. Sok-sok éve már annak, mikor az asszonya elment, de ő nem vett új feleséget magához, hű maradt az elhunyt nő emlékéhez.

– Gyertek, menjünk, ne zavarjunk tovább! Biztosan a gyermek is éhes már, hagyjuk őket magukra!

Koppány még egyszer megsimogatta Sámuel orcáját, majd követte a másik két férfit. Az ebédlőben akkorra leszedték az asztalokat, a szolgák letelepedtek az egyik asztalhoz. Amádé bort töltött, az apja megvárta, míg végez, csak akkor szólalt meg.

– Tudod, egy férfinak tudni kell azt, hogy melyik utat járja, de én akkor sem helyeslem ezt a besenyő féle kalandodat. Csak nemrégen tudtam meg, hogy a fejedelem öccse, Bála, vagy ahogyan most hívják, Mihály nagyon beteg, a papok, az orvosok, de még a táltosok is lemondtak róla. Azt beszélik, hogy nem éri meg a következő tavaszt.

Koppány meglapetten kapta fel a fejét.

– Miért, mi a baja?

– Valami emésztő lázat szedett össze a nyugati gyepűknél elterülő mocsarakban. Köhög, és egyre nehezebben kap levegőt. Géza ezt jól elintézte, hiszen ő küldte arra a vidékre.

– Ha Béla netalán távozik az égi pusztákra, akkor én leszek a mostani fejedelem utódja, hiszen én vagyok a következő legidősebb Árpád-vér.

– Hiszen ezért mondtam az előbb, hogy nem nézem jó szemmel ezt a kalandot. Vigyáznod kell magadra, fiam!

Amádé most szólalt meg első ízben, mióta az asztalnál ültek.

– Mi, kabarok számítunk rád abban, hogy támogatod majd a törzsünket és nem küldesz a nyakunkra holmi németet meg papokat.

– Addig még sok idő telik el, és nekem a saját utamat kell járnom, amit a sorsom jelölt ki számomra, de ígérem, ha egyszer én leszek a fejedelem, számíthattok a támogatásomra, mint ahogyan remélem, ti is támogattok majd engem.

A két Aba szótlanul bólintott ezekre a szavakra és várták, hogy folytassa.

– Muszáj mennem, értsétek meg, tapasztalatot kell szereznem, különben is bírom Ongur törzsfő meghívását.

– Jól van, fiam. Rád bízom, ez a te dolgod.

– Ha nem haragudtok, most szívesen álomra hajtanám a fejem, mert hosszú volt az út idáig, és kifárasztott ez a mai nap.

Felemelte a kupáját és a másik kettőre köszöntötte azt. Nem mondott teljesen igazat nekik. Igaz, hogy hosszú volt az út, de korántsem volt olyan fáradt, mint állította, csak szeretett volna egyedül maradni a gondolataival. Amint a szobájába ért, szokása ellenére ruhástól dőlt végig a lócán. Két karját a feje alá tette, és a fejében sebesen kergették egymást a gondolatok. Már lassan pirkadt az ég alja kelet felől, mikor elnyomta az álom. Ennek ellenére frissnek és kipihentnek érezte magát, mikor reggel felébredt, pedig talán négy-öt órát, ha aludt. Álmai most cserbenhagyták, Bulcsú sem kísértette most.

Közel tíz napot töltöttek a nagyapjánál, ezen idő alatt mindig szakított rá időt, hogy a kicsi Sámuelt láthassa.

Órákig tudta szótlanul nézni a gyermeket és gyönyörködött benne. Aztán egy reggel magányosan kilovagolt. Hosszú ideig nézegette a fák, a bokrok ágait, míg egy alkalmas ágat nem talált. Levágta az ágat a késével, majd leült a fűbe és faragni kezdte azt. Majd' fél napig dolgozott vele, mire elkészült a mű: egy csodás díszítésekkel ékes sípot faragott. A végére egy előre elkészített bőrszíjat erősített. Amint visszatért az erődbe, a gyermek szobájához sietett. Ott találta az anyját és a dajkát is, Sámuel éppen boldogan kacarászott a bölcsőjében.

Elővette a sípot és megfújta. Csodálatos hangokat csalt ki belőle, s hirtelen maga sem tudta miért, de eszébe jutott az anyjától gyermekkorában sokat hallott ének, és azt kezdte el játszani rajta. A gyermek abbahagyta a sajátos nyelvű gügyögését, figyelme a hangok felé fordult, és tágra nyílt szemmel Koppányt kezdte el figyelni. Befejezte a dalt, aztán Pírónak nyújtotta a kicsi sípot.

– Ezt neki készítettem ajándékul, majd ha nagyobb lesz, add át és mondd meg neki, hogy az unokabátyja készítette ezt számára. Valahányszor megfújja majd, gondoljon rám!

Az asszony csak bólintott. Még egy utolsó pillantást vetett a fiúra, aki ezután elment.

Amit nem tudhatott, az az volt, hogy Aba nembéli Sámuel élete végéig a nyakában hordta az ajándékát.

6.

A HITVITA

Útra keltek hát megint. Tarcal vezér szállásán keresztül-
haladva elérték a Tiszát. Annál a pontnál, ahol a Bod-
rog belefolyik, kissé lejjebb gázlót találtak és átkeltek a
folyón. A bal parton haladva követték a folyásirányt. Itt
már nem voltak hegyek, csak a végtelen puszták, amit
itt-ott szakított meg csak egy erdős rész. A szikes tala-
jon levő legelőkön hatalmas nyájak legelésztek. Estén-
ként visszatértek mindig a folyó medréhez és ott éjsza-
káztak. Pár nap alatt elérték azt a helyet, ahol az egyesült
Körösök találkoznak a Tiszával, ott kelet felé fordultak
és tovább folytatták az útjukat Erdély belseje felé. A ne-
gyedik napon egy csapat harcos állta útjukat. Koppány
tudta, hogy figyelemmel kísérik a seregét, hiszen jól lát-
ta a jelzőfények füstjét és tüzét, ezért meg sem lepődött,
mikor majd' egy zászlónyi lovas jelent meg előttük. Elő-
relovagolt. A ruházatukról és fegyverzetükről tudta, ezek
székelyek, akik a honszerzéskor csatlakoztak Árpád ve-
zérhez, állítván, hogy ők a hunok leszármazottjai. Attila
legkisebbik fiának, Csabának a seregét alkották, és a ki-
rályfi halála előtt azzal bízta meg őket, hogy őrizzék meg
ezt a földet. Ők megtették ezt a feladatott és mikor a ma-
gyariak megérkeztek, mivel a beszédjük és rovásírásuk
megegyezett az övékével, ezért a hunok kései családjának
hitték őket és behódoltak az új fejedelemnek. Árpád is rá-
juk bízta e föld védelmét, mikor hűséget esküdtek neki.

A fiú egyedül, kíséret nélkül ment hozzájuk, elmondta, hogy mi célból érkezett, és hogy békések a szándékai, szeretne találkozni a gyulával. A másik Bor nembéli Kundként mondta a nevét és kérte, hogy kövessék őt és embereit, Zombor, a gyula már várja. Jó egy órányi lovaglás után Kund előre mutatott, ahol a fák között egy hatalmas tisztás látszott, és mondta, hogy az emberei itt letáborozhatnak, Koppány pedig tartson vele. Így tettek, csak előbb még szólt Kevének, hogy jöjjön.

Nemsokára meglátták a gyula hatalmas rönkfából ácsolt erődjét, melynek a kapuját díszes faragásokkal ékes oszlopok díszítették. A két oszlop tetejére egy-egy ágaskodó medvét faragott az ács, az oszlopokon körben ősi rovásírás futott az ékes díszítések között.

Kund bevezette őket a gyula termébe, ahol már egy trónszerű széken ülve várta őket Zombor, aki javakorabeli férfi volt, haja és szakálla ezüstbe fordult már.

– Légy üdvözölve, Zerind fia Koppány! – mondta mély, dallamos hangon.

Koppány meghajtotta kissé a fejét.

– Üdvözöllek én is, erdélyi gyula.

– Tudom, mi az utatok célja, hiszen megírtad galambpostával. Adok majd két székely vezetőt, akik átvezetnek a Kárpátok hágóin, és ott már Besenyőföld lesz. Volna azonban egy kérésem.

– Hallgatom, kedves bátyám, és ha tudom, teljesítem.

– Van itt a szállásomon két görög szerzetes, Péter és Tamás a nevük. A céljuk, hogy a pogány besenyőket megtérítsék, szeretném, ha csatlakozhatnának hozzád.

Koppány meg sem lepődött a pogány szó hallatán, hiszen tudta, hogy Zombor évekkel ezelőtt felvette a bizánci keresztséget, és szigorúan aszerint is élt.

– Rendben van, csatlakozhatnak hozzám, és én óvom őket az úton.

– Köszönöm, fiam.

Ezután még jó két óra hosszat tanácskoztak, de hogy mi hangzott el itt, az örökre az ő titkuk maradt, mert a gyula elküldte a bizánci testőreit, s Koppány is Kevét. Mikor végeztek, Koppánynak jókedv sugárzott a szeméből. Az embereihez sietett, megvacsorált és korán lefeküdt a sátorában. Reggel megérkeztek a szerzetesek és a vezetők is. Két napot töltöttek el itt, aztán indultak tovább, egyre beljebb a fákkal borított hegyi úton, amely egyre meredekebben haladt fölfelé. A fák óriásiak voltak, úgy tűnt, mintha az égboltot karcolnák a hegyükkel. Azon az egyik hágón haladtak, melyen ősapáik jöttek a Kárpát-medencébe. Az út két oldalát itt is, ott is mély szakadékok tarkították. Ahogyan egyre feljebb haladtak, egyre hűvösebbek lettek a nappalok, az éjszakák meg egyenesen hidegek. Az emberek fázósan burkolóztak köpenyeikbe és keresték a tábortüzek melegét. Az egyik ilyen estén Koppány meghívta a két szerzetest, hogy költsék el a vacsoráját közösen. Amikor befejezték az étkezést, feléjük nyújtotta a borostömlőjét, azok becsülettel meghúzták azt és közelebb húzódtak a tűzhöz, kezüket a meleget adó lángok felé nyújtották.

– Azt tudjátok, hogy a besenyő vad és vérszomjas nép, mégis közéjük kívánkoztok, hogy a hitetekre térítsétek őket?

– Jézus fegyverével, a békességgel és szavaival megyünk hozzájuk és hisszük, hogy minden megtért lélek örömet jelent az Úrnak. – felelte Péter, a szikárabbik és beszédesebb, tört magyarsággal.

– Nem muszáj magyarul beszélnetek, hiszen tudom a görög, de még a latin nyelvet is.

– Rendben van, akkor beszéljünk görög nyelven.

– Én mégis azt hiszem, ez nem szerencsés küldetés. A besenyők nem hallgatnak az istenetek szavára.

– De lásd, uram, Zombor is megtért az egy igaz isten szavára már évekkel ezelőtt, és a szerint is él mind a mai napig.

– Tudom, tudom, sőt engem is keresztvíz alá tartottak kicsiny gyermekkoromban. A keresztségben a György nevet kaptam, azt is tudom róla, hogy híres nagy vitéz volt. Valamiféle sárkányt is ölt, de olvastam és ismerem a szent könyveteket is. Úgy gondolom, ahogyan Jézus hirdette, úgy lehetetlen élni, legalábbis ebben a világban. Ő szegénységet, és ami a legfőbb, békességet hirdetett meg, hogy szeresse az ember a felebarátját, úgy, mint önmagát.

– Hol ezzel a baj?

– Ott, hogy napjainkban az úgynevezett keresztény világ is egymást öli, a fejedelmek és királyok, ha egymással harcolnak is, Isten és Jézus nevében indulnak harcba, arról már nem is beszélve, hogy hol van a szegénység. Hiszen mindenki vagyont és gazdagságot próbál szerezni, vagy ott a római pápa, aki ahogyan mondják, Krisztus földi helytartója, mégis pompás palotákban lakik, s tele van aggatva díszes ékszerekkel. Akkor hol van most az igazság?

– Uram, most még az emberiség gyarló és esendő, de ha eljön a végső ítélet, Isten mérlegelni fogja minden egyes ember tettét és cselekedetét, és aszerint ítél majd.

– Jó-jó, de az úgynevezett barbárok, akik nem ismerik az írás igazságát, mert még csak nem is hallottak róla, őket nem az igaz szóval kellene meggyőzni? Szerintem igen, és nem rögtön fegyver után kapkodni. Hol van ilyenkor a keresztényi türelem és alázat? Szerintem bűn olyan ember vagy isten nevében fegyvert ragadni és harcolni, aki egész életében, amit e földön élt, békét hirdetett.

– Sok az igazság a szavaidban, de erre én csak azt az írást tudom idézni, hogy Isten útjai kifürkészhetetlenek.

– Látod, itt az ellentmondás a szavaidban.

– Miért, uram?

– Mert ha Jézus fent ül a ti istenetek jobbján a mennyországban, akkor miért nem akarja, hogy a háborúkat ne a gyermekek és az asszonyok szenvedjék meg?

– Ha ismered az írást, akkor azt is tudod, hogy minden ember eredendően bűnös.

– Na látod, ez nem kell nekem, meg sok más embernek sem. Engemet ne az apák bűnei miatt ítéljenek meg, hanem a saját tetteim miatt. Ha én meghalok, majd a nagyfejedelem elé megyek, ott az öreg táltos felüti majd a nagykönyvet, kiolvassa belőle a tetteimet és aszerint ítélnek meg, nem pedig mások bűnei miatt kell vezekelnem csak.

– De ez eretnekség...

– Hagyjad, úgysem tudjuk egymást meggyőzni. Nekem nem kell a ti megfeszített megváltótok, csak a mi Öregistenünk, meg a látható, a napisten, meg az égbolton lévő csillagösvény, ami az égi pusztákra visz majd, ha itt kitelik majd az időm.

Megkínálta őket újra a tömlőjéből, majd egy kézmozdulattal elbocsájtotta a két szerzetest. Ezt követően intett Kevének, aki a közelben várakozott. Mikor a hadnagy letelepedett a tűzhöz, megkínálta a saját vacsorájából, s megvárta, míg a másik jóízűen elfogyasztja azt.

– Három-négy nap múlva átérünk a hágón, onnantól már csak magunkban bízhatunk.

– A szerzetesekkel mi lesz?

– Velünk jönnek egészen a vezérig.

Koppány elbocsájtotta a hadnagyot és behúzódott az ágakból összerakott szállás alá. Becsavarta magát a köpenyébe és nyomban el is aludt. Keve még elsorolta az őrszemek nevét, nekivetette a hátát egy fatörzsnek, s az enyhet adó parázs melegénél ő is elszunnyadt.

Másnap déltől már érezhetően lefelé haladt az útjuk. Koppány a tájat fürkészte, a két székely olyan bizonyossággal vezette őket, mintha mindennap ezt az utat járták volna. Egyszer csak egy kisebb, szakadéknak nem is mondható vízmosásban Koppány valami furcsát, oda nem illőt pillantott meg. A kantárszárat odadobva az egyik legénynek, gyalogosan csúszkált lefelé a meredek partoldalon. Ahogyan leért, már látta, mi az a furcsaság. Egy réges-régen felborult szekér volt az, az egyik kereke eltörött, a többi még épségben volt, csak az enyészet kezdte ki őket, mint ahogyan az egész alkotmányt, a rúdja is csonkán meredt az ég felé. Tudta, ez a hont szerző magyariaktól maradt itt, valószínűleg eltörött kereke miatt zuhant le a mélybe. A fiú lábával beletúrt a vastag avarba, egyszer csak megzörrent valami a talpa alatt: egy cserépkorsó maradványa volt az. Felvette az egyik darabot és letörölgette róla a moharéteget. Megismerte a virágdíszítésekből, hogy tényleg magyari. Ezt a réges-régen felborult szekeret, bizonyossággal érezte, hogy még a hont szerző ősök hagyhatták hátra. Lassan körbejárta az alkotmányt, néha végigsimított rajta. Az időjárás viszontagságai bizony már kikezdték azt, vastagon borította a moha és az elszáradt, lehullott falevelek, s a növényzet is lassan benőtte. Megfogta az egyik törött kereket, és erős szorítása alatt lepattant abból egy darab. Közben az emberei is észrevették, hogy a vezérük nincs közöttük, ezért keresni kezdték. Koppányt annyira lefoglalta a talált régi alkalmatosság vizsgálata, hogy nem is figyelt a körülötte lévő zajokra, nem tudta volna megmondani, ha az élete függött volna tőle, akkor sem, hogy mennyi ideje áll már ott. Amikor visszatért az ábrándozásból, meglepve látta, hogy valamennyi embere, sőt még a vezetők, de még a két pap is ott áll a szekér körül és olyan áhítattal, szótlanul nézik azt, mintha most látnának ilyet először.

– Ez valamelyik ősünké lehet – szólalt meg az egyikük.

– Mindjárt megtudjuk, hogy milyen törzsbéli lehetett – válaszolta Keve.

Tudták, hogy mire gondol, még a besenyő harcosok is, hiszen a magyari szekerekbe, ott ahol az ülés volt, amin a hajtó ült, beleégették a készítők a törzsi címert.

Koppány elkezdte óvatosan ledörzsölni az ülés alatti korhadozó deszkáról a mohát. Nagyon lassan csinálta, mert félt, hogy egy erősebb, vagy hirtelen mozdulatra az egész szétmállik. Lassan előtűnt a beleégetett címer, még úgy-ahogy felismerhető volt, egy bölényfejet ábrázolt.

– Ez a Tarjáni törzshöz tartozott.

Egy jó darabig még csöndben figyelték, aztán tovább folytatták az útjukat.

7.

A BESENYŐK KÖZÖTT

Koppányt jobban megviselte a múlttal való találkozás, mint ahogyan mutatta. A nap hátralevő részében alig lehetett szavát venni. Este korán megette a vacsoráját, majd Kevére bízta a tábor ügyeit, ő maga pedig az alvóhelyére ment. Beburkolózott a takarójába és azt tervezte, hogy rögtön elalszik, az álom azonban sokáig kerülte a szemét. Nyugtalanul forgolódott órákon keresztül, míg végre sikerült elaludnia. Akkor azonban szinte azonnal eljött hozzá Bulcsú. Sokáig csak nézte a fiút, majd megszólalt.

– Ma találkoztál az ősök nyomával, napok óta azt az utat járod, amit ők is jártak. Látod, milyen nagy dolgokra voltak képesek ők? Hazát szereztek maguknak, és hosszú harcok árán tágították annak határait. Félelemben tartották szinte egész Európát, adófizetésre bírták a nagy Bizáncot, de hová lett a hősi múlt? Mióta vereséget szenvedtem, nyakukat behúzva ülnek tétlenül a magyarok és félve vigyázzák a gyepűket. Az új fejedelem, Géza olyan területeket ad vissza a németeknek, amit vérrel szereztünk. Szégyen ez ránk nézve. Egyre több pap érkezik, hogy a kereszt alá hajtsák az ősi puszták népét, bizony mondom néked, fiú, jól teszed, hogy a besenyőkhöz indultál. Ott talán kipróbálhatod magad igazi harcokban, hiszen a férfit a harc edzi meg igazán. Ne félj, én vigyázok rád, mint ahogyan eddig is tettem!

156

Reggel jókedvűen ébredt, elmúltak a borongós gondolatai. Továbbindultak, most már egyre csak lefelé haladtak. Talán a harmadik napon kiértek a hegyek lábához, a két székely búcsúzkodni kezdett. Bár Koppány marasztalta őket, úgy döntöttek, hogy visszatérnek. Ők viszont továbbhaladtak. A hegyek dombokká szelídültek, majd végül végtelen pusztákká, amit csak itt-ott szakított meg egy-egy facsoport. Így haladtak napokon keresztül, sehol egy ember, csak madarak meg a vadon élő állatok, bár Koppány érezte, hogy láthatatlan szemek vigyázzák őket és figyelemmel kísérik minden léptüket. Vagy öt nap telt el így, mikor egyszer csak a semmiből lovasok bukkantak föl. Rövid, bojtos végű kopjáikról meg a „Hijj-hijj" kiáltásukról rögtön tudta, hogy besenyők. Csodálatos lovakon ültek, szinte úsztak a föld fölött.

Egy kőhajításnyira tőlük megálltak. Mikor a csapatuk odaért a helybéliekhez, a vezetőjük kivált a többiek közül, lehettek valami százan. Eléjük lovagolt, majd fennhangon megszólalt.

– Kik vagytok, és mi a szándékotok Besenyőföldön?

– Én Zerind fia Koppány vagyok, és Ongur törzsfő meghívására léptem a földetekre. Nem ellenséges szándékkal érkeztem, hanem barátként, a magyariak földjéről.

– Minket a törzsfő küldött elétek, én a fia, Tevez vagyok. Már napok óta figyelünk benneteket.

– Tudtam, pontosabban éreztem – nevetett föl a fiú csengő hangon, és jobbját nyújtotta a másik felé.

Vidáman paroláztak, a többiek is elkeveredtek a magyariakkal, és nemsokára élénk beszélgetés bontakozott ki közöttük. Koppány meglepődve tapasztalta, hogy nem kell sokat erőlködnie, a másik szinte minden szavát megértette. „Hiába, rokon nép ez velünk" – gondolta.

A két szerzetes is előkerült, bemutatta őket Teveznek, azok tört besenyő nyelven elmondták jöttük szándékát.

– Jól van, tartsatok hát velünk, majd apám eldönti a sorsotokat!

Így lovagoltak napokon át, mindig csak napkeletnek tartva, elszórt falvakon, sátorvárosokon át. A füves pusztákon hatalmas ménesek, birkanyájak és tehéncsordák legelésztek a pásztorok őrizete alatt.

Egy hét is beletelt, mire Ongur szállásáig jutottak, amely hatalmasnak tűnt. Sátorok, jurták százai tarkállottak, a település közepén pedig a törzsfő lakóháza magasodott, melynek főépületét fából ácsolták. Két sarkán két lakótorony emelkedett, melynek csúcsán két hatalmas zászlót lobogtatott az enyhe szél. Ezek fekete selyemből készültek, közepükön a napkorong stilizált képe ragyogott aranyosan. Koppány csak később tudta meg, hogy a lobogók azt jelentik, hogy a törzsfő épp a szálláson tartózkodik. A törzsfő szinte azonnal fogadta a fiút. A teremben, ahol várt reá, csak ő tartózkodott. Amint Koppány belépett, ő azonnal felpattant a székéből és elé sietett. Kezet fogtak, és hosszasan mustrálták egymást. Ongur középtermetű férfi volt széles vállakkal, ujjatlan bőrmellényéből kilátszott két izmos, napbarnított karja. Haját borotválta, és csak középtájon hagyta meg őszülő varkocsát. Egyébként a bajuszában és szakállában is jócskán voltak már őszi, deres hajnalokra emlékeztető szálak, arcát ráncok és régi csatákban szerzett sebhelyek borították. Szigorúnak tűnő vonásait ellensúlyozták melegen sugárzó barna szemei. Helyet mutatott Koppánynak és a fiának is. Mikor letelepedtek, a törzsfő saját kezűleg töltött mind a két ifjúnak és magának is.

– Jó utatok volt a földemig? – kérdezte, miközben a másikra köszöntötte serlegét.

– Igen, nem háborgatott senki bennünket.

– Örülök, hogy rászántad magad és eljöttél a népemhez, mert tudod, bármennyit is harcolt ezen két nép, azért csak testvérek vagyunk. Ti ugyanúgy a puszták népe vagytok, mint mi.

– Igaz minden szavad, ezt én is tudom. Harcoltunk már Bizánc ellen, voltunk a szövetségesei is, adófizetésre kényszerítettük a fényes császári udvart, csak az a baj, hogy ők a régi rómaiak mintáját követik, az „Oszd meg és uralkodj” elvet.

– Fiatal korod ellenére bölcsek a szavaid, és jól látod a probléma forrását.

Koppány tudta, hogy Ongur a laza törzsszövetségben élő besenyő vezérek között a fejedelem után a második ember, magyarra fordítva a kende.

– Tudod, minket állandóan zaklatnak az úzok, akik a keleti határvidékeinken élnek. Őket pedig egy új nép nyomja, akiket kunoknak hívnak. Mindenki harcol mindenki ellen, pedig rokon sátoros népek vagyunk. Az úzokat tüzeli Bizánc, de támogatja őket az oroszok fejedelme is, pedig hozzátok hasonlóan mi is szeretnénk ebben az új hazában végleg megtelepedni – folytatta a másik a mondókáját. – Ezért fogadom a két szerzetest is, akik veled érkeztek. Jó lenne nekünk is beilleszkednünk ebbe az új Európába, de addig, amíg ez sikerül, ha sikerül egyáltalán, még sok idő telik majd el. Most menjetek! – zárta le a beszélgetést a törzsfő

– Később találkozunk még és időt szakítunk arra, hogy tovább tárgyaljunk egymással. A fiam, Tevez szálláshelyén megtalálod az ideiglenes otthonodat, ő pontosan az előbb említett keleti határvidéket védi. Vidd magaddal az embereidet is, éljétek velünk a besenyők hétköznapi életét!

Tevez és Koppány felálltak és újra kezet fogtak, majd távoztak. Odakünn forró tűzzel perzselt a déli nap. Nyeregbe ültek, megkeresték embereiket, utána elindultak a szállásuk felé, amit körülbelül másfélnapi lovaglást követően értek el. Tevez kijelölte nekik, hogy hol verhetik föl a sátraikat, jurtáikat. Koppány helyét a saját jurtája mellett helyezte el, ami nagy megtiszteltetést jelentett a másik számára. Maga a település egy kanyargós folyó partján terült el, ami tulajdonképpen a soha le nem írt és kijelölt, hallgatólagos határt jelképezte az úzok és a besenyők között. Hol az egyik, hol a másik fél csapott át fegyveresen a másik oldalra, szinte napi jelleggel, bár már egy jó éve békesség uralkodott közöttük.

A mellé rendelt szolgák fölverték a sátrát és be is rendezték azt azon nyomban. Ő pedig bement és elfeküdt a medvebőrrel letakart alvóalkalmatosságon, és csaknem azonnal álomtalanul elaludt. Csak másnap kora hajnalban ébredt fel. Amint kinyitotta a szemét, fölpattant, és egy jó nyújtózkodás után szinte futva ment le a folyó partjára, közben érezte, hogy teljesen kipihente magát. A partra érve ledobálta magáról a ruháit és belevette magát a vízbe. Maga sem tudta, hogy meddig, de egyre csak úszott, hagyta magát sodortatni a folyással, aztán hosszasan küzdött az árral szemben. Mikor kikecmergett a partra, leült egy kidőlt fatörzsre, sokáig szárítgatta a testét a felkelő nap erős sugaraival, a lengedező szellő közben kellemesen simogatta.

Egyszer csak felkapta a ledobált ruháit, felöltözött, és lassan visszasétált az éppen akkor ébredező településre. Belépett a sátrába, szólt a hátsó részben szunyókáló szolgálónak, aki kifésülte a még nedves haját, aztán megborotválta az arcát, amit utána egy gyolcsdarabbal szárazra törült. Megette a szerény reggelijét, mert sohasem szerette a mértéktelen evést és ivást. Ezután megkereste Tevezt, és megbeszélte vele a napi tennivalókat. Segítettek begyűjteni az állatok takarmányát télre, vadászni és halászni mentek, közben rendszeresen portyáztak a folyó mentén. Igaz, eredménytelenül, mert minden csendes volt, ellenségnek még csak nyomát se látták. Békesség honolt a határ mentén.

8.

A SZERELEM

Egy augusztus végi napon éppen kint ültek a földre te-
rített állatbőrökön Tevez jurtája előtt. Velük volt Keve
és Tallár is, a besenyő hadnagya, várták, hogy a szolgá-
lók elkészüljenek az ebéddel, amely egy előző nap leva-
dászott őzből készült. A sülő hús nyálcsordító illata be-
szökött az orrukba és korgó gyomorral várták a pecsenye
elkészültét, közben a másnapi tervekről beszélgettek. A
késő nyári nap erős fénnyel tűzött rájuk, Koppány kibon-
totta az inge elejét, majd eldőlt a leterített bőrön és félig
lehunyt szemmel hallgatta a másik három beszélgetését,
amibe csak nagy ritkán szólt bele. Hullámzó mellkasán
meg-megcsillantak az érmék.

Egyszer csak valami furcsa hang ütötte meg a fülét,
hirtelen felült.

– Lovasok közelednek – mondta.

Látta, hogy a többiek is abba az irányba tekintenek,
amerre ő mutat.

– Különlegesen éles a hallásod – dicsérte Tallár.

Ekkorra már a látóhatár peremén feltűntek a lovasok,
az egyikük messze megelőzte a többieket, a lova szinte
repült a föld felett.

A szolgálók is megjelentek a fatányérra rakott pecse-
nyékkel és felszelt friss kenyérszeletekkel. Bőrtömlőben
hűtött bort is hoztak, letették elébük a tányérokat, ők pe-
dig a késeiket elővéve falatozni kezdtek. A lovasok egy-

re közeledtek. Úgy tűnt, még legalább fertályóra, mire hozzájuk érnek, s kiderül, hogy milyen híreket hoznak és kitől. Mire befejezték az étkezést, az első lovas megérkezett. Leugrott a lováról és lekapta csúcsos süvegét. Megrázta a fejét, hosszú fekete haja majdnem a derekáig ért. Ahogyan feléjük közeledett, a könnyű ing alatt léptei ütemére ringatóztak a keblei.

„Ez egy leány – gondolta Koppány –, igaz, férfimód üli meg a lovat és férfiaknak való nadrágot visel, de akkor is egy leány." A mellette ülő Tevez már felugrott a helyéről és a lány elé sietett kitárt karral.

– Réka húgom, te vagy? Biztos apánk küldött. Milyen hírekkel?

A húg mosolyától két apró gödröcske támadt arca két oldalán, ebben a pillanatban Koppány rögtön beleszeretett. Ezalatt a bőrökhöz ért a testvérpár. Leültek, Réka fekete szemét a másik férfira emelte, aztán bátyjához intézte szavait, bár eközben többször a másikra tekintett.

– Apánk küldött hozzád, és sajnos nem jó híreket hoztam. Az úzok lerohanták a folyó nagy kanyarulatánál lévő településünket, az asszonyokat, gyermekeket és a munkabíró férfiakat összefogdosták, az öregeket és csecsemőket kardélre hányták. Most lassan haladva a gázlóhoz igyekeznek, hogy átkeljenek rajta és eltűnjenek a túloldalon.

– De hiszen békességben éltünk velük immár jó két esztendeje!

A többi lovas is megérkezett, leugráltak a tajtékos lovaikról. Tevez lekezelt velük, majd elküldte őket enni és inni, de egy tízéves forma gyerkőc nem mozdult.

– Gyere közelebb, Derda, a bátyám szeretné hallani a szavaidat! Ő az a fiú, aki megszökött az úzok elől Tarnóc településéről – magyarázta a lány.

163

– Gyere, biztosan éhes is vagy már – biztatta Tevez is.
A gyerek odalépkedett hozzájuk és leült. A kezébe
adott húst és kenyeret gyorsan megette, ivott rá egy
kicsinyke bort, aztán kézfejével megtörülte a száját.
A többiek, köztük Koppány is, türelmetlenül várták,
hogy befejezze, de senki sem sürgette. Végre elkezdte
a mondandóját.

– Éjfél után, talán két óra is elmúlt, mikor a telepü-
lésünkre rontottak a gazok. Bizonyára már vagy egy-két
napja figyelhették a falut, én legalábbis így gondolom.
Az őröket elnémították, aztán betörtek a jurtákba. Az
álomtól ittas emberek nem is gondolhattak a védekezés-
re, mindenkit összefogdostak és a főtérre hajtottak. Ott
végeztek a nagyon öregekkel, és a csecsemőket a levegőbe
dobták és célba lőttek rájuk nyíllal – itt a gyerek hangja
elcsuklott a fájdalmas emlékek súlya alatt. Megvárták,
míg újra összeszedi magát és folytatni tudja.

– Én úgy menekültem meg, hogy az egyik szekér alá
bújtam, a szalma közé, onnan néztem végig ezt a szörnyű-
séget. Arról beszéltek az úz vezérek, hogy nem gyújtják
föl a települést, a füst nehogy árulójuk legyen. A közel-
ben lévő gulyát és csordát összeterelték, a rabolt zsák-
mányt szekerekre hordták. Azt is tudták, hogy férfiak
java az alánok ellen ment harcolni.

– Okos fiú vagy. És hogyan tudtál elszökni onnan? –
kérdezte Tevez.

– Megvártam, míg kimulatozzák magukat, és az ölés-
től meg a bortól megrészegülve álomra hajtják a fejüket.
Mikor minden elcsendesült, kimásztam a szekér alól,
óvatosan a lovakhoz lopóztam. Ott is állt egy őr, de az
is félig részeg volt, ezért a tőrömet a hátába vágtam. Mi-
kor összeesett, elkötöttem egy lovat és óvatosan száron

164

vezettem egy darabig, aztán felültem rá és egyenesen apádhoz vágtattam.

– Bátor fiú vagy, ezért mától az én kíséretemhez tartozol. Te leszel az egyik fegyverhordozóm.

– Köszönöm a jóságodat, uram.

– Hallottál még valamit?

– Azt, hogy a nagy kanyarulat utáni első gázlón szeretnének átkelni. Körülbelül úgy négy nap múlva érhetnek oda, mert lelassítja őket a sok fogoly, meg a zsákmány.

– Értem. Most menj be a szállásomra és pihenj!

– Mit szándékozol tenni, bátyám? Mennyi embered van?

– Kevés. A többségük az alánok ellen ment, jó, ha száz embert össze tudok szedni.

Koppány egész idő alatt le nem vette a szemét a lányról. Tudta, hogy őt is eltalálta egy nyíl, de ez nem annyira fájdalmas, inkább édes, hiszen ez Ámor nyila, a szerelem istenéé.

Most először szólt bele a beszélgetésbe.

– Itt van az én kétzászlónyi emberem, az már a tieiddel együtt háromszáz.

A két testvér meglepetten nézett rá, de ő nem adott időt nekik az ellenvetésekre.

– Rajzold fel a helyet, ahol át akarnak kelni.

Tevez szót fogadott, a keményre döngölt földre egy szenes végű fadarabbal felvázolta a folyót, a nagy kanyar utáni első gázlót is.

– Valószínűleg itt fognak átkelni.

– Mennyi idő alatt érünk oda?

– Jó kétnapi lovaglás, de kevés pihenőt kell tartanunk.

– Viszünk vezetéklovakat, úgy gyorsabban haladhatunk.

– Amint odaértünk, minden erőnkkel rájuk megyünk.

– Nem és nem. Amint odaértünk, kettéosztjuk az embereinket. Az egyik rész a gázlónál lejjebb átkel a folyón és meglapul, a másik fele az innenső parton teszi ugyanezt. Megvárjuk, míg megkezdik az átkelést. Amikor az úzok fele átkelt és a zsákmányt és a rabokat viszik át, akkor kell támadnunk. A szétszakított sereg meggyengül, így megosztottan könnyen elbánunk velük.

Tevez és a húga is elismerően bólogattak a tervére, hiszen semmi hibát nem találtak benne. A leány felemelte a tekintetét a hevenyészett rajzról és mélyen, sokáig a másik szemébe nézett. Koppány úgy érezte, hogy az egész teste elzsibbad ettől a tekintettől, zavartan kapta oldalra a fejét.

– Mennyi idő kell, míg elindulhatunk?

– Két-három órányi, amíg elkészülnek az emberek.

– Akkor gyerünk, vágjunk bele!

– Én is veletek megyek.

– Te nem jöhetsz, itt maradsz a faluban. Itt hagyok harminc embert és a kísérőidet. Vigyázzatok az asszonyokra és gyerekekre!

– Rendben van, bátyám – hajtotta meg fejét Réka. – Úgy lesz, ahogyan mondtad.

A két férfi felállt és az embereikhez siettek. Réka hosszasan nézett Koppány után, lenyűgözte ez a hatalmas termetű férfi, és az előbbiekből megértette azt is, hogy nem csak ereje, hanem esze is van. Ez a terv, amit elmondott, bármelyik nagy hadvezérnek a becsületére válhatott volna. Azt is észrevette, hogy ő sem közömbös a másik számára. Látta, hogyan nézi őt, és azt is kiszúrta, hogy amikor ő ránézett, akkor elpirult és zavartan sütötte le a szemét.

A három óra még el sem telt, mikor kilovagoltak a szállásról. Tevez vagy húsz lovast előreküldött előőrsnek. Szigorúan megparancsolta nekik, hogy maradjanak láthatatlanok, és semmiképpen ne kezdeményezzenek harcot az ellenséggel. Szinte megszállottan hajszolták a lovaikat, csak annyi időre álltak meg, míg nyerget cseréltek a vezetéklovakon, aztán máris indultak tovább. Koppány maga szótlanul lovagolt, de ha behunyta a szemét vagy éppen a látóhatárt fürkészte, mindig Réka jelent meg a képzeletében. Pontosan látta, ahogy leugrik a lováról, leveszi a süvegét és megrázza a fejét, a haja leomlik a vállaira, és léptei ütemére táncot járnak a mellei a könnyű ing alatt. Megrázta a fejét. Most nincs itt az ábrándozás ideje. Az eljövendő harcra kellene összpontosítania, de mindhiába, a leány képe makacsul kísértette. Jó másfél nap alatt érték el a megbeszélt helyet, az egyik alacsony domb hátáról figyelhették meg a folyó nagy kanyarulatát.

– Amott, a ritkás facsoportnál van a gázló – mutatta neki Tevez.

Közben az előőrs is visszatért és jelentette, hogy az úzok nemrégen, talán jó egy órája érték el a gázlót, de eszük ágában sincs átkelni rajta a mai nap folyamán. Inkább tábort vernek és pihennek egyet, mielőtt másnap nekivágnának az átkelésnek.

– Ez számunkra tökéletes. Te, Tevez, a fele sereggel lovagolj tovább, és jóval a gázló után keljetek át a folyón, majd visszafelé, amilyen csendesen csak tudtok. Holnap várjatok addig, míg az ellenséges had fele át nem kelt a folyón. Mikor a rabolt holmit és foglyokat viszik, akkor rohanjátok le őket! Én magam is így cselekszem ezen az oldalon.

A másik csak bólintott, majd intett az embereinek és elindultak lefelé, Koppány pedig behúzódott a sűrűbe a sajátjaival. Tüzet nem gyújthattak, hiszen nem lett volna szerencsés, ha idő előtt felfedik magukat. Nehezen múlt az idő, és az éjszaka még hosszabbnak tetszett, mint máskor. Nagy nehezen megvirradt, a nap elkezdte szokásos útját az égbolton. A fürkészők jelentették, hogy az úzok serege lassan megkezdi az átkelést a folyón.

9.

CSATÁK ÉS ÜTKÖZETEK

Koppány és az emberei vezetéken vezetve a lovakat a dombtetőig mentek előre. Onnan jól látszott, hogy az ellenség összetereli a foglyokat és a szekerekre ülteti őket, aztán ők maguk is nyeregbe szállnak, és a sereg fele lassan elindul a folyó felé, megkezdve az átkelést. Mikor az első lovasok kikapaszkodtak a túlparton, a fiú intésére nyeregbe szállt a sereg. Ipoly kibontotta a zászlót, az úzok közben átértek a túlpartra és onnan biztatták a társaikat, akik a rabolt holmit tartalmazó szekereket kezdték a vízbe vezetni, mellettük úsztattak az őrök és foglyok vigyázói. Koppány megvárta, míg az első szekerek átérnek, akkor felemelte jobbját és előremutatott. Erre százötven torokból hangzott fel az ősi kiálltás.

– Hujj-hujj, hajrá!

És vágtába kezdtek a lovak is, mintha érezték volna, hogy most nagyon kell futni, szinte úsztak a levegőben, és fehér tajtékot fújtak. Aztán egyetlen intésre kilőtték a nyilaikat, gyorsan egymás után. Az úzokat teljesen megdermesztette a nem várt támadás, amúgy is még kábultak voltak az előző éjszakai tivornyázástól. Megpróbáltak csatarendbe állni, de a harcosok nehezen engedelmeskedtek vezetőik parancsainak, ekkor csapódott be közéjük az első százötven nyílvessző. Sokan úgy néztek ki a becsapódó nyilaktól, mint a sündisznó, lovak és emberek hullottak a földre. Mire előkaphatták volna kicsiny, kerek pajzsaikat, már a második hullám is elérte és alaposan megtizedelte őket. Sebesültek fetrengtek a földön, de nem volt kegyelem, közéjük csapódott a harmadik kilőtt nyílzápor is, ekkorra már teljes volt a káosz soraikban.

Mire feleszméltek volna, közéjük robbant a magyariak serege Koppánnyal az élen, íjukat már elvetették, kezükben kard és csákány, sokaknál a kedvelt fegyver, a fokos. Ipoly a zászlót hozta, másik kezében buzogányt forgatva, Keve hajlított kardjával sújtott jobbra és balra. Akkora volt a sereg lendülete, hogy az úzok csapatát teljesen a folyó meredek partjáig nyomta vissza, többen közülük lovastól zuhantak le rajta. A rabok foggal-körömmel tépték béklyóikat és aki megszabadult tőle, az az ellenfélre vetette magát puszta kézzel. Koppány szakadatlanul verte az ellent, jaj volt annak, aki feltűnni látta, akkorákat ütött csákányával, sokan lovastól omlottak a földre. Őt magát minden fegyver elkerülte, pedig szálltak felé a nyílvesszők, rövid dárdák, de fegyver nem foghatta a testét, jól tudta, hiszen Bulcsú vigyázott rá. Az ellenség menekült, többen kitörtek, és vágtára fogva lovaikat eltűntek. Koppány nem engedte üldözni a futókat. A túlparton feltűntek Tevez emberei, akik a folyóba ereszkedvén megszabadították a foglyokat, roppanó derékkal visszafordították a szekereket és csatlakoztak a többiekhez. Tevez odafaroltatta lovát a Koppányé mellé és egy gyolcsdarabbal vérző homlokát törölgette, melyet egy nyílvessző sértett meg. A jobbját nyújtotta a másik felé.

– Kiváló volt a terved, az ellen nagy része halott. Igaz, sokan elmenekültek, de a foglyok szabadok, a rabolt holmit, jószágot visszavettük.

– Ez így van, de az ellenséget még nem semmisítettük meg. Szerintem át kell kelnünk a folyón és üldözni őket. A kiszabadított embereket felfegyverezzük és visszaküldjük a szállásukra, onnan pedig a zsákmányt tartalmazó szekereket elkísérik a táborodba.

– Szegjük meg a ki nem mondott szerződést és hatoljunk be az úzok földjére?

– Miért? Ők nem így cselekedtek? Mutassuk meg nekik, hogy a besenyőket büntetlenül nem lehet megtámadni!

Az emberek közül, akik végighallgatták a beszélgetést, sokan ferde szemmel néztek rá, de Tevez egy rövid ideig tartó gondolkodás után rácsapott a vállára.

– Igazad van, magyari, bár már most úgy beszéltél, mint egy igazi, született besenyő.

Akképpen cselekedtek, ahogy Koppány mondta. Rövid pihenő és fosztogatás után útnak indították a szekereket és az úz foglyokat hazafelé, ők maguk pedig átkeltek a folyón és folytatták az útjukat. Az eléjük kerülő nyomokból világosan látták, hogy a menekülők újra egyesültek, ebből tudták, nemsokára újra harcolniuk kell majd velük.

Rövid pihenőket tartottak, aztán nyeregbe szálltak, és a fürkészőket előreküldve zárt rendben követték a nyomokat. Így ment ez vagy jó két napig, amikor a fürkészők jelentették, hogy jó kétórányira innen csatarendben áll az ellen megerősödve a közeli szálláshely lakóival, lehetnek vagy négy-öt zászlónyian.

Erre a hírre egyre gyorsabban haladtak előre. Mikor elérték az erdő szélét, a sík mezőn látszott a felsorakozott sereg. Tevez és Koppány előrelovagolt, még mindig a fák és bokrok takarásában, és szemügyre vették az ellen seregét. Megállapították, hogy nem lehet valami nagy hadvezér odaát, hiszen a gyalogosokat, akiket a faluból

szedhettek össze, a lovasság elé helyezte el, így azok ne-
hezen tudnak majd mozdulni, ha harcra kerül a sor. A
gyalogosok hitvány bőrruhát viseltek, kerek fapajzzsal
és szedett-vedett fegyverekkel voltak ellátva, kevesek-
nél láttak csak lándzsát. Koppány szólalt meg elsőként.

– Az embereimmel legázlom a gyalogokat, te pedig
jobbra keríts az erdő takarásában, és kapd oldalba a lo-
vasokat! Mire megérkezel, én majd szemből támadom
őket, így két tűz közé szorulnak majd.

Tevez semmi kivetnivalót nem talált ebben a tervben,
így csak bólintott. Visszatértek az embereikhez. A had-
nagyaiknak is elmondták a tervet, aztán ketté oszlott a
sereg, s a fák között jobbra kanyarodott.

Koppány várt egy ideig, hogy a másiknak legyen elég
ideje, aztán újra kibomlott mögötte a zászló, és a magyari-
ak „Hújj-hújj hajrá" kiáltásai összekeveredtek a besenyők
„Hijj-hijj" kiáltásával. Kirontottak a fák közül, ellőtték a
nyilaikat, gyorsan egymás után. Az úzok gyalogsága ala-
posan megtizedelődött, mire közéjük vágtattak és pil-
lanatok alatt letarolták azt. A felbomlott alakzat futás-
nak eredt, mire a lovasság segíthetett volna rajtuk, már
nem voltak sehol. Ám sajátjaik helyett szemben talál-
ták magukat az ellenség lovasságával. Íjat lőni már nem
volt ideje egyik félnek sem, így hát csak az ökölbe zárt
acélban bízhattak. Összecsapott a két csapat. Koppány,
mint egy ifjú hadisten az ókori mitológiából, úgy harcolt,
hullott körülötte az ellen. Ekkor érkezett meg Tevez az
embereivel. Oldalba kapván az úzokat, a harapófogóba
került ellenség a közeli falu felé vonult vissza rendezet-
lenül, összekeveredve a korábban megfutamodott gya-
logosokkal, sokat eltiporván sajátjaik közül is. De nem
volt menekvés, Koppányék beérték őket és ez már nem

is csata volt, hanem mészárlás. Az úzok végül kegyelemre megadták magukat, eldobták a fegyvereiket.

Körbefogták őket, ekkor Koppány felemelte a kezét, mely könyökig vérben úszott, arcát is vércseppek pötytyözték.

– Az életeteket megkíméljük, vigyétek meg a hírt a faluba is, viszont élelmet kérek az embereimnek! Most menjetek, nemsokára mi is ott leszünk!

Amazok némiképp meglepődve elindultak. Tevez és a harcosok is kérdően néztek rá.

– Nem vagyunk hitvány rablók és gyilkosok. Azért nem gyújtatom fel a szállást és a magtárakat, mert hamarosan itt lesz a tél, és anélkül éhen vesznének.

– De ők se kegyelmeztek a mieinknek – hangzott az ellenvetés.

– Igen, de mint mondottam, mi nem ők vagyunk, ezeknél mindenképpen különbek.

Helyeslő morgás hallatszott innen-onnan, aztán begyűjtötték a fegyvereket. Mire a faluba értek, már el volt készítve az élelem az embereknek.

Így telt el szinte az egész szeptember: még vagy hat-hét települést megsarcoltak keményen. Már nemcsak élelmet, hanem aranyat, ezüstöt, marhát is zsákmányoltak. Emellett letörtek néhány kisebb fegyveres ellenállást.

Azonban lassan közeledett az ősz, az eső egyre gyakrabban verte őket, és reggelente súlyos ködök ülték meg a pusztákat, amivel a nap is csak déltájban tudott megbirkózni. Elindultak hát visszafelé, a besenyők földje felé. Egyik napon a kiküldött fürkészők jelentették nekik, hogy előttük az utat vagy hatszáznyi lovas úz zárja el, úgy jó kétórányira innen. Ami ettől is nagyobb baj, hogy olyan félnapi járásra orosz páncélos lovasok közelednek, valószínűleg segítő szándékkal a szövetséges úzoknak. Leugráltak a lovaik hátáról, a fürkészők vezetője pedig a földön egy faággal felvázolta a kanyargós utat. Az egyik kanyar után húzott keresztbe egy egyenes vonalat.

– Ez mi? – kérdezte Tevez.

– Itt állják el az utat az úzok hármas sorba rendeződve.

Koppány alig akart hinni a fülének, ezért elismételtette a vezetővel.

– Ezek megőrültek, vagy született bolondok!

A többiek kérdően néztek rá.

– Semmi hadrend, se jobb, se balszárny! Figyelj, Tevez! Amikor elérjük azt a kanyarulatot, te nekiveted a besenyőket a középnek, rövid kopjáitokkal kettészakítjátok ezt a vonalat, én mögötted vezetem az embereimet legyező alakzatban. Amikor elszakad a lánc, íjainkkal szétszórjuk őket, aztán kard ki kard!

Helyeslően bólogattak a hadnagyok, maga Tevez is, és Koppány szava szerint cselekedtek. Úgy lett, ahogyan mondta, hatalmas győzelmet arattak felettük, jó, ha egy zászlónyi úz menekült meg ebből a mészárlássá fajuló ütközetből. Koppányon megint semmi seb nem esett, pedig mindig a harc sűrűjébe vetette magát. Nem érhette se nyíl, se dárda, se kard, mert érezte, mintha Bulcsú mögötte ülne a lovon és védelmezné őt. Innentől kezdték az emberek, magyariak és besenyők egyaránt suttogni, hogy nem fogja a fegyver, ugyanúgy, mint híres ősét. Gyorsan összeszedték az elesettek fegyvereit, megadták a kegyelemdöfést a haldoklóknak, aztán továbbindultak, egyenesen az orosz lovasok felé. Útközben megbeszélték az ellenük alkalmazandó taktikát. Megegyeztek abban, hogy a pusztai népek harcmodorát alkalmazzák. Koppány lesz a csalétek, embereivel ráront a lovasokra, kilövik nyilaikat, majd színleg megfutnak, maguk után csalogatva az ellent oda, ahol Tevez emberei kétoldalt meglapulnak, és akkor három oldalról nyílzáport zúdítanak az ellenre. Jó tervnek tűnt, nem is találtak benne semmi hibát, mint ahogyan nem is volt benne.

Késő délutánra járt már, lehetett vagy négy óra. Az őszi nap bágyadtan sütött, nem volt már teljes ereje, mint nyáron, mikor a magyariak rajtaütöttek az oroszokon. Megfelelő távolságból, gyorsan kilőtték a nyilaikat, majd eljátszották a meglepett csapatot és visszafelé fordították ágaskodó lovaikat, aztán hajrá! Az oroszok felültek a cselvetésnek, hadrendjük felbomlott, és szinte egymást letaposva futottak a magyarok után. Annyira belefeledkeztek a hajszába, hogy mire észbe kaptak, már három oldalról hullt rájuk a nyílvessző. Hullottak egymás után a földre lovastól és most már ők menekültek volna, de nem volt hová, a gyűrű bezárult körülöttük. Nem sokan menekültek meg, de akik mégis, azok a félelemtől eltorzult arccal űzték a lovaikat. Ismét teljes volt a diadal.

10.

Az esküvő

Már jócskán benne jártak az októberben, mire hazaértek. Az előreküldött futárok már órákkal korábban jelezték a településnek, hogy érkeznek a harcosok. Természetesen elsorolták a fényes haditetteket, egy kicsit, mert hát minden ember esendő, ki is színezték azokat úgy, hogy mire a főcsapat odaért, már a település apraja-nagyja várta őket. A férfiak fegyveresen, a nők legszebb ruhájukba öltözve fogadták a győztesen megtérőket. Tevez megfékezte lovát, majd leugrott róla és megölelte az elé siető húgát. Koppány szerényen, a hátsó sorokba húzódva várt. Közben megérkeztek a zsákmányolt holmik is szekereken. A vitézek a főtérre mentek, ahol megterített asztal várta őket. Leültek, a szolgálók már hordták is az ételt fatányérokon elébük, borostömlők nyíltak meg, habzó és sötétlő tartalmukat bőven nyelték az ünneplők. Áldomást ittak a győztesekre, és megemlékeztek az elesettekről is. Ahogyan telt az idő, fogyott az étel és fogyott az innivaló is. A regösök szintén előkerültek és játszani kezdtek a hangszereken, egyik éneket a másik után. Koppányt mindez nem érdekelte. Amint újra megpillantotta a leányt, a szíve hevesebben kezdett verni. Kereste a pillantását, de amikor az ránézett, zavartan kapta el a tekintetét. Még nem tudta, hogy ilyen a szerelem, egyszerre édes és fájó. Közben a regösök új dalba kezdtek:

„Koppány a magyari vezér
A besenyőkkel egy vér,
Hiszen könnyen értjük egymás szavát,
Közösen nyertünk sok fényes csatát.
A magyarit nem fogja a fegyver,
Szemben állni vele senki nem mer.
Nagy hős és nagy hadvezér,
Sajnáljuk, hogy nemsokára hazatér..."

Tevez felállt és intett. Erre a regösök elhallgattak.

– Emelem poharam a magyari testvéremre, aki bebizonyította, hogy nem csak nagy ereje van, hanem helyén van esze is. Nélküle nem biztos, hogy ekkora diadalt arattunk volna.

Míg a bátyja szavait hallgatta, Réka tekintete a fiún pihent, aki mintha megérezte volna ezt, elpirult, akármilyen nagy hős is volt.

Koppány sem maradt adós a válasszal.

– Köszönöm szépen, de az a véleményem, hogy minden szónál többet érnek a tettek, ezért emelem a poharamat rátok, besenyő testvéreim.

A mulatság lassan véget ért, az emberek elszéledtek az otthonaikba. Koppány szemére sokáig nem jött álom, pedig nagyon fáradtnak érezte magát. Ha behunyta szemét, mindig a lányt látta lezárt szemeivel is. Lassan éjfélre járt, mikor elaludt. Másnap szokása szerint korán ébredt, odakint meglepően meleg volt, ahhoz képest, hogy benne jártak már az októberben. Egy kicsit még elábrándozott, természetesen Rékáról. Aztán felpattant, felhúzta a csizmáit és egyetlen lendülettel a közeli patakhoz futott. Ledobta az ingét és a többi ruhát magáról, majd belegázolt a hűvös vízbe, bőven locsolva magára azt. Kö-

zéptájon elég mélynek tűnt ahhoz, hogy ússzon egy ki-
csit, a mozgás kellemesen átmelegítette testét, és sajgó
izmai is megnyugodtak.

Mikor úgy érezte, elég volt, kimászott a partra. A
kellemesen lengedező szél percek alatt leszárította bő-
réről a vízcseppeket. Belebújt a nadrágjába, s felhúzta a
csizmáit. Éppen az ingével bajlódott, mikor olyan érzése
lett, hogy valaki figyeli. Egyik kezével a ledobott tőréért
nyúlt, kihúzta a hüvelyével és villámgyorsan megfordult.
Meglepetésére a szeretett lányt pillantotta meg egy vi-
zeskorsóval a kezében. A fiú kezéből földre hullott a tőr.

– Te vagy az? – kérdezte teljesen feleslegesen, de hát
ilyen a szerelem, kissé bárgyúvá teszi még a legélesebb
eszű embert is.

A lány nem válaszolt rögtön, csak elpirult.

– Vízért jöttem – mondta ő is szükségtelenül, hiszen
ez nyilvánvaló volt a kezében tartott vizeskorsóból.

– Válaszolj, de igaz szívedre esküdj, hogy igazat szólsz!
Te hogyan érzel irántam?

– Mióta először megpillantottalak a bátyám mellett,
azóta szeretlek, és csak téged látlak, bárhová nézek.

– Én is éppen így vagyok ezzel, ezért amikor vissza-
térsz az apád szállására, veled megyek és megkérem tőle
a kezed, már ha te is akarod.

– Ó, hogyne akarnám! Igaz, hogy a jövő tavaszig ma-
radtok velünk?

– Akkor megegyeztünk. Igen, maradunk, mert köze-
lít a tél, és kockázatos volna ilyenkor útra kelnünk. Vi-
szont engem más is itt tart…

A lány nem válaszolt, de ismét elpirult. Koppány ki-
vette a korsót a kezéből és telemerítette friss patakvíz-
zel. Elindultak a falu felé, az úton nem szóltak egymás-

hoz, bár a keskeny ösvényen néha összeért a válluk. Tevez sátra előtt a lány kezébe adta az edényt, ő maga pedig elsietett a saját szállása felé.

Kevéssel délelőtt átment a besenyő jurtájához, aki éppen a bágyadt napfényben sütkérezett, helyet mutatott maga mellett.

– Tudom, a húgod holnap indul vissza apátokhoz. Szeretném én is elkísérni.

– Már kijelöltem a kísérőit – válaszolta mindentudó mosollyal, amit Koppány nem vett észre.

– De én is ott szeretnék lenni a kíséretében! – mondta indulatosan.

– Háát, majd meglátom, mit tehetek ez ügyben.

– Nekem ott kell lennem mindenféleképpen!

– Majd még átgondolom.

A fiú hirtelen felugrott, és már haragtól pirosló arccal szinte kiabálta:

– Értsd meg, ott kell lennem!

Tevez felnevetett.

– Ott leszel, ne félj. Tudom a szándékaidat, a húgom elmesélte nekem. Nem vetted észre, hogy csak ugrattalak ezidáig? Én áldásomat adom rátok, de a végső szó az apámé.

– Tudom, hogyne tudnám, azért is akarom elkísérni! Szeretném, ha Réka lenne a feleségem.

– Holnap, amint virrad, indulhattok. Tíz embert adok kíséretnek, természetesen te is vihetsz az embereid közül.

– Keve, Ipoly, és még tíz emberem kísér.

– Akkor ezt megbeszéltük, de most már ülj vissza, mert eltakarod a napot!

– Nem ülök! Megyek, kiválasztom az embereimet.

Ezzel elsietett, s megkereste a vitézeit. Kevét félrehívta és elmondta neki a szándékát, aki megértően bólogatott, hiszen ő már tudta, milyen a szerelem. Eközben azonban arra gondolt, hogy mit fog szólni ehhez Szerén, ha egyszer majd hazaérnek, hiszen nem biztos, hogy egy besenyő lányt szeretne az egyetlen fia mellett tudni. Ennek ellenére aggályait nem hozta szóba. Ez nem az ő ügye, majd elrendezi ezt egymás között anya és fia.

Másnap elindultak. Az út nem volt hosszú, de Koppány mindig talált ürügyet, hol ilyet, hol olyat, hogy Réka mellett lovagolhasson, aki szintén lóháton, férfimód ült és nadrág feszült rajta. Neki erről a Saroltról keringő pletykák jutottak eszébe, ám csak egy villanásra. Az emberek nem kis derültséggel figyelték a széptevését, de nem szóltak, csak egymás között beszéltek, így értek Ongur szállására. Réka besietett az apja fejedelmet is megillető palotájába. A fiú zavartan téblábolt, nem tudta, mit is tegyen, bemenjen vagy kint várjon, a lány segítette ki, aki visszafordult.

– Te nem jössz be velem?

A fiú úgy ugrott utána, mintha csatába indulna.

Ongur az egyik teremben várta már őket. A lánya megcsókolta kétoldalról a ráncoktól barázdált arcát. Az apja helyet mutatott neki az egyik ülőalkalmatosságon, majd a zavartan, egyik lábáról a másikra álló Koppányhoz fordult.

– Gyere közelebb, ifjú vitéz! Hallottam Tevez fiammal véghezvitt dicsőséges hadjáratodról. Köszönöm, hogy a besenyők nevében álltál bosszút a gaz ellenségen. Azt is tudom, bár vitézül verekedtél, nem engedted bántani a gyerekeket és asszonyokat, és nem gyújtattad föl a falvaikat sem.

– Igazak a hírek. Nem akartam sem így, sem úgy megölni őket, hiszen közeleg a tél. Ha felgyújtatom a magtáraikat és házaikat, bizonyos, hogy elpusztulnak. Ezt én nem akarom, és nem is akartam.

– Igaz a szíved, és bölcs döntést hoztál fiatal korod ellenére. Különben itt jártak az úzok követei, békét kértek, és én békét is kötöttem velük újabb két esztendőre. De az oroszoktól is voltak itt követek, kik szintén békét ajánlottak. Azt ugyancsak elfogadtam, sőt titkon örültem is, bár nem mutattam. Minek ontsuk egymás vérét feleslegesen!

– Jó döntés volt részedről, törzsfő. Az éveid száma nemcsak harcossággal, hanem bölcsességgel is felruházott. De ha megengeded, én más ügyben is szeretnék szólni veled.

– Mondd hát! Látod, csak hárman vagyunk, még a testőreimet is elküldtem, ha gondolod, a leányomat is elküldhetem.

– Nem, nem szükséges, hiszen pontosan róla akarok veled beszélni. Ongur törzsfő, szeretném tőled a lányod kezét megkérni, mert mióta először megláttam, ő akaratán kívül béklyóba verte a szívem. Hozományként, mivel távol vagyok az otthonomtól, felajánlom a hadjáratban szerzett összes zsákmányomat.

Amíg beszélt, az öreg tekintete elfelhősödött egy pillanatra, ám ezt ő nem vette észre. Réka volt az egyetlen leánya, felesége a szülésbe halt bele, és ő nem hozott új asszonyt a helyére, bár voltak ágyasai szép számmal.

– Várj! Mielőtt én válaszolnék neked, tudnom kell a lány szándékát is.

– Ó, apám! Tudod, hogy mindenkinél fontosabb vagy nekem, de én is úgy érzek, ahogyan Koppány. Nem tudnék, vagy inkább nem is szeretnék nélküle élni.

– Hiszen ő nem marad velünk, és elvisz téged arra az idegen földre.

– Tudom, de ha ott van velem, nem lesz idegen számomra az új otthonom. Vele akarok élni egész életemben.

– Ez ellen nem tehetek semmit, és nem is akarok.

Így hát október utolsó napján megtörtént a kézfogó. Az istenek kegyesek voltak hozzájuk, szép napos, szinte nyáriasan meleg idő volt a település főterén. Az öreg táltos adta őket össze, ahol megjelent mindenki, aki csak élt és mozgott. Réka és Koppány erre nem is talált magában szavakat, lélegzetelállítóan festett a besenyő lányok viseletében, de maga a fiú is a legszebb ruhájában pompázott, magyari viseletben.

A ceremónia után a felállított hatalmas sátrakban folyt a vigadalom. Ettek, ittak, táncoltak. Éjféltájt megjelentek Koppány emberei, óvatosan a fősátorhoz lopóztak, majd berontottak, levertek egy-két fáklyát és a félhomályban segítettek vezérüknek megszöktetni az asszonyát, aki nem is igazán tiltakozott ez ellen. Az ifjú férj ölébe kapta, majd kiszaladt vele táltosához, maga elé ültette és elvágtattak új otthonuk felé. A besenyők tessék-lássék üldözték őket, mert hát ez is része volt a mulatságnak, aztán visszatértek és folytatták a mulatozást.

A november nagy esőket hozott, majd minden átmenet nélkül átfordult a télbe. Egyszer csak elállt az eső, az idő hidegebbre fordult, a szürke felhőtakaróból hullani kezdett a hó. Esett és esett napokon át, majd feltámadt a szél, és szinte egy hétig csak fújt, nem csituló erővel hordta a havat.

Koppány az asszonyával jurtájában hallgatta tombolását, ilyenkor összebújtak a prémes takarók alatt, és beszélt, mesélt neki az új hazájáról, melyet magas hegyek vesznek körül, és két hatalmas folyó kanyarog ott, végtelennek tűnő dús legelők zöldellnek. Réka behunyta a szemét, álomba ringatta a férfi mély hangja.

Harmadik rész

Az ősi törvény

1.

ÚJRA OTTHON

Azon az éven kegyes volt az időjárás hozzájuk, már feb-
ruár közepén meleg szelek érkeztek és napok alatt meg-
ették a havat, felszárították a pocséták vizét, március
elején meg olyan meleg lett, mintha a nyár köszöntött
volna be. Ezért Koppány elhatározta, hogy nem várnak
tovább, elindulnak haza, magyari földre. Elbúcsúzott
fogadott testvérétől, Teveztől, majd lóra kaptak. Ter-
mészetesen Réka is lóháton akarta megtenni a hosszú
utat, a világ minden kincséért sem ült volna föl valame-
lyik társzekérre, amik lelassították az utazásukat. Egy-
részt tele voltak az asszony hozományával, másrészt a
zsákmányolt holmikkal.

Útba ejtették Ongur szállását is, ahol az asszonycse-
lédek nagy sírás-rívást rendeztek, mikor megtudták tel-
jes bizonyossággal, hogy kedvencüket talán sohasem lát-
hatják, hiszen messzi idegenbe készül az urával. Ongur
megígérte neki, hogyha bármire szükségük lenne, csak
üzenjen, és a besenyők segítenek neki. Hazafelé sokkal
lassabb volt az út, mivel lassította a haladásukat a szeke-
rek terhe. Magyari földön még elkanyarodtak északnak
Aba úr szállása felé, Koppány szerette volna bemutatni
asszonyát a nagyapjának is, mielőtt hazatér az otthonába.

Az öregúr meglepő kedvességgel látta őket vendégül,
de ami fő volt, újra találkozott a kicsi Sámuellel, aki so-
kat nőtt egy év alatt, már saját lábán totyogott elé, nya-

kában viselte az általa faragott sípot. Koppány játékosan lekezelt a gyermekkel, majd fölkapta és a levegőbe dobta egyszer-kétszer, amit a kicsi ember kitörő örömmel fogadott és visongott is hozzá. Aba úrral és fiával, Amádéval megegyeztek abban, hogy kölcsönösen segítik egymást, ha valami baj ütne be. Egy hét után indultak, most már tényleg haza. Koppány már napokkal előtte futárokat küldött az anyjához, hogy értesítsék jöveteléről, így aztán mikor megérkeztek egy meleg júniusi napon, a szállás szinte minden embere ott tolongott a palánk előtti hatalmas téren. Az otthon maradt férfiak irigykedve nézték a tépett lobogót, melyet Ipoly büszkén emelt a magasba. Jöttek a nehéz szekerek, dugig megrakottan zsákmánnyal. A női nép persze leginkább az új asszonyra volt kíváncsi, aki nem hagyott fel a szokásával: most is ott lovagolt az ura mellett. Szerén, Maros, Juliánusz álltak elöl. Koppány leugrott a lováról, és lesegítette Rékát is. Szerén egy fatálon kenyeret és sót kínált nekik, ami már sok száz éve szokás volt a magyariaknál, aztán megölelte és arcon csókolta a menyét. A harcosok is lassan elszéledtek, ki-ki a családjához. Amikor az udvarra értek, Koppány kíváncsian nézte az újításokat a palotán meg az új szárnyat, amit az ő tervei alapján építtetett fel Maros.

– Jó munkát végeztetek, most menjetek, holnap reggel találkozunk az írnokok szobájában.

Megmutatta a lánynak az új lakrészüket, majd levitte a fürdőházba. Jómaga meztelenre vetkőzött és belevettette magát a kellemesen meleg vízbe, érezte, amint az kimossa izmaiból a fáradtságot. Réka eleinte irult-pirult, de csak rászánta magát, ledobálta a ruháit és férje mellé ereszkedett. Játékosan fröcskölni kezdték egymást, aminek persze heves csókolózás lett a vége. Mikor teljesen kifulladtak, kijöttek a vízből, Koppány hasra feküdt az egyik lócán, a lány pedig végigmasszírozta a testét illatos olajjal, majd kifésülte a férfi vizes haját. Az előkészített tiszta ruháikba bújtak, aztán az ebédlőterem felé vették az útjukat.

Ott már várta őket Szerén, Maros és Juliánusz társaságában. Koppány az asztalfőn foglalt helyet, mellette jobbján az anyja, balján pedig a felesége. A szolgálók nesztelenül hordták az asztalra az enni- és innivalót. Mikor végeztek, Koppány egy kézmozdulattal elbocsájtotta őket. Jóízűen ettek, szó nem hangzott el közben.

A többiek szerettek volna kérdéseket feltenni, de nem mertek, mert úgy tűnt, a férfi elmélkedő hangulatában van. Befejezte az étkezést, rájuk köszöntötte a poharát, majd karját nyújtotta az asszonyának és elvonultak a hálókamrájuk felé, ahol már mécsesek égtek és jóillatú füstölők. Pillanatok alatt levetkőzött, s Rékának is segített kibújni a ruhájából, meztelenül az asztalhoz ment és bort töltött két pohárba, az egyiket a nőnek nyújtotta. Koccintottak és kiitták az erős bizánci bort, majd csókolózva az ágyra rogytak, és csak jó egy-két óra múlva csitult a szenvedélyük. Az asszony elszenderült kifáradva, ő óvatosan az ablakhoz lépett. Miután egy kivételével valamennyi mécsest eloltotta, kitárta a fatáblákat, nagyot szippantott a beáramló friss levegőből, s feltekintett az égre, ahol milliónyi csillag szikrázott.

„Végre itthon! Milyen boldog és elégedett vagyok!" – gondolta, aztán ő is lefeküdt és azon nyomban elaludt, mélyen és álomtalanul.

A hajnal már a deákok szobájában találta. Később megérkeztek a többiek is, legvégül az anyja. Közösen átnézték az elmúlt egy év levelezéseit, elszámolásait, nem volt hiba egyikben sem.

A másik kettő távozott, kettesben maradtak, anya és fia.

– Szerettem volna, ha egy magyari törzsfő leányát hozod a házhoz...

– Erről nem kívánok veled vitatkozni, anyám, én őt szeretem, hát őt vettem el. Bocsáss meg nekem, ha nem holmi politikai szempont miatt választottam asszonyt, bár ez sem igaz, általa bírom a besenyők második legerősebb törzsének szövetségét.

– Nem is mondtam még neked – változtatott témát Szerén –, meghalt a fejedelem öccse, Béla vagy Mihály, bár neki már mindegy, milyen néven tiszteljük. Azóta már az égi pusztákon nyargalászik a táltosával.

Koppány nem válaszolt. Elmerengett, Béla arcát látta maga előtt, ahogyan a szeren ül, lovagol, vagy éppen táncol. Elhessegette a képeket. „Mostantól én vagyok a fejedelmi szék várományosa" – gondolta és azt is tudta, hogy amint elterjed a híre, hogy hazatért, jönnek majd hozzá követek mindenfelől.

– Asszonyanyám! Elégedett vagyok a munkájával, melyet távollétem alatt végzett.

– Köszönöm, fiam.

– Most már én veszem kezembe az irányítást, de arra kérném, hogy szeresse úgy a feleségemet, mintha én magam volnék.

– Ezt felesleges volt mondanod, fiam.

Felállt és megsimogatta az anyja haját, amibe bizony már jócskán vegyültek ősz hajszálak, majd elsietett, súlyos léptei sokáig hallatszottak.

Majd egy hónapba telt, mire teljesen visszaszokott a birtok irányításához és teljességgel átlátta az ügyeket.

Igyekezett bevonni ebbe a feleségét is, aki nagyon lelkesen vetette bele magát ebbe, és hamarosan kiismerte a bonyolult ügyeket. Azért arra is szakítottak időt, ha tehették, hogy kettesben kilovagolhassanak. Szinte mindennap Koppány elvitte oda is, ahol az ősi római időkből való napistenszobor állt teljesen rendbe téve. A lány megcsodálta vagy csak lefeküdtek a férfi köpenyére a zöldellő fűbe, nézték az égbolton úszó felhőket, és különböző figurákat véltek bennük felfedezni. Így ment ez egészen július végéig, akkor egy napon három lovas futár érkezett, lándzsájukon a fejedelmi zászlót lobogtatta a szél. Átnyújtották neki Géza levelét, mely Esztergom városába szólította, mert itt volt az új fejedelmi székhely.

2.

ESZTERGOM

Két nappal később útnak indult. Nem volt nagy kísérete, mindössze ötven, vagyis egy fél zászlónyi embert vitt magával. Érdekelte, vajon mit akarhat tőle Géza, meg hát a parancs az parancs. Mikor megérkeztek, Koppány maga is kíváncsian vizsgálta a már szinte teljesen felújított kővárat, mely még az ókori időkből maradt itt. Néhol még mesterek és inasaik dolgoztak szorgalmasan; egyik helyen a lőréseket javították, másik helyen meg egy torony tetőszerkezetét készítették. A külső várrész földből és agyagból tapasztott, fából ácsolt tornyokkal védett rész volt, maga a város még mindig épült, ahány ház, annyiféle. Volt ott kő- és faépület, de lehetett látni vályogból tapasztottat is. A vár kapujában strázsáló őrök keresztbe fordították előttük a lándzsájukat.

– Állj! Kik vagytok, és mi célból érkeztetek?

– Zerind fia Koppány vagyok, itt a fejedelem levele, amivel idehívott. Bár kétlem, hogy tudnátok olvasni, azért a pecsétjét csak megismeritek – dugta az egyikük orra alá.

– Mehetsz, a fejedelem már vár.

Belovagoltak a kapun, bent is nyüzsögtek az emberek, magyariak, németek, görög köntösűek.

Koppány leugrott a lova hátáról, a kantárszárat egyik embere kezébe nyomta, Ipoly követte a példáját, kísérte a vezérét. Még három ajtónál állították meg őket, mire

Géza elé jutottak. Amikor a fejedelem meglátta őket, a teremben lévőket egy kézmozdulattal elbocsájtotta. Míg azok kifelé igyekeztek, Koppány jól megnézte a hatalmas termet, melyben asztalok sorakoztak padostól felállítva. A terem végében két hatalmas faragott szék állt, különböző állatfigurákkal mintázva. A Gézáén dominált az oroszlán, a mellette lévőn pedig virágdíszek és fehér menyétfigurák domináltak. Géza és Sarolt foglaltak bennük helyett.

„Nocsak, nocsak. A kedves rokon máris úgy viselkedik, mint egy király, nem mint egy fejedelem!" – gondolta Koppány, míg Géza széke felé közeledett.

„Valóságos férfi lett a fiúból, és milyen óriásira nőtt, mesélik, hogy Árpád volt ilyen magas" – gondolta a fejedelem.

– Üdvözöllek, ifjú Koppány! Örülök, hogy eleget tettél a kérésemnek.

– Inkább volt az parancs, mint kérés, kedves rokon.

– Az már igaz – és erre mindketten felnevette. Géza felugrott a székéből és ruganyos léptekkel odasietett. Megölelte, s az egyik asztalnál helyet mutatott. Sarolt is csatlakozott hozzájuk, egy kancsóból bort töltött, egymáshoz ütötték a poharaikat, ittak. Géza mohón, mint aki szomjan akar halni, felesége nem hazudtolván meg a pletykákat, mely szerint képes bármikor bárkit az asztal alá inni egy hajtásra, Koppány pedig éppen csak megnedvesítette az ajkát az itallal.

– Két követség érkezett hozzám szinte egy időben, úgy jó két hónappal ezelőtt. Az egyik az úzoktól, a másik az oroszoktól. Azt a kérdést tették fel nekem, hogy miért harcolnak magyariak ellenük, ugyanis nem állunk háborúban. Nem értettem, miért kérdezik ezt, hiszen ezt magam is jól tudom, de akkor az egyik úz követ leírta a magyari zászlót: farkasfej és halálfő. Nem ismerős ez neked?

– Igen, az én jelem, viszont azt tudod, hogy több mint egy évet a besenyők között éltem, sőt bizonyára azt is hallottad, hogy arról a földről hoztam asszonyt magamnak. – Itt már felugrott az asztaltól, és szokásához híven fel-alá kezdett járkálni. – Testvérként bántak velem, én pedig testvérként mentem velük a harcba, amikor felégették az egyik településüket.

A fejedelem a szemével követte az indulatosan járkáló férfi alakját, Sarolt pedig ezt gondolta: „Micsoda erő, micsoda indulat! Vajon milyen szerető lehet?"

– Tudom, hogyne tudnám, azért hívattalak, mert szeretnélek megbüntetni.

Koppány hirtelen megtorpant és szembefordult vele, de mielőtt kinyithatta volna a száját, Géza folytatta. Úgy döntöttem, hogy visszaállítom a harka méltóságot, amit még apám törölt el, és azt kívánom, te töltsd be ezt a tisztet. Amit a követektől hallottam a csatákról, az elég volt nekem, hogy méltónak találjalak e tisztségre.

Erre már Koppány sem tudott mit válaszolni, hanem meghajtotta a fejét a másik előtt.

– Köszönöm és ígérem, méltó leszek ezen feladathoz.

Újra visszaült a helyére, a párra emelte az itallal megtöltött poharát és egy hajtásra kiitta azt, Géza mosolygott, folytatta volna a beszédet, de ekkor hirtelen kivágódott a terem kétszárnyú ajtaja, és egy háromévesforma fiúcska vágtázott be rajta. Lába között egy szépen faragott fa lófejjel, és egyik kezével a bőrszíjat fogta, a másik kezével a képzeletbeli állat temporát csapkodta, mögötte egy rémült arcú cseléd futott. A bent ülők mindanynyian a gyerek felé fordultak, Sarolt felugrott és a fiú elé szaladt, aki mímelte, hogy megfékezi a lovát, majd leugrott és az anyja lábához simult, átölelvén annak combjait, melyet most is férfimód nadrág takart. Koppány végigmérte most először a gyerek fölé hajló asszony alakját és megállapította magában, hogy azon nem fog az idő, pedig már három gyermeknek is életet adott, attól még mindig karcsú a dereka és lapos a hasa.

– Gyere ide, fiam, Vajk! Ismerd meg a rokonodat, Koppányt. Ő is vér Árpád véréből.

A gyerek elengedte az anyját és kíváncsi tekintettel nézte az újonnan megismert rokont. Koppány felállt és felemelte Vajkot. Amikor az arcuk egy vonalba került, elmosolyodott, a fiúcska is viszonozta ezt, aztán óvatosan letette.

– Látom, lovad már van, én hoztam neked hozzá kardot is.

Ezzel intett Ipolynak, aki odasietett urához és a szíjából háta mögül egy mesterien megmunkált kicsiny fakardot húzott elő, melynek fahüvelyét kagylóból készült berakások díszítették.

– Tessék, ezt neked hoztam, kicsi Vajk. Tanulj vele vívni!

A gyerek elvette és az apjához szaladt vele.

– Nézd, apa!

– Látom, fiam, de most menj a dajkáddal!

Koppány lecsatolta az oldalán viselt kardot, és átnyújtotta azt a fejedelemnek.

– Tessék, itt az eredeti is, amiről a fiúét mintázták, ha nagyobb lesz, tanítsd meg forgatni!

Géza ámulva nézte a fegyvert. Valóban erről mintázták a játékot. A hüvelyét piros posztóval vonták be, melyet apró tengeri kagylók és igazgyöngyök borítottak.

Kihúzta a pengét, mely kétélűre volt köszörülve, markolatát csont borította, a végén egy gombbal. Nem hajlított kard volt, mint a pusztai népeknél szokás, hanem egyenes, valahogyan az ókori római kardokat mintázta meg az ismeretlen fegyverkészítő mester, csak ez hosszabbra készült.

– Köszönöm a fiam nevében is, ígérem, mindig igaz cél érdekében fogja használni.

Koppány csak bólintott, majd Saroltra pillantott, és csak ezután szólalt meg.

– Csak nemrég hallottam a hírt, hogy az öcséd, Béla megtért az őseinkhez.

– Igaz, azóta már a fejedelem asztalánál ül, halálával te lettél az örökösöm a fejedelmi székben.

– Ne siettessük ezt a dolgot, remélem, még sok szép tavaszt látunk majd együtt.

– Úgy legyen! Addig is közösen munkálkodhatunk a magyari hon építésében.

– Rám mindig számíthatsz, a kardom téged szolgál.

Erre ismét ittak, majd Géza leakasztott egy ezüstláncot, melyen egy kiterjesztett szárnyú sólyom volt a medál.

– Tessék, ez a tied. Ez volt a harkák ősi jelvénye, mától kezdve te viseled, és minden hatalmat is, ami ezzel jár.

Átvette és a nyakába akasztotta, ezután meghajtotta a fejét és távozott.

Sarolt szembefordult a férjével és szeme összeszűkült, a haragtól eltorzultak szép vonásai.

– Nem, és ezerszer nem! – sziszegte.

– Mi a bajod, asszony?

– Nem akarom, hogy Koppány fejedelem legyen, ha te elhunysz majd egyszer.

– Ez az ősi törvény, amit még a hét vezér kötött egymással, ezt nem rúghatom fel. Nem volt elég neked Zerind halála, ami már így is az én lelkemen szárad?

– A fiunknak kell téged követnie, ő tovább építené azt, amit már elkezdtél, befejezné a művedet.

– Nem érted? Nem mehetek szembe a törvénnyel, abba a törzsfők sohasem egyeznének bele.

– Szerintem mindenkit meg lehet győzni, kit pénzzel, kit erővel.

Látszott a fejedelmen, hogy gondolkozik, és magában rágja az asszonya szavait.

– Még van időnk. Megpróbálhatjuk megnyerni akár még Koppányt is. Azt hiszed, ok nélkül neveztem ki harkának? Így a jobbkezem lesz és irányíthatom.

– Őt nem lehet irányítani, ő a saját maga ura, és a saját feje után fog menni.

– Nem hiszem. Csak figyeld, egy-két éven belül a tenyeremből fog enni, mint egy idomított sólyom.

– Azért én majd szemmel tartom minden lépését.

– Jól van – egyezett bele Géza –, és később még gondolkozom azon, amit mondtál.

– Gyere – állt föl Sarolt a székéből –, menjünk a szobánkba.

A férfi követte asszonyát.

Koppány még két napig időzött Esztergomban, ezalatt sokat találkozott a kicsi Vajkkal, és nem restellt vele játszani. A fiúcska örömmel hempergett ezzel az óriástermetű férfival a földön, aki hagyta, hogy legyőzze a birkózásban vagy leszúrja a tőle kapott fakarddal és eljátszotta, hogy igazán megsebesült, sőt még azt is, hogy meghalt, ilyenkor Vajk ijedten pofozta a lehunyt szemű arcot.

– Kérlek, kérlek, ne halj meg! Ébredj már, nem hallod?

Erre ő kinyitotta szemét és ránevetett.

– Látod, nem is haltam meg.

– Tudtam – örvendezett a fiú –, olyan jó veled játszani, Koppány, apa sohasem ér rá.

– Mert ő a fejedelem, és sok a dolga. Ha nagyobb leszel, majd megérted ezt, ez nagyon sok munkával jár.

– Tudom én azt – húzta ki magát –, de azért néha lovagolhatna egy kicsit velem.

– Ha lesz rá módja, biztosan fog, majd én beszélek vele, ha akarod.

– Igen, akarom.

– Akkor kezet rá, és ha legközelebb eljövök, hozok neked egy szép táltos paripát.

– Tényleg? – nyílt tágra a gyerek szeme.

– Ha megígértem, akkor tényleg.

– Jó, hiszek neked és várom azt a lovat. Mikor hozod?

– Ha majd újra eljövök, talán nem is olyan sokára, mint gondolod. Na, menjünk vissza, mert már biztosan keresnek bennünket, nem tudják elképzelni, hogy hová tűnhettünk. De amit a lóról mondtam, az titok. Ne mondd el senkinek, ez csak kettőnkre tartozik.

– Nem említem senkinek sem, még anyámnak sem, pedig ő szeret tudni mindent, de megőrzöm a titkunkat.

– Köszönöm. Bízom benned – ezzel elindultak megkeresni a dajkát.

3.

NIKODÉMUSZ

Amint hazaért, folytatta tovább a munkát. Felesége egyre többet segített neki ebben, csak az keserítette meg az életüket, hogy a várva várt gyermekáldás egyre késett, pedig szinte mindig szeretkezéssel fejezték be a napot. Már benne jártak az őszben, mikor egyik napon jelentették neki, hogy görög ruházatú lovasok érkeztek. Az ebédlőben fogadta őket, hárman voltak, mikor beléptek, mélyen meghajoltak.

– Egyenesítsétek ki a derekatokat, ne hajlongjatok előttem, nem vagyok én király, sem császár. – Ekkor ismerte meg az egyik férfit. Nikodémusz volt az, aki az apjánál is járt egykor, mint a bizánci császár követe.

– Gyertek közelebb, foglaljatok helyet – és intett a szolgálóknak, hogy hozzanak enni- és innivalót. Azok pillanatok alatt megterítettek, majd nesztelenül távoztak, ő pedig türelmesen megvárta, míg a fáradt emberek pukkadásig teleeszik magukat és leöblítik az ételt egy-egy kupa borral.

– Beszélj, Nikodémusz! Mi járatban vagy, mit üzent a császárod? Ne állj fel! – mondta neki, mert látta, hogy a másik nehézkesen mozdulni készül. Hiába, lassan felette is eljár az idő, az arcára már rávéste nyomát, a haja is teljesen ősz volt, szakálla és bajusza nemkülönben.

– A fenséges császárom, aki a világ egy részét...

– Mondtam már, felejtsd el a cikornyás szavakat, beszélj egyszerűen és érthetően. Ne feledd, én is ott ültem apám mellett, mikor utoljára itt jártál.

A követ elhallgatott, majd megköszörülte a torkát és újra elkezdte a mondókáját.

– Tudomásunk van arról, a besenyők között milyen csatákat vívtál és azt is tudjuk, hogy a hadvezéri képességeid nélkül nem győzhettek volna ilyen könnyedén, kevés emberveszteség nélkül. Azt is tudjuk, mióta hazaérkeztél, a fejedelmed Géza harkává nevezett ki, így tulajdonképpen te lettél a helyettese és jobbkeze.

– Jó kémeitek vannak, és gyors postagalambjaitok szerte az országban.

A másik elmosolyodott, egy pillanatra ráncos arcát ez megfiatalította.

– Mégis mit szeretne a császárod tőlem?

– Szeretné, ha befolyásoddal erősítenéd a két ország közötti kapcsolatokat és segítségeddel terjedne magyari földön a görög vallás, cserébe újra felajánlja a hercegnő kezét, aki azóta sem ment férjhez, mert rád vár.

– Állj meg egy pillanatra! Tudom, a hercegnőt csak azért kapnám meg, mert nem elég, hogy harka lettem, de mivel meghalt a fejedelem testvére, Béla, ezért én lettem a fejedelemség örököse. Érdekes, az elmúlt években ez eszébe sem jutott a császárodnak, különben is megnősültem, de gondolom, ezt is tudjátok.

– Igen, és a császárom, az egyházunk legfőbb papja kész feloldani ezen házassági kötelék alól.

Koppány akkorát ütött a nehéz tölgyfából készült asztallapra, hogy az hosszában megrepedt, és a serlegek magasba ugrottak, majd felborultak, egy-kettő a földre hullott csengve, a kiömlő bor, mint a vér vörösre festette az asztalt és földön lévő deszkapallót egyaránt.

– Nekem a besenyő leány kell, mert őt szeretem. Nem kell engem elválasztani tőle, és erről többé egy szót se halljak!

A követek rémülten sunyták le a fejüket.

– Ami a többit illeti, ami tőlem telik, azt megteszem, bár az országaink politikai viszonyai most sem rosszak, a vallás terjesztését is segítem, ebben segítségem az erdélyi gyula is, akivel szövetséget kötöttem.

– Igen, erről is tudunk.

– Akkor tehát mindent tudtok.

– Volna még egy kérésünk. Innen a fejedelemhez megyünk, neki is tolmácsoljuk, de mint harka, néked is tudnod kell.

– Mi volna az?

– A határ mentén elszaporodtak a rablóbandák és kifosztják a kereskedőket, megtámadják a kisebb, sőt néha a nagyobb településeket. A bizánci katonai helytartó tehetetlen velük szemben, mert amint rajtuk ütne, eltűnnek magyari földre. Beveszik magukat a mocsarakba, erdőségekbe, körülbelül úgy jó kétszázan lehetnek, van közöttük besenyő, bolgár, szökött bizánci katona, de még elszegényedett magyar is.

– Értem. Tolmácsoljátok a kérést a fejedelemnek is, most ősz van, már jönnek az esőzések meg a tél, amikor úttalan utakon nem tudok ellenük semmit tenni, de jövőre, ha kitavaszodik, útnak indulok, értesítve a helytartót, és közös erővel megtisztítjuk a határt tőlük.

– Itt van a császárom ezüst gyűrűje, ha ezt felmutatod, ha a helyzet úgy kívánja, bármikor bizánci területre léphettek, senki nem fog veletek akadékoskodni.

Koppány átvette a feléje nyújtott ékszert, tüzetesen megnézte, majd az egyik ujjára húzta azt.

– Van még valami?

– Igen, a vezérük képzett katona, valamikor a császári gárdában szolgált, mint százados, a neve Leonidász, ezt az eddig elfogott haramiáktól tudjuk, akik a hóhér kezében vallották ezt egybehangzóan.

– Tavasszal indulok, mint ígértem. Most már pihenjetek!

A követek másnap elindultak Veszprém felé, mert Koppány tudta, hogy Géza ott tartózkodik, ott akar telelni, nem pedig Esztergomban. Roppant esőket hozott az ősz, a folyók megáradtak, elhagyva a medrüket, de még a kisebb patakok is, a máskor oly dús füvű legelők is víz alá kerültek. Aztán az egyik reggel felszakadoztak a szürke felhők és kisütött a nap. Hiába írták már a november hónapot a kalendáriumok, szinte tavaszias idő lett, ilyesmire még a legöregebb emberek sem emlékeztek. Felszáradtak a földek, a folyók visszatértek a medrükbe, aztán a hónap végén az egyik reggelen fehér zúzmara borított mindent, és már nem is enyhült a hideg. Észak felől fagyos szelek érkeztek, tudatván, hogy közelít a tél. December elején leesett az első hó is, fehér paplannal vonva be mindent. Később is csak esett és esett a hó, majd ez is elmaradt. Kitisztult az ég és nagyon hidegre fordult, a napnak elfogyott az ereje, az ereszeken lógó jégcsapokat sem tudta megolvasztani már.

4.

ÁRPÁD

A következő éven nehezen tavaszodott, a kemény tél egyre tartotta magát, még március havában is keményen fagyott és hó borított mindent. Aztán a hónap közepe felé enyhülni kezdett, az éjszakák már nem hoztak fagyot. Jó két hét alatt elfogyott a hó, helyette sártenger borította az utakat a mezőkön, ezernyi pocsétából tükröződött vissza a fény. Április nem hozott esőket és minden felszáradt, a fák rügyezni kezdtek, a legelők zöldelltek. Koppány türelmetlenül várta már, hogy útnak indulhasson, közben Géza futára is meghozta az engedélyt, sőt inkább parancsot.

Előtte azonban történt valami más is. Az egyik éjjel különös álma volt: Bulcsú megint jelentkezett. Most azonban nem beszélt, helyette inkább mutatott neki valami érdekeset: egy szépen kifaragott, fából készült bölcsőt, melyben egy kisgyermek aludt, aki minden átmenet nélkül hirtelen nőni kezdett és egy szempillantás alatt érett férfivá változott. Dús bajusza egészen az álla alá ért, egyik kezében, mely könyökig véres volt, egy kardot tartott, mely szintén piroslott a vértől. Egy földön fekvő férfi fölé hajolt, kinek a melléből egy nyílvessző állt ki. Koppány az arcát nem láthatta, ezért közelebb szeretett volna menni, de nem ért oda, mert hirtelen véget ért az álom és ő felriadt. Teste verejtékben úszott, felült az ágyban. Odakint még sötét éjszaka volt, mellette csendesen és egyenletesen lélegzett Réka. Nem tudta mire vélni ezt az álmot, de lassan megnyugodott, odasimult asszonyához és nehezen, de újra elaludt. Reggelre már el is felejtette ezt a látomást. Az elindulásukat megelőző estén azonban újra eszébe jutott, történt ugyanis az, hogy a fürdőházban időztek a feleségével kettesben, vidáman pancsoltak a langyos vízben és játékosan fröcskölték egymásra a vizet, természetesen néha csókolóztak kifulladásig. Amikor befejezték ezt és éppen törülköztek, egyszer csak Réka megfogta a férfi hatalmas tenyerét és selymes bőrű hasához vonta azt.

– Érzed ezt? Itt hordom a gyermekedet, jó uram.

Koppány hirtelen szólni sem tudott, csak szemügyre vette asszonyát: két keblét kék erek hálózták, a hasa kicsit kidomborodott.

– Mióta tudod?

– Már egy ideje sejtettem, de biztos nem voltam benne. Ma reggel aztán hívattam a bábát, aki megvizsgált és ő mondta, hogy már lassan három hónapos a gyermekünk, októberben fog a világra jönni, ha az istenek is úgy akarják.

A férfi hirtelen megölelte és felemelte, majd körbeforgott vele, aztán kissé ijedten letette, az ifjú apák tudatlanságával mondta:

– Jaj, bocsáss meg nekem! Remélem, ezzel nem ártottam neki, de olyan boldoggá tettél, hogy szívem szerint világgá kiabálnám, hogy apa leszek.

– De buta vagy! Ez nem ártott neki és nekem sem. Örülök, hogy örömet szerezhettem neked.

Magukra kapták a köntösüket és a szobájukba siettek, ott ledőltek az ágyra, és Koppány csókolgatni kezdte az asszony hasát.

– Fiam lesz, fiam lesz – hajtogatta –, az örökösöm.

– És ha lány lesz?

– A lány is az én vérem, de én biztosan tudom, hogy fiam lesz, és ha nem lennék itthon, mikor a világra jön, Árpád nevét adjátok neki a híres honszerző ősöm után. Anyám tudja már?

– Még nem mondtam neki, azt akartam, hogy te tudd meg először.

– Holnap, ha elmentem, közöld vele, és ő biztosan segíteni fog, ha nem lennék itthon vagy nem térnék viszsza. Hiszen harcba indulok és csak az embereim hiszik azt, hogy engem nem fog a fegyver, én tudom azt, hogy én is halandó vagyok. Hívjátok Detrét, mutassa be az isteneknek őt és az embereknek is. Maros rendezzen lakomát nekik.

– Tudom, hogy visszatérsz hozzám, de minden úgy lesz, ahogyan kívánod.

Azon az éjszakán sokáig ölelték egymást, már éjfél is elmúlt, mire álomba merültek.

Még alig pirkadt, mikor felébredt, óvatosan kibújt a takaró alól és nesztelenül öltözködni kezdett, de mindhiába, az asszonya felébredt és felkönyökölt.

– És ha mégis lány lesz, akkor mi legyen a neve?

– Azt rád bízom, de érzem, sőt tudom, hogy fiam lesz.

Most már azt is sejtette, hogy mit jelenthetett az álombéli látomás: Bulcsú azt szerette volna közölni vele, hogy fia születik, sőt azt is tudta, ezek után Árpád vele lesz majd az utolsó csatáján, mert már az is világossá vált számára, ő maga volt a földön fekvő sebesült. Nem tartotta szükségesnek, hogy közölje ezt Rékával, hiszen sohasem beszélt neki eddig az álmairól, és azt is bizonyosan tudta, ezután se fog erről szót ejteni.

Megcsókolta az asszonyt és végigsimította a hasát, aztán sietett, mert tudta, várják az emberei. Azt már nem láthatta, amint felesége két szeméből patakzani kezdenek a könnyek.

Egy zászlónyi emberrel indult, akik mind kipróbált harcosok voltak, végigküzdötték vele az úzok elleni harcokat. Keve volt a vezérlő hadnagy, Ipoly hozta a zászlót. Amikor már jó kétnapnyira lehettek Nándorfehérvártól, előreküldött egy futárt, hogy jelentse az érkezését a helytartónak. A következő nap már esteledett, mikor megpillantották magát a várat és a várost, amely lenyűgözően szép volt, a vár uralta a Duna környékét. A folyótól nem messze letáboroztak. Elmondta hadnagyának a tervét, hogy ők itt maradnak, lehetőleg ne keltsenek nagy feltűnést, húzzák meg magukat, ő holnap három ember kíséretében átkel a révnél a komppal és beszél Liviusszal, a katonai helytartóval.

Reggel így is cselekedett. A vár kapujában strázsáló őrök feltartóztatták ugyan egy pillanatra és élénken tudakolták, hogy mi a jövetelének célja. Koppány az orruk alá dugta a Nikodémusztól kapott gyűrűt, mire azok olyan készségesek lettek, hogy majdnem egymást taposták le a nagy igyekezetben, sőt egyikük ajánlkozott, elkíséri őket a helytartó villájáig. Az út jó negyedóráig tartott, közben áthaladtak a vár piacterén is, ahol élénk nyüzsgés volt, az árusok és kereskedők nagy hangon kínálták a portékájukat, a vevők nézelődtek és alkudoztak, közben megbámulták a jövevényeket.

A villa előtti téren egy különösen szép lányra lett figyelmes, aki egy koldusforma emberrel beszélgetett éppen valamiről, aki valaha hatalmas termetű ember lehetett, de a könyörtelen idő meghajlította a derekát. Hosszú ősz haja és ápolatlan szakálla elfedte az arcának jó részét. A lány ekkor hirtelen feléjük nézett és csengő hangon felnevetett. Egy pénzérmét adott a másiknak, aki hajbókolva megköszönte és lassan elbicegett. Közben odaértek, Livius már a ház ajtajában várta őket, egy kézmozdulattal elbocsájtotta a katonát, őket meg beinvitálta a házába. Középtermetű ember volt, kissé hízásnak is indult már, hajában még nem tűntek fel ősz szálak. Kemény kézfogásából kiderült, az elpuhult testben nagy erő rejtőzik. Miután túlestek a kötelező formaságokon, a Koppányt kísérő őrt a konyha felé küldte egy szolga kíséretében, hogy harapjanak valamit. A fiút a dolgozószobájába vitte és leültette, ő maga is helyet foglalt egy székben. Egy egyiptomi rabszolga bort töltött nekik, majd nesztelenül távozott.

– Délután három órára idehívattam a tisztjeimet, akkor megbeszéljük a zsiványok elleni hadjárat részleteit. Addig is, ha valami kívánságod lenne, csak szóljál nyugodtan, és ha tudom, teljesítem azt.

– Volna egy kérésem. Szeretném lemosni magamról az út porát és pihenni egy kicsit.

– Mindjárt intézkedem, nekem még úgyis van dolgom, az egyik erődítési munkát kell ellenőriznem.

Megrázta a kis asztalon heverő ezüst csengőt, és kisvártatva a Koppány által nem is oly régen megcsodált leány lépett be a szobába.

– Ő Kira, a házvezetőm és a szolgálók felügyelője. Kísérd a vendégemet a fürdőbe, és ha végzett, mutasd meg neki a szobát, amelyben megpihenhet!

Kira meghajtotta a fejét, majd Koppány felé fordult.

– Kövess, uram! – mondta bársonyos hangon.

A vendég felállt, és elbúcsúzott a házigazdától. Míg a folyosó színes mozaikkal kirakott kövén lépdelt, újra szemügyre vette a formás alakot. A lány csípőjén hullámzott a sárga selyemszoknya, amely a térdéig sem ért, felette könnyű vászoninget viselt. A fürdőbe érve szembefordult vele.

– Íme, a fürdő. Érezd magad otthon, bár gondolom felétek nincsenek ilyenek.

– Látod, ebben tévedsz, nekem is van fürdőm.

– Bocsáss meg nekem, ha megbántottak volna a szavaim.

Végignézett a hatalmas termetű férfin, sőt azt is észrevette, hogy az meg őt méregeti.

– Még valamiben a rendelkezésedre állhatok? – kérdezte olyan mosollyal az arcán, mely nem hagyott kétséget a fiúban, ez a lány bármire kapható volna, ha ő akarná.

Lenézett Kira szemébe és továbbfuttatta tekintetét a nyakán, meg az inge kivágásán, melyet szándékosan nyitva hagyott, így látni lehetett két mellének dús halmát.

– Köszönöm, de boldogulok egyedül is.

Kira elment, ő ledobálta a ruháit és belevetette magát a meleg vízbe. Élvezte, amint a víz kimossa a pórusaiból a port és fáradságot egyaránt. Jó egyórányit áztatta magát, aztán megszárítkozott és lefeküdt az egyik padra, ahol egy öreg és vak rabszolga alaposan végigmasszírozta a testét, majd illatos olajjal kente be azt. Közben el is szunyókált. Mikor felriadt, a szolga már sehol sem volt. Meglepetten vette észre, hogy a ruhái szépen öszszehajtogatva egy széken várnak rá, a csizmái is ragyogtak. Felöltözött és Livius tanácstermébe sietett, ahol már vártak rá. Ott voltak a főtisztek mind, a kölcsönös udvarias bemutatkozás és üdvözlések után rátértek a tervezett hadjárat megbeszélésére. Az egyik asztalon egy hatalmas térkép volt kiterítve, melyen aprólékosan kidolgozták a vár és környékének területét, a határ mindkét oldalán. Míg a parancsnok beszélt, ő a térképet nézegette. A jelenlegi határt zölddel jelölték, a folyókat és egyéb vizeket kékkel, a településeket sárgával. Több helyen piros zászlócskákat tűztek bele. Amikor Livius befejezte a mondandóját, ez volt az első kérdése:

– Mit jelelnek a zászlók?

– Ezek a rablóbanda támadásainak helyét jelölik.

– Feltűnt nektek ezen valami?

– Nem, semmi különös.

– Ha jobban megnézitek, ez majdnem egy szabályos kört alkot, és ezen az úton tíz támadás történt, tehát valahol itt lehet a banda rejtekhelye – bökött az egyik pontra.

A többiek izgatottan hajoltak a térkép fölé – ez nekik idáig eszükbe sem jutott. Az egyik tiszt jobban megnézte az általa mutatott pontot.

– Ez a hely egy régi, még a rómaiak idejében használt kőfejtő, vagy háromszáz éve már nem működik. Ideális hely egy nagyobb létszámú csapat elrejtésére. Egy patak is keresztülfolyik rajta, tehát ivóvíz is akad bőven. Egyetlen bejárata van, tehát jól védhető.

Egy pillanatra csend támadt, mindenki a saját gondolataival volt elfoglalva, Magnus százados szólalt meg először.

– Akkor, ha ez tényleg igaz, innen kell kifüstölnünk őket.

– Nem – válaszolt nyomban Koppány –, őket kell kicsalogatnunk erre az útra, amelyen már annyiszor támadtak. Ott csapdát állíthatunk nekik, és nem kell nehéz veszteségek árán megostromolnunk a kőfejtőt.

– Igen ám, de hogyan csaljuk ki őket onnan?

– Megvan a tervem erre is. Figyeljetek, szerintem a városban van egy, ha ugyan nem több kémük, ezért szépen elterjesztitek a hírt, hogy a magyari harka azért érkezett ide, hogy gazdag ajándékokat vegyen a feleségének, és titokban beszélnetek kell a helybéli vezető kereskedőkkel, hogy bocsássanak rendelkezésünkre aranyneműt, ezüstöt, drága selymeket. Természetesen garanciát vállalunk arra, hogy hiánytalanul visszakapják, vagy ha valami balul ütne ki, akkor kártalanítjuk őket.

– Nagyon jó terv – mondták többen is, egy-két ellenvélemény akadt csak, de azokat hamar leszavazták.

– Az embereim zömét elrejtettem a városiak kíváncsi tekintete elől, ti adtok tíz embert az én három emberem mellé kíséretnek, aztán útnak indítjuk a karavánt. Mennyi idő ezt véghezvinni?

– Négy nap elég lesz, az ötödik nap reggelén elindulhatnak a szekerek, addig én is felkészítem az embereimet.

– Száz ember elég lesz, nem kell feltűnést keltenünk. Naponta húsz ember, mintha csak őrjáratra indulnának. Az én embereim itt tanyáznak – mutatott ismét a térképre. – Holnap végigjárjuk a kereskedőket, és utána én elhagyom a várost.

– Jó lesz ez így. Az én embereim parancsnoka Magnus lesz – mutatott zömök, csupa izom tisztjére Livius.

A megbeszélés ezzel véget ért. A házigazda megrázta a csengőt, és erre szolgálók hada sietett roskadásig megrakott tálcákkal, melyen különböző ételek illatoztak, a kupák meg csurig voltak töltve mézédes borokkal. Ezzel kezdetét vette a lakoma, mely kora hajnalig tartott, Koppány azonban kimentette magát még jóval éjfél előtt fáradságra hivatkozva, bár egyáltalán nem volt az, csak nem szerette a féktelen tivornyákat.

5.

A RAJTAÜTÉS

A megbeszélt terv szerint cselekedtek. A kereskedők ugyan eleinte húzódoztak, nekik egyáltalán nem tetszett ez az egész, de amint írásba kapták, hogy semmiképpen nem érheti őket anyagi veszteség, belementek a dologba. A második nap, úgy déltájban, Koppány látványosan elbúcsúzott a helytartótól és ellovagolt. Megkereste az embereit, és várakoztak a kisebb csoportokban érkező bizánci katonákra. Amint teljes létszámban megérkeztek Magnussal együtt, ellovagoltak arra a helyre, ahol a legtöbb támadás történt. Az út ezen a helyen éles kanyart vett a fák között, vélhetően ezt szokták kihasználni a rablók, mert a szekérkaravánok emberei pontosan a kanyar miatt nem láthatták egymást. Az út kétoldalát sűrű bokrok és a lombjukkal egybefonódó fák szegélyezték. Koppány és Magnus továbblovagoltak az úton, jó kétórányi lovaglás után a bizánci hirtelen lefékezve a lovát. Balra mutatott, ahol a fák között egy alig észrevehető ösvény haladt.

– Látod, ez vezet a régi kőfejtőbe.

Koppány leugrott a lováról és gyalogosan ment a mutatott úton. Látta, hogy sokszor használhatták és gyakran, mert a föld keményre volt taposva, itt-ott elmosódott patkónyomokat látott. Beljebb az aljnövényzetet nemrégiben megkurtították, tisztán látszottak a vágásnyomok a bokrok vesszőin, és még alig lehettek kétnaposak, állapította meg. Visszasietett a társához, elmondta neki, amit észlelt, aztán visszatértek az embereikhez. Megbeszélték, a kétszáz ember pontosan az út kanyarulatánál mélyen felhúzódik a fák közé, csak egy-két őrszemet hagynak az utat szegélyező aljnövényzetben, egy jó szemű embert felküldenek egy magas fára, ahonnan belátható a terep egészen az erdő előtt elterülő síkságig. Tüzet nem gyújthatnak, nehogy bárki figyelmét felkeltsék.

Nehéz volt a várakozás, tudták, két napig is eltarthat, mire a karaván ideérkezik, nehéz volt a lovakat csöndben tartani, fogyott a kenyér meg a szárított hús, ráadásul éjszaka még egy kiadós eső is elverte őket. Az emberek morogva szárítkoztak a reggeli napfényben, ami csak nehezen tört át a fák sűrű ágai között. Déltájban az egyik őr futva közeledett és jelentette Koppánynak, egy magányos lovas közeledik a város felől. Követte az emberét, és együtt hasaltak az utat szegélyező bokrok közé. Jó negyedóra múlva már hallották is a ló patájának dobogását. Nemsokára megpillanthatta magát a lovast is, aki egyáltalán nem sürgette az állatot, amely kényelmesen kocogott. Hatalmas termetű ember volt, csak nem olyan magas, mint ő maga. Ujjatlan bőrmellényt viselt, karjának dagadó izmaira rézből készült, kígyót formázó karvédő feszült, oldalán hosszú, egyenes kard nyújtózott. A nyerge mellé hatalmas harci szekerce volt szíjazva, fekete haját bőrszíjjal fogta össze a tarkójánál, napbarnított arcából karvaly csőrére emlékeztető orr ugrott ki. Koppánynak ismerősnek tetszett ez az ember valahonnan, de nem emlékezett, hol is láthatta. Törte a fejét még akkor is, amikor a másik már régen elhaladt előtte.

Aztán olyan hirtelen tört rá a felismerés, hogy csaknem felkiáltott meglepetésében, hiszen ez az ember volt az, aki a szép Kirával beszélgetett a városban, csak akkor kitűnően öregembernek álcázta magát. Most is csak a fejformájáról és jellegzetes orráról ismerte fel. Fejében lázasan kergették egymást a gondolatok. „Ezek szerint ez az ember a banda kémje, és talán a szépséges lány az informátora. Persze, hiszen honnan is lehetne a legbiztosabban megtudni, mikor és mit visznek a szekerek vagy a kereskedőhajók. Livius azt is említette a megbeszélésen, hogy néhány kisebb hajót is megtámadtak már.

Visszatért az embereihez, és újra kezdetét vette az idegőrlő várakozás. Másfél nap telt el, mikor végre jelentették, hogy közelednek a szekerek. Intett az embereknek, és szép lassan, ügyelve rá, hogy ne csapjanak túl nagy zajt, lehúzódtak az út széléhez, a túloldalon ugyanezt cselekedték Magnus és katonái is. Lassan közeledett a karaván, már hallani lehetett a kerekek nyikorgását és a hajtók kiáltásait, amint biztatták az igavonó állatokat, aztán elhaladtak a lesben állók előtt. Elérték azt a kanyart, sőt már két szekér el is tűnt a szemük elől és még mindig nem történt semmi. A harmadik fogat következett, amikor valami akadályba ütközhettek, a hajtók kétségbeesetten fékezték meg az állatokat, az egész oszlop megállt, és mintha a föld alól bukkantak volna elő, száz vagy százötven lovas özönlötte el a kanyarulatot olyan hirtelen, mint amikor a megáradt folyó átlépi a medrét. A vezetőjük az a magányos lovas volt, akit Koppány hosszasan megszemlélhetett a minap.

– Adjátok meg magatokat kegyelemre, vagy ha nem, akkor mindnyájan itt vesztek – hangzott érces kiáltása.

Erre a kísérő katonák – látván a túlerőt – eldobálták fegyvereiket és széttárták a karjukat a megadás jeleként.

A martalócok elözönlötték a karavánt, többen leszálltak a lovukról és a szekerekhez siettek, buzgón bontogatni kezdték azok ponyváját. Koppány csak erre várt. Felemelte a kardját, a jelre száz gyilkos nyílvessző szelte át a levegőt. Az ellenség közül többen lovastól a földre zuhantak, aztán kiugrattak az útra, a fák közül átellenben Magnus katonái is ezt cselekedték, gyilkos közelharc kezdődött. Koppány a csata sűrűjében is a hatalmas termetű férfit kereste, akiről azt sejtette, hogy ő lehet a banda vezére. Egyre csak feléje törtetett, mígnem sikerült elérnie. Kétszer csaptak össze a kardjukkal minden eredmény nélkül, harmadszorra is nekiveselkedtek. A karvalyorrú sújtott először, de ő kivédte a támadást, aztán a bal kezébe vette át a kardját, elhajolt a másik újabb csapása elől és akkorát sújtott ellenfelére, hogy annak kardja úgy tört ketté, mintha csak száraz bot lett volna. Nem várta meg a következő támadást, hanem elkiáltotta magát:

– Vissza, vissza, ez csapda! – Megfordította lovát és vágtatni kezdett, az emberei is követték példáját.

A helyszínen egy szempillantás múlva csak a földön heverő halottak és a görcsösen fetrengő sebesültek maradtak.

A magyariak és a görögök megálltak, hogy kifújják magukat és számba vegyék veszteségeiket. Az bizony nem sok volt, mindössze hat embert vesztettek, sebes is csak egy-kettő akadt, azok is csak könnyebben sérültek. Leugráltak az állataik hátáról és átvizsgálták a fekvő ellenséget, a halottakat kifosztották, a súlyos sebesülteknek megadták a kegyelemdöfést, a könnyebb sebesülteket a szekerekre rakták, természetesen megbéklyózva, és húsz ember kíséretében útnak indították őket a város felé. Magnus véres kardját törölgetve közeledett feléje.

– Nem kellene üldöznünk őket? Így csak az időnket vesztegetjük, ők meg egérutat nyernek.

– Ne aggódj, most a régi kőfejtő felé igyekeznek, ott megfogjuk őket. Erre a kelepcére nem számítottak, ez teljesen megzavarta őket.

A másik nem szólt semmit, csak a fejét csóválta, majd a katonái felé indult. Jó kétórányi idő elteltével elindultak a banda nyomába. Előreküldtek egy nyolc emberből álló csapatot, nehogy valami kellemetlen meglepetés érje őket, az előőrs azonban nem jelzett veszélyt, így akadálytalanul érték el a régi kőbánya bejáratát, melyet gondos kezek tarthattak tisztán, hiszen a növényzetet szinte teljesen kiirtották, így ők is akadálytalanul lovagolhattak be rajta, ahol már várták őket a felderítőik.

– Nézzetek le völgybe, és meg fogtok lepődni – szólította meg őket Ruszti.

Tényleg meglepve látták, hogy a völgyben egy szabályszerű erőd várja őket, melyet hatalmas szálfákból készítettek, az erősség kapuját súlyos vasalatok védték. A kapu melletti fal alól egy kisebb patak indult az útjára, ebből úgy sejtették, hogy ez keresztülfolyik az erősségen, ez láthatja el a bentieket ivóvízzel. A mellvédeken a védők tolongtak, de kiáltásaik nem értek el hozzájuk. Koppány közelebb lovagolt és szinte körbejárta lova hátán a várat, kereste annak gyenge pontjait. Néhány kósza nyílvessző a közelében csapódott a földbe, de nem törődött vele: tudta, a bentiek közel sem bánnak olyan jól az íjjal, mint a magyariak. Amikor mindent feltérképezett, visszaügetett társaihoz.

– Kell húsz ember, hogy a másik oldalon a partoldalról lefolyó patakot elrekesszék, így a bentieket megfosztjuk az ivóvíztől és az állataik számára sem marad majd, hosszas ostromra nem is gondolhatunk. Amúgy sem szívesen küldeném az embereimet a falakra, hiszen mi lovas nép vagyunk, nem sokat érünk a gyalogos harcban.

– Van megoldás, hamar végezhetünk velük – intett egy embere felé Magnus, aki tüstént elsietett és nemsokára visszatért hat-hét ember kíséretében, akik nehéznek tűnő bőriszákokat cipeltek. Az egyikük belenyúlt, és egy viaszpecséttel lezárt cserépedényt nyújtott át Koppánynak.

– Mi ez?

– Ez az edény a mi titkos fegyverünket tartalmazza. Amire ráöntik és meggyújtják, az porrá ég. Ennek sem eső, sem pedig víz nem árt, görögtűznek nevezik.

– Most már csak azt kell kitalálnunk, hogyan juttassuk a falra, főleg az erőd kapujához.

A beszélgetést Keve zavarta meg.

– A patakot elrekesztették az emberek.

Az erősség kapuja kinyílt, és egy lovas jött ki rajta fehér zászlóval, fegyvertelenül. Koppány a lovához sietett és felugrott rá.

– Majd én beszélek vele. – Ledobálta a fegyvereit és elindult. Mikor közelebb ért, akkor látta a másikat, aki nem más volt, mint a karvalyorrú, vagy más néven Leonidász, a rablók vezére.

Egymás mellé léptették az állataikat és kezet fogtak.

– Mit akarsz, és mi ez a fehér zászló? Talán megadjátok magatokat kegyelemre?

– Eszem ágában sincs, de mivel elrekesztettétek a vizet, ezért lenne egy kérésem. Szeretném elengedni a biztos halálból a bent lévő asszonyokat, gyerekeket és öregeket. Ígérd meg, hogy bántódásuk nem esik, ők nem vettek részt a támadásokban.

– Jól van, megígérem, és tartom a szavam.

Egymás szemébe néztek, majd a tisztelet jeléül meghajtották a fejüket a másik felé.

Egy félóra sem telt el, és a kapu újra kinyílt. Különböző korú asszonyok siettek ki rajta, kézen fogva gyerekekkel, volt közöttük olyan kicsi, aki az anyja mellére bújt, a sort kilenc ősz hajú és hajlott hátú öregember zárta, akik a rablók állataira felügyeltek. Koppány jól emlékezett a városban látott álcázott vezérre, ezért gondosan megnézett minden egyes nőt és öreget, de semmi gyanúsat nem észlelt, így útjukra indította őket öt ember kíséretében a város felé. Az egyik őrnek átadta az üzenetét Liviusnak, hogy a szép Kirát vegyék őrizetbe, mert szerinte ő a kém. Aztán Magnushoz fordult és azt tudakolta tőle, hogyan gondolja azt a tervet a görögtűzzel. A bizánci elmosolyodott és intett az egyik tisztnek.

– Hívasd ide Timont!

Kisvártatva egy hatalmas, még Koppánynál is legalább egy fejjel magasabb harcos jött hozzájuk.

– Ő a legerősebb ezen a vidéken, és ami nem mellékes, hatalmasat tud dobni, ezért közelebb megyünk az erődhöz a harcosaim pajzsának fedezete mellett, a te embereid pedig nyíllal lövik a védőket és magát az erődöt. Bőven szórjatok gyújtó nyílvesszőket is belülre, így megzavarodnak, majd az oltással lesznek elfoglalva, aztán Timon a kapura célozva eldobálja korsókat, ti pedig vesszőitekkel meggyújtjátok a folyadékot, innentől kezdve már gyerekjáték lesz az egész.

Az elmondottak szerint cselekedtek, a magyariak nyílvesszői jó pár építményt felgyújthattak bent, mert itt is, ott is füstoszlopok törtek az ég felé, a falakon megritkultak az emberek, bizonyára az oltással voltak elfoglalva. Ekkor Timon felemelkedett a védelmére szolgáló pajzsok mögül és dobálni kezdte a korsókat. Az első, de még a második sem találta el a kaput, hanem alaposan tőle jobbra, a falon tört szét, a harmadik és negyedik telibe találta a kaput, az ötödik megint mellé, csak most balra. Magnus intett neki, ennyi éppen elég lesz, Koppány és az emberei gyújtónyilak tucatjait lőtték a falon és kapun lefolyó szerre, ami hirtelen lángra lobbant, s akkora hővel égett az egész fal és kapu, hogy vagy száz lépést kénytelenek voltak hátrálni.

Nem volt ellenszere ennek a tűznek, mely harsogva emésztette el a fából készült alkotmányokat. A vasalt kapu hirtelen leroskadt a fal egy részével együtt, a levegőben korom és pernye kavargott.

Ahogyan csitult a tűz ereje a kapunál, egyszerre csak lovasok hada robbant ki rajta. A bizánciak pajzsaik mögé rejtőzve várták a rohamot, lándzsáikat előremeresztve. A magyarok újra nyílzáport zúdítottak a közeledőkre, ami alaposan megtizedelte őket és csökkentette a roham erősségét. Végre összecsapott a két sereg, a görögök első sora lerogyott a szörnyű ütközéstől, de a második sor kitartott, és az ellen megtorpanva fennakadt az ércfalon, ekkor a küzdő felek közé vetette magát Koppány az embereivel. Ő maga Leonidászt kereste, a nevét kiáltozva négy embert vágott le, mire közel kerülhetett hozzá. Ekkor eldobta a kardját, és csákányát lóbálva közeledett a másikhoz, az meg érezvén a veszedelmet, pajzsát maga elé emelve próbált védekezni, de a csákány kitűnő fegyver, nem véd ellene sem pajzs, sem páncél. Leonidász karja reccsenve tört el az ütés erejétől, a második csapás keresztülütötte a sisakját és beszakította a koponyáját. Emberei – látván vezérük vesztét – megadták magukat

kegyelemre, akik menekülni próbáltak, azokat nyílvesz-
szők terítették le, mögöttük még mindig a tűz volt az
úr, elemésztve a rablók erődjét. Hatalmas volt a győze-
lem, talán ha harminc rabló került csak élve a kezükre.
A város népe örvendezve fogadta őket, Livius hatalmas
lakomát rendezett a tiszteletükre, az elfogott rablókat
nyilvánosan kivégeztette. Egyedül Kirát nem sikerült
elfogni, mert úgy eltűnt, mintha a föld nyelte volna el.

Szeptember közepe volt, mire zsákmánnyal gazdagon
hazatértek, rá egy hétre Juliánusz deák ezt írta szép la-
tin betűkkel a könyvébe, melyet már évek óta vezetett,
és Koppány családjának a történetét tartalmazta.

„Az Úr 980. évének szeptember hónap 22-ik napján
Koppány harkának fia született, kinek neve a honszer-
ző fejedelem emlékére Árpád."

6.

Veszteségek

Elrepült tizenhárom év olyan hirtelen, mintha csak egy pillanat lett volna. Koppány tette a dolgát, képviselte a fejedelmet, szinte állandóan úton volt, hol keleten, hol nyugaton kellett helytállnia, de északon és délen is megfordult, bejárta az ország szinte minden szegletét. Meghallgatta az egyszerű emberek panaszait, viszont foglalkoznia kellett a törzsfők problémáival is, nem beszélve a határok mellett garázdálkodó rablókról. Egy idő után úgy látszott, minden egyenesbe kerül, úgy-ahogy nyugalom támadt a határokon, a törzsi viszályok is elcsitulni látszottak, igaz, ehhez Géza fejedelem segítsége is kellett, aki hol erőszakkal, hol ígéretekkel és adományokkal csillapította le a torzsalkodó elöljárókat. Aztán jöttek a bajok és velük együtt a gondok is.

Először is a fia, Árpád születése után jó két évvel Réka újra örömtől sugárzó arccal közölte vele, hogy megint gyermeket vár. A férfival madarat lehetett volna fogatni, olyan boldog lett. Megbeszélték, ha fiú lesz a neve, Álmos, ha lány, akkor Emese lesz. Ezúttal úgy igazította a dolgait, mire a gyermek megszületik, mindenképpen otthon legyen, és így is történt. Réka egy forró augusztusi nap reggelén kezdett el vajúdni, ő pedig, mint egy ketrecbe zárt vadállat, föl és alá járkált hol a nagyteremben, hol kint az udvaron.

Az emberei is izgatottan várták a kis jövevény érkezését, és ekkor beütött a baj. Egy szolga futott ki a palotából és izgalomtól sápadt arccal kereste az urát, aki pont a kis Árpáddal játszott.

– Uram, gyere velem gyorsan, mert nagy a baj.

Ő nem kérdezett semmit, de szívét mintha jeges marokkal szorították volna össze, csak intett a közelben tartózkodó dajkának és sietett a szolga után. Az étkezdében már várta az egyik öreg bába, akinek folyt a szeméből a könny.

– Uram, bocsáss meg nekem, a rossz hír hozójának, de mi mindent megtettünk, ami tőlünk telik...

Összemarkolta az öregasszony ingének az elejét, de olyan erővel, hogy annak elakadt a szava.

– Beszélj, az istenedet vagy beléd fojtom a szuszt! – ordította.

A másik kapkodva szedte a levegőt és lesütötte a tekintetét.

– Sajnos a gyermek holtan jött világra, lányod lett volna. Asszonyod annyi vért vesztett, hogy félő, nem éri meg az holnapot, de lehet, hogy az estét sem.

Koppánnyal fordult egyet a világ, úgy érezte, menten megáll a szíve, melle úgy hullámzott, mintha kovácsfújtató lett volna. Elengedte a csoroszlyát és döngő léptekkel az asszonya szobája felé igyekezett. Mielőtt benyitott volna, megállt és fejét nekitámasztotta az ajtófélnek – erőt kellett gyűjtenie. Így állott ott egy percig, aztán betaszajtotta az ajtót. Réka halottsápadt arccal feküdt az ágyban, mellette a faragott bölcsőben feküdt megmosdatva és felöltöztetve a halott kicsi lány. Az asszonyok, köztük Szerén is, könnyes szemmel álltak. Odatérdelt a felesége ágya mellé, megfogta a láztól nyirkos kezét, az asszony erre kinyitotta a szemét és elmosolyodott.

– Megjöttél hát. Sajnos a gyermekünk meghalt, és úgy érzem, nekem is mennem kell, várnak rám már odaát az őseim, hívnak magukhoz, pedig nagyon szeretnék maradni és melletted élni ezt az életet, de nem tehetem, nincs már erőm, percről percre gyengülök.

– Sss! Ne beszélj, ne fáraszd magad! Fiatal vagy és erős, gyógyulj meg, kérlek, ne hagyj engem itt! Nélküled nem élet az élet itt ezen a világon – mondta elfúló hangon, és életében először talán eleredtek a könnyei és végigfolytak napbarnított arcán, de ő ezt most észre sem vette.

– Ne sírj, uram! Ha eljön majd a te időd, én várni foglak odaát, de addig is viseld gondját Árpádnak és vigyázz rá!

Réka egy mélyet sóhajtott, majd lehunyta a szemét és nem mozdult többé. Arcán elsimultak az elgyötört vonások, ajkán ott maradt az utolsó mosoly örökre. Koppány felállt, nem nézett senkire sem, úgy mondta:

– Készítsétek fel az útra a feleségemet és a lányomat!

Másnap Zerind mellé temették el őket, a kopjafájukat ügyes kezű ácsok faragták. Sokáig állt a friss sírhant mellett, belül nagy-nagy ürességet érzett. Sírni szeretett volna, de nem voltak könnyei, átkozódni szeretett volna, akár az Öregistent, akár a keresztények istenét szidni, de tudta, ez már nem hozza őket vissza.

Majdnem egy hétig nem törődött semmivel, csak ivott és ivott, alig evett, csak perceket aludt, az emberei nem merték zavarni, féltek a haragjától. Végül Szerén elégelte meg a dolgot, kopogtatás nélkül belépett a borgőzös szobába, kivágta az ablakszárnyakat, melyeken keresztül friss levegő áramlott be. Odalépett a fia ágyához, melyen kócosan, borotválatlanul és mosdatlanul aludt Koppány, felkapta az egyik vizeskancsót és a fejére borította annak tartalmát. Az kinyitotta vérágas szemeit és bambán bámult az anyjára, aztán felkelt és az asztalhoz botorkált, remegő kezeivel megfogta az egyik félig

telt boroskupát és az ajkához emelte azt, de inni már
nem tudott belőle. A nő odalépett hozzá és kiütötte azt
a kezéből, majd emberfeletti erővel arcon ütötte. Kop-
pány meglepetten nézett rá. Az anyja még sohasem ütöt-
te meg, és nem gondolta volna, hogy ekkora erő lakozik
benne. A nő megszólalt, nem kiabált, de szavai úgy fáj-
tak, mint az ostorcsapás.

– Mit gondolsz? Ha az asszonyod és a gyermeked főnt-
ről tekintenek le rád, mit gondolhatnak rólad, milyen apa
vagy te, aki nem néz a fiára, nem törődik a nemzetsége
sorsával, csak vedel napról napra!

– Én ezt nem élem túl. Elvették tőlem azt, akit min-
dennél jobban szerettem a földön...

– Elég ebből, mondtam már! Ne sajnáld magadat, térj
eszedre! Vár a fiad és többé nincs ital, legalábbis mérték-
telen módon. Megértetted?

– Igenis, anyám – és a szégyen pírja öntötte el arcát,
aztán felemelt Szerén kezét és megcsókolta azt. – Kö-
szönöm.

Kibotorkált a szobából egyenesen a fürdőbe, ahol
majd egy órát áztatta testét. Az öreg szolgáló alaposan
megmasszírozta minden csontját és izmát, aztán ő maga
megborotválta arcát és tiszta ruhát öltött. Ezt követően
a konyhába sietett, ahol alaposan teletömte magát. Úgy
érezte, újjászületett. Újra belevetette magát az ügyek
intézésébe, az legalább csillapította valamennyire a fáj-
dalmát. Ha tehette, egyre többet foglalkozott a fiával,
sőt ha olyan útra indult, mely nem ígért veszélyt, magá-
val vitte. A fegyverforgatást Kevétől tanulta, aki együtt
oktatta a fiával, Zsolttal. Egy kis idő múlva a két gyer-
mek szinte elválaszthatatlan lett. A betűvetés és olva-
sás tudományát Juliánusztól kapta, aki négyszemközt

elmondta Koppánynak, hogy bár a fiú rendkívül eszes, jobban érdeklik a fegyverek, mint az írás. Az apa csak nevetett ezen, hiszen ez így van rendjén.

Hat év elmúltával érkezett a hír, hogy nagyapja, az öreg Aba megtért az őseihez: egy este lefeküdt, és reggel már hasztalan költögették. A kabarok vezérsége a fia, Amádé lett, aki pontosan egy év múltán követte az apját az égi pusztákra. Egy szerencsétlen vadászbaleset áldozata lett, olyan gyorsan üldözte a kiszemelt vadat, hogy leesett a lováról. Valami megszakadt benne, mert napokig vért hányt, aztán meghalt, helyébe a fiatal Sámuel került.

Aztán mintha ez nem lett volna elég, az utolsó télen ágynak esett az anyja. Szerén állandóan köhögött, nem segítettek se Detre, se a pap orvosságai rajta, mire kitavaszodott, ő is jobblétre szenderült. Koppányt sokkal mélyebben érintette az anyja halála, mint azt kifelé mutatta, hiszen ő volt az, aki kordában tartotta az ő féktelen, hirtelen haragú természetét. Zerind és Réka mellé temette el, és úgy érezte, teljesen magára maradt: hiányoztak az anyja okos és megfontolt tanácsai. Aztán a nyár közepén Juliánusz kért tőle kihallgatást, a deák ötölt-hatolt, de végül csak kibökte, szeretne visszavonulni, hiszen már több mint ötven éves, a látása sem a régi. A saját helyére javasolta Túr fia Jenőt, akit a hosszú évek során betanított már, ír és olvas latinul, görögül, a németet is bírja. Végig, míg a másik beszélt, Koppány alaposan megnézte Juliánuszt és tényleg, eddig észre sem vette, de a másik már teljesen megőszült, arcára mély ráncokat vésett az idő vasfoga, szemét a rövidlátókra jellemzően hunyorította. Beleegyezett hát, és egy szép házat ajándékozott neki a közeli szőlőhegy oldalában. A deák ezt hálásan megköszönte és egy hét múlva oda is költözött, majd nekilátott élete munkájának, a magyari Álmos és családjának történetét szerette volna az utókorra hagyni.

Koppány közben azon gondolkodott, hogy minél idősebb az ember, annál több számára fontos személyt veszít el végleg, de hát ilyen az élet, mit tegyünk. Az idő ellen nem lehet harcolni.

7.

IDEGENEK JÖNNEK

Elérkezett az Úr 994. esztendeje. Géza, a fejedelem egyre többet betegeskedett, Koppány elképedve nézte, amint a felesége, Sarolt úgy befolyásolja az ura akaratát, ahogyan csak akarja. Világosan látta, hogy a fejedelmi pár egyre inkább nyugat felé orientálódik, csak azt nem értette, a fejedelem feleségének mi érdeke fűződik ehhez, hiszen az apja és ő is a bizánci kereszt jelét vették magukra. Aztán rájött, hogy az asszony az erősebb felé húz, ugyanis a nyugati szomszédok az erősebbek. Koppány magában úgy vélte, sokkal jobb volna a bizánci kereszténység, mert azok gyengébbek, és nem bírnák erővel a magyarságot. Egyre nagyobb ellenszenvvel figyelte, hogyan kormányoz az asszony betegeskedő férje helyett. Meg kell hagyni, ügyesen csinálta, merthogy ebből Géza semmit nem vett észre, úgy hozta meg a döntéseket, mintha az a saját ötlete volna, és nem a felesége sugallta volna azokat. Nem tehetett semmit ellene, mivel kötötte az esküje, ő volt a harka, a fejedelem jobbkeze. Az sem tetszett neki, hogy az ifjú Aba Sámuel egyre többet tartózkodott a fejedelmi udvarban és egyre inkább Sarolt befolyása alá került.

Tavasszal azt az utasítást kapta, induljon el Pozsony várához és ott várja meg Adalbert prágai püspök érkezését, fogadja illően, valamint kísérje Esztergomba.

Már tíz napja várakozott fiával és Sámuellel, mire a püspök kegyeskedett megérkezni, természetesen kellő katonai kísérettel. Alacsony, sovány, ráncos képű, ősz hajú és szakállú volt Adalbert. Az úton Koppányt faggatta hitéről és a magyarok szokásairól, amit ő híven elmondott neki.

– Ezek szerint barbárok és pogányok vagytok – szögezte le a vendég.

Ettől a sommás véleménytől felfordult a gyomra, többé nem beszélgetett vele, csak akkor szólt hozzá, ha az illem megkívánta. Esztergomba érve Géza elé vezette és bemutatta neki. Négy nap telt el, és megtartották az ifjú Vajk keresztelőjét, aki a keresztségben az István nevet kapta. Innentől kezdve csak ezen a néven volt szabad illetni. Ettől a naptól megváltozott a fiú, egyre kevesebbet gyakorolta a fegyver forgatását, inkább a szent könyveket bújta és sokat imádkozott, a szobájában lévő feszület előtt térdepelve. A vadászatokon is egyre ritkábban mutatkozott, és az apja tanácsára egyre inkább támogatta az egyházat.

Aztán Géza feleséget keresett neki, s talált is egy bajor hercegnő személyében, akit Gizellának hívták. Nem mintha idehaza nem lettek volna szép és előkelő lányok. Koppány tudta, mi a fejedelem célja ezzel a házassággal: azt szerette volna, ha a római vallás minél gyorsabban elterjedne, és ezt remélte a lány apja, II. Henrik is. Így hát Koppány ismét útra kelt, most Passauba, itt várta meg a hajón érkező Gizellát és kíséretét, vele tartott fia és Sámuel is, aki egyre többször képviselte Istvánt.

Három lovag – név szerint Vencelin, Hont és Pázmány – kísérte, emellett természetesen számtalan udvarhölgy és katona. Koppány már az első napon összebarátkozott Vencelinnel, aki csaknem olyan hatalmas termetű volt, mint ő, elég jól beszélte a magyart, a másik kettő fennhordta az orrát, a kötelező udvariassági szabályokon kívül nemigen érintkeztek vele. Azt is észrevette, hogy az udvarhölgyek közül többen is kacérkodnak vele, tetszett nekik a jó kiállású férfi, de ő nem viszonozta érdeklődésüket. Felesége halála óta nem kereste a szerelmet és a testi örömöket. Vencelinnel katonai dolgokról beszélgettek szinte az egész úton, a németet érdekelték a magyariak hadviselési szokásai és azt is behatóan firtatta, hogy milyen rang a harka cím és mi a dolga. Cserébe sokat mesélt a németek harci taktikáiról és fegyverzetéről, amit Koppány kíváncsian hallgatott, és mélyen emlékezetébe véste a másik szavait.

Lassan haladtak, Gizellának szinte folyton volt valami baja, hol a feje fájt, hol a háta, és naponta többször is a jó Istenhez fohászkodott, hogy adjon neki erőt majd elviselni ezt a barbár országot. Az viszont megnyugtatta, hogy leendő férje mélyen vallásos és órákat tölt imádkozással, amint azt Koppánytól megtudta. Aztán az anyósáról faggatta, milyen asszony, és igazak-e azok a híresztelések, hogy férfi módjára üli meg a lovat, meg több bort iszik, mint egy férfi, s ő mindent őszintén elmondott neki.

Esztergom várának kapujában várta őket a fejedelmi család díszes ruhában és ragyogó fegyverzetű testőrök között. A harka megállt a fejedelem előtt és bemutatta neki Gizellát, valamint a lovagokat.

Egy hétre rá, az Úr 996. esztendejében megtartották az esküvőt, melyen Árpád kíséretében Koppány is jelen volt. A ceremónia sokáig tartott, és ő úgy érezte, megfullad a zárt templomban: fojtogatta a nehéz tömjénfüst, melyet füstölőikkel bőven eregettek a papok. Az esküvő után számtalan pap, katona és mesterember érkezett a

226

magyarok földjére, melyet egyre nagyobb ellenszenvvel figyelt és nemegyszer szót emelt ellene, de Géza rá sem figyelt az ellenvetéseire. Akkor telt be nála a pohár, amikor a fejedelem a régi honfoglalók terhére kezdett el földeket adományozni, főleg az egyház és a lovagok számára. A törzsfőket pedig vagy megvette, vagy megfélemlítette Géza, egyedül Aba Sámuel volt kivétel, ő féltékenyen őrizte a kabari törzs kiváltságait.

„Hej, más lesz itt a világ, ha én leszek a fejedelem! Nem fogom tűrni, hogy a megfeszített Krisztus nevében kifosszák a szegényeket és az ő nevében erőszakkal kereszteljenek, hiszen amíg ő élt itt a földön, mindig a békét hirdette és a szegénységet, nem úgy, mint a római vallás papjai, akik roskadoznak az arany és ezüst ékszerek alatt" – gondolta magában, de nem hangoztatta ezen véleményét, várt. Tudta, az idő neki dolgozik, ugyanis a fejedelem egyre betegebb, míg ő maga egészséges, és hamarosan ő kerül majd a helyére. Addig is minden panaszost meghallgatott, beszélt az elégedetlen törzsfőkkel és lecsitította őket, nem akart és nem is szeretett volna testvérháborút, épp elég magyari vér folyt már el, és nem hiányzott több vérontás. Tudta azt is, hamarosan kenyértörésre kerül a sor közte és Géza között, főleg majd Sarolt miatt, aki nem rejtette véka alá a vele szemben támasztott ellenszenvét.

Sohasem tudta neki megbocsájtani, hogy egy éjszakába hajló lakoma után, még évekkel ezelőtt, mikor már az asszony eléggé ittas volt, ő visszautasította közeledését. Akármennyire is részeg volt a nő, ezt sohasem felejtette el neki, és ahol csak tehette, Koppány ellenében szólt. Ő maga pedig egyre több időt töltött a szállás területén, annak ügyeivel foglalkozott, már az sem érdekelte, hogy szép lassan kiszorítják a fejedelmi tanácsból. Csak egy dolog bántotta mélyen: a fiát egyáltalában nem érdekelték az országos, de még a szűkebb értelemben vett hétköznapi dolgok sem, szívesebben legyeskedett a szoknyák körül és hajkurászta a lányokat.

Amikor otthon tartózkodott, egyre több panaszos fordult hozzá, főleg közrendű szabad magyariak, de érkeztek az elégedetlen törzsfők követei is szép számmal. Ő igyekezett mindenkit meghallgatni és próbálta erejéhez mérten orvosolni a problémáikat, de tudta, az csak ideig-óráig csitítja le a kedélyeket, és amitől a legjobban félt, beigazolódni látszott: előbb vagy utóbb testvérharc alakult ebből, aminek ő nem szándékozott a vezére lenni.

Közben sok év után újra rátalált a szerelem is, amiről már azt hitte, számára nem létezik. Egyik nap a Tarján törzsbéli Kupán érkezett hozzá követségbe. Koppány éppen az ablaknál állt, amikor berobogtak a lovasok a palota előtti térre. Leugráltak a lovaikról, közben az általuk felvert por eloszlott. Amikor az egyik kísérő odalépett a még lovon ülő társához és segített neki a nyeregből kiszállni, ekkor látta, hogy a másik egy magas és karcsú leány, akinek a mellén szépen domborodott a bőrmellény.

A kísérő valami tréfásat mondhatott, mert a nő csengő hangon felnevetett. Ebben a pillanatban feltekintett és meglátta Koppányt. A tekintetük egy pillanatra találkozott, és a férfi úgy érezte, mintha villám cikkázott volna át rajta: rabul ejtette a másik szépsége, szíve hevesebben kezdett el verni, s mintha maga is meglepődött volna az elfelejtett vagy rég nem érzett dologtól, hirtelen elfordult az ablaktól. Egy fertályóra sem telt el, amikor fogadta őket a nagyteremben. Ő maga a szokásos helyén, az asztalfőn ült, a vezető bemutatta a küldöttség tagjait, s kiderült, hogy a lány neve Virág. Egy kézmozdulattal mutatta nekik, hogy foglaljanak helyet, majd intett a szolgálók felé, azok sietve hordták a különböző sülteket, fehér bélű cipókat, boroskantákat. Szótlanul ettek és ittak, Koppány közben csak egyre a lányt figyelte, aki komolyan munkált az ezüst nyelű késsel egy sült kappan combján. Az étkezés végeztével sajtot és mézben áztatott diót tettek az asztalra.

– Mondd hát, Kupán, mi járatban vagy?

A szólított hátradőlt a székében és elkezdte a mondókáját, de azt Koppány csak fél füllel hallgatta, közben egyre a fehérszemélyt fürkészte. Az, ha rávetette a tekintetét, ő zavartan sütötte le a szemét. Kupán közben befejezte a sérelmét okozó gondok felsorolását.

– Gondom lesz rá, hogy ügyed a fejedelem elé kerüljön és megfelelő elbírálásban részesüljön. Most menjetek, frissítsétek fel magatokat és pihenjetek!

A küldöttség lassan szedelőzködni kezdett. Mielőtt azonban távoztak volna, újra megszólalt, szavait Kupánhoz intézte:

– Te maradj még egy kicsit, beszédem volna még veled!

– A lányod nagyon szép, még mindig nincs férfi az oldalán, pedig már legalább tizennyolc tavaszt megért.

– Pontosak legyünk, az éven már a huszadik tavaszon is túl van, de neki nem kellett még ezidáig egyetlenegy férfiember sem, pedig akadt kérője szép számmal, sőt olyan is volt, aki betege lett a látásának. Ezelőtt sok évvel egy vén és fogatlan boszorkány bűbájos varázslatban egy tál vízben megmutatta neki a jövendőbelijének arcát, azt keresi, arra vár.

– Ki az a férfi?

– Eddig a napig se én, se ő nem tudta, de most kiderült, te vagy az, Koppány. Mikor megérkeztünk és meglátott, akkor súgta meg nekem. Tudod, mikor a tavalyi esztendőn nálunk jártál, Virág pont nem tartózkodott otthon, mert az egyik rokon asszonynál vendégeskedett.

– Tényleg, emlékszem már, én is pont erről szerettem volna veled szót váltani. Mióta megláttam, azóta nem tudom kiverni a felemből és a szívem is újra élni kezdett, ami a feleségem halála óta nem fordult velem elő.

– Mi hát a szándékod, harka?

– Ha lehet és engeded, amíg itt tartózkodtok, szót váltanék vele, mert erőszakkal nem szeretném, hogy az enyém legyen. Ha kedvező útra találok, akkor mához egy évre megtarthatnánk a menyegzőt, természetesen, ha te is áldásodat adod rá.

– Hidd el, kedvező útra lelsz, és én leszek a legboldogabb apa a világon, hiszen nekem nincsenek fiaim, Virág az egyetlen gyermekem.

– Akkor ezt megbeszéltük, most már menj és pihenj!

A beszélgetést követő egy héten keresztül, amíg a vendégek ott tartózkodtak, mindennap szerét ejtette, hogy találkozhasson a lánnyal, ezerféle ürügyet talált rá, a körülötte lévő emberek, de még a szolgálók is mosolyogtak széptevésén. A lány is örömmel fogadta közeledését, hiszen erre az emberre várt már évek óta.

Mielőtt útnak indultak volna, a két férfi, az apa és a kérő megegyeztek az esküvő napjában, a hozományban.

Egyikük sem sejtette, hogy a banya jóslata nem volt teljes: azt megmutatta, ki lesz a jövendőbelije Virágnak, de azt már nem mondta el, hogy sosem lesz az övé.

8.

A SZAKÍTÁS

Még ugyanebben az évben a nagybeteg Géza fejedelem futárok útján tanácskozásra hívta az összes törzsfőt. Esztergomban a gyűlés napját december havának huszonnegyedik napjára tűzte ki, arra a napra, melyen a keresztények szerint megszületett a megváltó Jézus Krisztus. Amikor Koppány kézhez kapta az üzenetet, eszébe jutott az utolsónak titulált szer. „Ugyan mi ez – gondolta magában –, ha nem szer?". Csikorgó hideggel találkozott, mikor útnak indult. Az éjszakák nagyon hidegek voltak, de az ég tiszta, rajta milliónyi csillaggal. Az idén még nem havazott, a nappalok sem lettek sokkal melegebbek, bár a Napisten újra meg újra bejárta az égi pályáját, de ereje elhagyta most. Esztergomban nagy volt a sürgés-forgás, a hideg ellenére a piac tele lett kereskedőkkel. Volt ott örmény, görög, perzsa, de zsidó is, a német kalmárokról már ne is beszéljünk, és rengetegen nézelődtek vagy éppen az árura alkudoztak. A piac rendjét a fejedelmi testőrség néhány tagja vigyázta. A harkát és kísérőit egy szép kőházban szállásolták el, ahol kandallók ontották a meleget.

Koppány rögtön a fürdőkamrát kereste fel, lemosakodott, megborotválkozott, evett valamennyit és lefeküdt, aludt vagy kétórányit a medvebőrrel letakart lócán, amikor is arra ébredt, hogy Keve költögeti.

– Mi történt, tán ég a ház?

231

– Nem. A fejedelem küldötte érkezett és arra vár, hogy fogadd őt!

Magára kapkodta a ruháit és az étkezőbe sietett, legnagyobb örömére Vencelint látta ott.

Vidáman paroláztak és csapkodták egymás hátát.

– Hozzatok ennivalót és bort a vendégnek!

– Nincs sok időm – felelte a másik.

– Azért csak ehet és ihat a fejedelem küldötte!

– Na, egy kicsit – engedett Vencelin.

Amikor befejezték az étkezést, amely közben sokat beszéltek és tréfálkoztak egymással, a küldött elmondta jövetelének okát. A holnapi napon, pontosan tizenkettő órakor kezdődik a tanácskozás, majd ha az véget ér, minden küldött részt vesz – természetesen csak ha akar – az esti szentmisén, mely a született megváltót köszönti.

– Nem tudod, mi a szándéka Gézának, miért ez a hirtelen tanácskozás?

– Nem sejtek semmit, csak azt tudom, hogy Pázmány, Hont, Sarolt és Astrik főpap szorgalmazták ezt a gyűlést erősen.

Mikor a vendég eltávozott, még sokáig töprengett rajta, vajon mit akarhat Géza. Föl és alá járkált a teremben, de nem lett okosabb. Nem sokkal később újra lefeküdt, de meghagyta, hogy holnapig már senki ne zavarja, úgy tervezte, alszik egy jót, reggel elmegy a piacra és keres valami nőnek való ékszert, amit majd elküldet Virágnak. Aztán nem így lett, különöset álmodott azon az éjszakán. Nem Bulcsú volt az, aki jött, hiszen már évek óta nem jelent meg az álmaiban, hanem Rékát látta karjukon a lányukkal, lassan közeledett felé és mosolygott. Talpig fehérbe, a gyász ősi színébe volt öltözve, és amikor odaért, jól hallhatóan azt mondta a férjének:

– Várunk rád!

Erre riadt föl, teste verejtékben fürdött, a fülében még ott visszhangzott az az egyetlen mondat. Kicsapta az ablaktámlákat, a hideg levegő jólesően simogatta a testét, künn még sötét volt.

Így állt ott percekig, majd visszabotorkált az ágyhoz, lefeküdt, de sokáig kerülte az álom, állandóan az járt a fejében, vajon mit jelenthet ez a látomás. Reggel rosszkedvűen ébredt, kialvatlannak érezte magát, kedve később sem lett jobb, így ment Géza tanácsába.

A nagyteremben ott volt már mindenki, aki csak számított. Az asztalfőn Géza ült, teljes fejedelmi díszben, az oldalán a díszkardja, kezében az aranycsákány. A múló idő könyörtelen jelei látszottak rajta, teljesen megöregedett, a haja és bajusza egészen megőszült, az arcán milliónyi ránc futott, a szeme fehérjét vérágak hálózták a mértéktelen borivástól. Balján Sarolt foglalt helyet, akin bezzeg nem fogott az idő, a szülések is alig hagytak nyomot rajta, még most is sugárzóan szép volt. Jobbján István, mellette a vézna és sápadt, mindig riadt tekintetű Gizella feszengett. „Egyáltalán mióta szokás asszonyokat tanácsba hívni?" – gondolta magában, és elhúzta a száját.

A T alakú asztal két oldalán ültek a hét törzs vezérei és a kabarok vezére, Aba Sámuel, rajtuk kívül Vencelin, Hont, Pázmány, egy-két pap Asztrik vezetésével. Koppánynak az ifjú Abával szemközt jutott hely az asztalnál, mely roskadozott az étkektől. Volt ott sült vagy húszféle, hal is akadt bőven, bort viszont keveset szolgáltak föl, még a fejedelem is csak mértékkel ivott szokásától eltérően – azt akarta, hogy tiszta fejjel kezdjék meg a tanácskozást az étkezés végeztével. Közben a regösök játszottak hangszereiken.

233

Géza a hét törzs fejedelme,
Kinek tetteit sok jó krónikás feljegyezte,
Félte a hatalmát
Az német és a nagy Bizánc,
Az országot békére vezette,
Ebben hű társa, a felesége segítette...

Koppány újra elhúzta a száját. „Persze, segítette ármány-kodásával. És úgy tesznek, mintha én nem tettem volna semmit ezügyben" – gondolta.

Lassan véget ért a lakoma, az emberek elégedetten dőltek hátra székeikben, néhányan titokban meglazí-tották a derekukra feszülő övet, mert túl szorosnak érezték. A fejedelem hátratolta a székét és intett a ze-nészeknek, hogy mehetnek, a szolgálókat is elküldte. Mikor minden nemkívánatos személy távozott, elkezd-te a mondandóját.

– Azért hívtalak ide benneteket, magyari vezérek, mert több nagy dologban is döntenünk kell a mai napon. Az első: úgy határoztam, hogy felszámolom a régi, még a foglaláskor kijelölt szállásterületeket és helyettük vár-megyerendszert vezetek be, az élükön egy-egy fejedelmi ispánnal, kit én jelölök ki a későbbiek folyamán. Elren-delem azt is a nyugati kereszténység védelmében, hogy minden tíz falu építsen egy templomot, az egyháznak pedig külön földeket adományozok, hogy ezzel is előse-gítsem a hit gyors terjedését.

Az asztalnál ülő magyariak megdöbbenten néztek egymásra és halkan beszélni kezdtek egymással, de még nem volt vége. A fejedelem, hogy a mormogást lecsende-sítse, a csákány nyelével az asztalra vágott, erre ismét néma csönd lett.

– Hátravan még a legfontosabb döntésem. Mivel én már beteg vagyok és érzem, a napjaim lassan kitelnek ezen a földön, ezért azt kívánom tőletek, hogy szakítsunk az ősök hagyományával, és a fiam, István kövessen engem a fejedelmi székben, hiszen ő ismeri a terveimet és támogatja azokat. Hiszem, csak így tudunk fönnmaradni Európában. Remélem, ezzel ti is egyetértetek, főleg te, Koppány, aki őseink törvénye szerint követnél engem a fejedelmi székben.

Elhallgatott, megfogta a kupáját és nagyot húzott belőle. Ez sok beszéd teljesen kifárasztotta, érezte, a szíve megint összevissza ugrál a mellében.

A vezérek még mindig elképedten meredtek egymásra és az arcuk megsápadt, de nem így Koppányé, akinek az arcát a harag pírja öntötte el, és nem törődve az illemmel fölugrott a helyéről, a szék hangos csattanással borult a gyalult fából készült padlóra.

– Nem és nem. Hány ház kell a sápadt istennek, aki megölette az egyetlen fiát, és minek a papjainak a föld, ki fogja művelni, talán ők? A saját kezükkel ezt kötve hiszem! – ordította Géza felé.

Aztán egy kicsit halkabban folytatta.

– Nem engedem, sőt nem járulok hozzá, hogy az egyszerű embereket kiszipolyozzák ezek az élősködők – bökött ujjával az asztalnál ülő papok felé –, hiszen még magyarul is alig tudnak, az ékes egyházi latin beszédüket meg imáikat hogyan is érthetné meg pásztor vagy bárki más?

– Elég legyen már ebből az istenkáromlásból! – ugrott fel Asztrik is. – Mégis mi képzelsz magadról, harka, ki vagy te, és hogyan merészeled bírálni és szidni az egy igaz Istent? Ezért a pokolra jutsz...

– Engem te ne fenyegess! Milyen isten az, akinek a hívei máris elszakadtak egymástól, hiszen a bizánciak is ugyanannak hódolnak, akinek ti is, csak más módon! És minek néktek a föld, a hatalom, hiszen az istenetek fia a szegénységet hirdette, és nem a jólétet ezen a földön, hanem a mennyeknek országában, vagy nem jól tudom?

– Pogány vagy és az is maradsz, a lelked...

– Ne törődj a lelkemmel, az az én dolgom! A fejedelmünk is sokszor hangoztatta már, elég nagy úr ahhoz, hogy két istent szolgáljon...

– Koppány, hagyd abba, ez a parancsom! – kiáltotta Géza, de az erős köhögéstől, mely egyszerre erőt vett rajta, elfúlt a hangja.

A szólított felállította a felborult székét, aztán leült, de a mellkasa úgy járt az elfojtott indulattól, mint a kovácsok fújtatója, fülében dobolt a vér, ezért felkapta a kupáját, és egyhajtásra kiitta annak tartalmát.

Géza még mindig köhögött, helyette István szólalt meg:

– Nos, mit határoztok az apám által fölvetett javaslatokról?

Nevükön szólítva törzsfőket, azok egyesével elmondták a döntésüket. Öten támogatták, ketten határozottan elutasították, most Sámuelre került a sor.

– Én sok mindenben egyetértek a fejedelemmel, de azt hiszem, az egyházi kérdésben a harkának is igaza van. Várj, még nem fejeztem be – intett a megint felugrani készülő Asztrik felé –, de a magyariak érdekében a fejedelmet támogatom, csak egy kikötésem van: a kabarok továbbra is önállóságot élvezzenek.

– És te, Koppány, mint rokonom, neked mi a véleményed?

A szólított újra fölugrott, de a széke most a helyén maradt. A jelenlévők ijedten sunyták le a fejüket, még a fejedelem is, ám legnagyobb meglepetésükre a vihar elmaradt, csendesen kezdett el beszélni, alig értették a szavát.

– Az őseink által a vérükkel megpecsételt törvényt fölrúgni egyet jelent azzal, hogy megtagadjuk a honszerző őseinket. Én ezennel lemondok a harka címről, hiszen sok esztendeje viselem már és belefáradtam. Szeretnék visszavonulni a birtokaimra, és ott tölteni a hátralévő éveimet békességben és nyugodtan.

Beszéde közben végigfuttatta a tekintetét az asztalnál ülők arcán. Látta, hogy Sarolt, Hont és Pázmány gúnyosan elhúzzák a szájukat, de már nem törődött velük. Géza arca azonban elsápadt, és a szája széle remegni kezdett.

– Ezek szerint lemondasz a fejedelmi székről, ennek örülök, de azt reméltem, fiamat harkaként továbbra is segíted majd az uralkodásban.

– Nem mondtam egy szóval sem, hogy lemondok a fejedelemségről. Istvánnak meg megvannak a saját segítői.

Amint befejezte, meghajolt Géza felé és döngő léptekkel távozott a teremből, azonban előtte még az asztalra ejtette a harka címet jelképező medált.

A szállására érve előszólította Kevét és meghagyta neki, hogy egy órán belül legyenek útra készen. A másik látta feldúlt arcát, és nem mert semmit kérdezni.

Ült az ágyon, és a mennyezetet bámulva igyekezett összeszedni a gondolatait. Nem telt el még öt perc sem talán, mikor Keve kopogtatott és jelentette neki, hogy vendégei vannak és várják az étkezőben.

Mikor belépett, látta, hogy Sámuel és Vencelin ülnek az asztalnál élénken beszélgetve, ám a jöttére hirtelen elhallgattak és felugrottak a helyükről. Vencelin szólalt meg:

– Nem volt okos dolog a részedről szembefordulni a fejedelemmel.

– Az őseink törvénye szerint engem illet Géza széke, de te, mint idegen ezt nem értheted meg. Tudod, Vencelin, a barátod vagyok és voltam, de kívánom mindkettőnk érdekében, hogy ellenségként soha ne találkozzunk, vagy jobb lesz, ha nem kerülsz az utamba. Most pedig távozz!

Vencelin elindult, ám mielőtt kilépett volna az ajtón, kezét nyújtotta és a szemébe nézve mondta:

– Az Isten legyen veled, barátom!

Ő nem szólt semmit. Amint a másik becsukta az ajtót, a kabar felé fordult.

– És te miért jöttél, ifjú Aba?

– Rám ne haragudj! Te és én rokonok vagyunk, a gyűlésen csak a népem szabadságát óvtam, ami a kötelességem, de itt most biztosítalak arról, hogy bármit is kívánsz tenni, a jövőben a támogatásomra és a segítségemre számíthatsz.

– Köszönöm néked. Nem tudod, milyen sokat jelent ez számomra.

– Mégis mi a terved?

– Magam sem tudom. Egyelőre hazaindulok és átgondolok mindent. Egy biztos: én magyariak vérét testvérharcban nem kívánom hullatni.

– Jó utat kívánok neked, és döntésedben segítsenek az istenek!

– Köszönöm.

Megölelték egymást és kezet ráztak. A kitűzött időben már úton is volt hazafelé, emberei nem mertek kérdezősködni, mert látták, hogy borús kedve van, még Árpád is csöndben maradt, ami tőle merőben szokatlan volt.

9.

A VÉGSŐ LÖKÉS

Eltelt négy hónap. Mióta Koppány otthagyta a fejedelmi
udvart, azóta békésen teltek a napjai. A kemény telet újra
elűzte a tavasz, és már április havának közepében jártak,
az Úr 997. évében. Legnagyobb meglepetésére amikor ha-
zaértek és elmondta a fiának, hogy mi történt Géza ud-
varában, onnantól kezdve Árpád megváltozott. Már nem
mulatozott szertelenül és nem szaladgált bolond módra
szoknyák után sem, egyre több időt töltött apjával az ír-
nokok szobájában, sőt egyre többször saját maga intézte a
birtok ügyeit, természetesen előtte mindig kikérte az apja
tanácsát. Azt is elmondta a fiának, hogy ősszel újra kíván
nősülni, amit Árpád csak helyeselni tudott, sőt kicsi irigy-
séget is érzett, hiszen ő is látta Virágot, de úgy érezte, meg-
érdemel az apja egy kis boldogságot ennyi veszteség után.

Koppány felkereste az öreg Detrét is, akin mióta nem
találkoztak, egyáltalán nem fogott az idő. Elsorolta az
Esztergomban történteket neki és arra kérte, tudakol-
ja meg, mit tartogat számára a jövő. A táltos ezt meg is
tette, de mikor magához tért a súlyos bódító főzettől,
elég homályos választ adott. Azt üzenték az istenek ál-
tala, hiába menekült el, a sorsát nem kerülheti el még-
sem. Őszintén megvallva, ettől nem lett okosabb, de be
kellett érnie ennyivel.

Még tavasz kezdetén a Tarján és Nyék törzsbéli kö-
vetek érkeztek hozzá szinte egyszerre. A tarjániakat Ku-

pán vezette, aki ezúttal lánya nélkül jött, a nyékieket
Etele. Mind a ketten azt a hírt hozták, hogy a két törzs
Koppány mögé sorakozik fel, ha kenyértörésre kerülne
sor. Megnyugtatta őket, egyelőre nem készül harcra, annál inkább várja már az esküvő napját, mert már régóta
magányosan él. Ha mégis valami milyen csoda folytán
harcra kerülne a sor, akkor örül, hogy ezek a vitéz törzsek mögötte állnak és segítik őt.

A követek kissé csalódottan vették tudomásul, hogy
nem készül harcra. Nem is állt szándékában, fia kíséretében nagyokat vadászott, volt, hogy egy hétig is elmaradtak, egyre közelebb került egymáshoz az apa és fia.
Valahol a lelke mélyén érezte, ez a nagy békesség és nyugalom nem tarthat örökké, hiszen egyszer minden jónak
vége kell szakadnia.

Így is történt. Nem kellett hozzá csoda, csak egy ember, akit valaha régen jól ismert. Egyik napon éppen a fiával gyakorolta a kardforgatást. Mindketten övig meztelenek voltak, bőrükön olajként fénylett a verejtékük,
amikor Zsolt érkezett futva hozzájuk és jelentette Koppánynak, hogy egy ember várja és azt üzeni, sürgős és
fontos mondandója van számára. Hiába faggatta a fiút,
miközben egy rongydarabbal törölközött hideg vízbe
mártogatván azt, miféle szerzet az, aki keresi, és főként
mi a neve. Zsolt elmondta, a nevét nem volt hajlandó elárulni, amolyan öreg, hosszú fehér haja van, és legalább
ötven tavaszt is láthatott már, de ami a legfontosabb, a
jobb karja hiányzik, és elég németesen beszéli a magyart.

Amikor belépett az írnokok szobájában, az idős férfi
valóban ott ült egy széken. Jöttére felpattant és idegen
módra meghajolt előtte. Ő egy intéssel kiküldte a deákokat és leült a másikkal szemben egy székre. Tanulmá-

nyozta az arcát. Idegennek, de valahogyan mégis isme-
rősnek tűnt. A vállig érő haja, a szemöldöke, a bajusza
és a szakálla is teljesen őszbe fordult. „Mégis honnan ily
ismerős?" – töprengett magában. A jövevény éppen szól-
ni készült, de akkor már felismerte.

– Te Lothár vagy, aki régen itt vendégeskedett né-
hány társával apámnál, akkor én még gyermek voltam.

– Igen, én vagyok.

– Mi járatban vagy magyari földön, és főleg mit akarsz
tőlem?

Felugrott és egy kupát töltött a németnek, az mohón
beleivott, majd letette, a keze fejével megtörölte a száját.

– Súlyos titok nyomja az én szívemet, de mielőtt el-
távoznék ebből a világból, szerettem volna megosztani
veled. Nem is tudom, hol kezdjem.

– Talán az elején.

Megint ivott, mohón kortyolva az édes nedűt, aztán
hátradőlt a székében. Egyszer-kétszer megköszörülte a
torkát, aztán újra ivott. Erre már elvesztette a türelmét,
nagyot sújtott az asztalra, majd felugrott és összemar-
kolta a másik nyakán a bőrzekét és emberesen megrázta.

– Beszélj hát, az istenedet, ne várakoztass hiába!

– Jól van – hebegte amaz, és tompa hangon belekezdett.

Elmondta, hogy annak idején hogyan bérelte fel Géza
és Sarolt Zerind elpusztítására, mondta és mondta a ma-
gáét, mint amikor a folyó átszakítja gátat, a hangja egyre
halkult. Mikor befejezte, ijedten várta a sorsát.

Koppány nem akarta hinni, amit hallott, pedig az esze
azt súgta, minden igaz, amit a német elsorolt. Ránézett
a másik verejtékben fürdő arcára és tudta, minden igaz.
Az első gondolata az volt, hogy megfojtja puszta kézzel,
itt helyben, de rájött, ez már nem segít senkin.

– Miért jöttél, és miért most feded fel a titkodat előttem?

– Az én időm lassan lejár ezen a földön és könnyíteni szerettem volna a lelkemen, mielőtt eltávozom ezen világból.

– Tőlem vársz feloldozást?

– Nem, nekem már csak az én istenem bocsájthat meg, ha egyáltalán a színe elé jutok. Hallottad, átok ül és ült rajtam, minden társam odaveszett, a vérdíjat elpazaroltam, asszonyom és a gyerekeim meghaltak, a házam, a fél karom elvesztettem, hontalan földönfutó lettem.

– Azt nem értem, ha apám nem ivott a méregből, mégis miért halt meg?

– Szerintem amikor megérintette annak az átkozott kupának a belsejét, már akkor elég méreg jutott a bőrén át a szervezetébe, ráadásul utána evett a méregtől szennyezett kezével. Mivel kisebb adag jutott be, ezért halt meg később.

– Mit akarsz hát tőlem?

– Engedd, hogy szolgáljalak téged a halálom napjáig, ami érzem már, nemsokára eljön.

Az első gondolata az volt, hogy itt helyben megöli a piszkos németjét, de aztán rájött, ezzel senkinek sem használna, az apját ez már nem hozná vissza.

– Rendben van, maradj itt, amíg az órád az utolsót nem üti.

– Köszönöm a jóságodat, megszolgálom, ezután minden harcodon veled leszek.

– Ezt el is várom.

Kiáltott, egy szolga sietett be, elmondta neki a rendelkezéseit, ő maga a lovát kérte. Amikor jelentették neki, hogy a hátasa felnyergelve várja, kisietett, felpattant a hátára, ezúttal senkit nem vitt magával, még a fiát sem. Megsarkantyúzta a paripát, és meg sem állt a régi római napistenszoborig. Ott leugrott a hátáról és engedte, hogy szabadon bóklásszon, ő maga a gondolataival volt elfoglalva. Egymást kergették a fejében a megoldások és kérdések, életében most először nem tudta, hogy mit csináljon. Szerette volna Géza arcába ordítani, tudja az igazságot, de ez nem volna jó megoldás. Föl és alá járkált a szobor előtt, néha megállt és úgy nézte azt, mintha sohasem látta volna. Újra meg újra elolvasta a talapzaton lévő betűket, de a tudatáig nem jutottak el a mondatok. Füttyentett egyet a lovának, az okos jószág bólogatva közeledett, felpattant a hátára és meg sem állt hazáig, ahol kérdő tekintetek fogadták. Ő nem kívánt szólni, ezért elhessegetett mindenkit, majd a fürdőbe sietett, ledobálta a ruháit és a meleg vízbe vetette magát, de most még ez sem hozta meg számára a megnyugvást. Evett valamennyit és ivott, de most sokkal többet, mint szokott, majd lefeküdt, de sokáig kerülte az álom. Aztán hirtelen mégis legyűrte, és ezúttal hosszú idő óta először megjelent Bulcsú.

– Miért habozol, fiú? A fejedelem nemsokára megtér hozzánk, a széke téged illet Álmos törvénye szerint. Csak nem engeded, hogy a sápadt Vajk a megfeszített Isten nevében uralkodjon rajtunk? Ez a te sorsod, hát ne menekülj előle.

Felriadt, odakint még sötét volt, csak az őrszemek kiáltásait hallotta. Megint elnyomta az álom, ezúttal ismét Rékát látta a lányukkal a karján, mosolyogtak mind a ketten. Ő szaladt volna feléjük, de a lábai ólomnehezek lettek. Újra tisztán hallotta:

– Várunk rád!

Késő reggel volt, amikor nehezen és az álmoktól kábult fejjel felébredt. Sokáig nézte a mennyezetet, és most már tudta, mit fog tenni.

Az ebédlőbe sietett, hívatta Kevét, megparancsolta neki, hogy két órán belül készüljenek fel. Kerítse elő Árpádot, Zsoltot, Ipolyt és még húsz embert, mert indulnak Esztergomba. Látszott, hogy a hadnagyot majd' szétveti a kíváncsiság, de nem mer szólni.

Mikor elindultak, rögtön az élre állt, nem szólt senkihez sem, csak mogorván nézett előre, még a fiát is elhessegette, aki megpróbálta kifürkészni a szándékát. Így volt ez az egész út alatt, csak a legszükségesebb parancsokat osztotta ki, ennyi szó hagyta el az ajkait. Amikor letáboroztak, félrevonult a többiektől és csak töprengett azon, hogy helyes-e az, amit tervez, de nem lelt megnyugvást. Érezte vagy inkább tudta, hogy most már kényszerpályán mozog, ezt ő nem akarta, még most sem akarja, de hajtja a bosszúvágy. A jogos öröksége, a fejedelemség őt illeti, ha a másik meghal.

Esztergomba érve alig lovagolt be a kapun, máris Vencelin jött vele szembe.

– Üdvözöllek a városban, Koppány harka.

– Tudod jól, már nem vagyok harka. Ez a cím már mást illett.

– Nekem mindig az maradsz, jó, hogy most érkeztél. Sarolt nagyasszony már futárt akart érted küldeni, mert a rokonod, Géza fejedelem az utolsó napjait, ha nem az utolsó órát éli.

– Ennyire súlyos a helyzet?

– Igen, a vajákosai sem tudnak már gyógyírt a bajára, a papok meg már az utolsó kenetet adják fel neki éppen most.

– Vezess hozzá, látnom kell és beszélni szeretnék vele, amíg lehet!

– Ezért is siettem eléd.

Szótlanul lovagoltak tovább. A palota előtt Koppány leugrott a lováról, a kantár szárát a fiának dobta és sietett a bajor után. Hideg és kihalt, máskor élettel teli termeken haladtak át, a fejedelem szobájának előterében emberek csoportosultak, halkan pusmogtak egymás között. Ott volt Sarolt, István halottsápadt arccal, Gizella kisírt szemekkel, Hont és Pázmány erőtől duzzadóan, egy-két törzs vezére és papok számtalanul.

István lépett oda hozzá.

– Eljöttél hát! Szegény apámat nagyon megviselte hirtelen távozásod.

– Jöttem, rokonom ő, és látnom kell még utoljára.

Hirtelen kinyílt az ajtó, és Asztrik főpap lépett ki rajta egy szerzetes kíséretében.

– Az Úrnak legyen hála, magánál van és felvette az utolsó szentséget. Most valamennyivel könnyebben van.

Sarolt és Koppány egyszerre indultak befelé. Amint Géza észrevette őket, erőtlenül intett és gyenge hangon szólalt meg.

– Mindenki maradjon kint, csak Koppányt akarom most látni, vele szeretnék szólani, amíg van erőm.

Ketten maradtak a szobában. Megdöbbentette Géza látványa: arca beesett, szemei alatt kékes foltok voltak, a szája is kékesen sötétlett, bár a helyiséget erősen fűtötték, mégis fázni látszott a hatalmas medvebőr takaró alatt.

– Gyere közelebb, ülj ide az ágyam szélére! Addig nem akartam elmenni az égi pusztára, még veled nem beszéltem.

Leült, és az öreg, mert az volt, nem fejedelem, csak egy haldokló öregember összeaszott kezével, melynek bőrén átlátszottak az erek, megfogta a karját. Nyirkos és hideg volt a tapintása, szorítása is erőtlen.

– Látod, mi lett belőlem, mit tett velem a betegség? Érzem, közel a halál, már leselkedik rám, de nem félek, mert már várnak rám odaát. Viszont féltem a fiamat, Istvánt, fiatal még. Ígérd meg, hogy segíteni fogod a fejedelemségben, attól tartok, túl sokáig hagytam, hogy papok nevelgessék, most így inkább befelé forduló...

Elhallgatott, lehunyta a szemét. Kifárasztotta a beszéd, sokáig nem mozdult, csak a mellkasa emelkedése és süllyedése jelezte, még él. Koppány azt hitte, hogy elaludt, ezért fel akart állni, de ő akkor újra megszorította a karját.

Mondani akart valamit, de csak suttogni tudott, ezért teljesen közel kellett hajtania a fejét, hogy megértse azokat a szavakat.

– Ígérd meg, ígérd meg!

– Nem ígérek semmit, sőt tudd meg, harcba szállok a fiad ellen, és ha ellenáll, elpusztítom őt is és a követőit is!

Géza elkerekedő, döbbent szemekkel nézett rá, kiáltani akart, de nem tudott már még suttogni sem.

– Jól hallottad. Engem illet az őseink törvénye szerint a fejedelemség, és ez ellen te sem tehetsz semmit. Megtudtam azt is, hogyan szerezted meg annak idején ezt a széket: megöletted az apámat. Én nem keresek bérgyilkosokat, szemtől szembe fogom legyőzni a fiadat, hacsak nem hódol előttem. Ezért jöttem el hozzád, hogy mielőtt meghalnál, elmondjam neked a szándékomat.

Lefejtette a kezéről a másik kezét, majd felállt és úgy nézte egy percig legalább a haldoklót, aki rémülten nézett vissza, beszélni már nem tudott.

– Jó utat, rokonom, a nagyfejedelem majd ítél feletted.

Az ajtóhoz sietett, feltépte azt, nem nézett senkire sem, csak ment tovább, úgy szólt vissza:

– Menjetek, már vár benneteket. Rosszabbodott az állapota, nem tud már szólani sem.

10.

Kényszerpályán

Alig hagyta el a fejedelmi székhelyet, két lovasfutárt küldött a Tarján és Nyék törzshöz azzal az üzenettel, hogy amint lehet, induljanak és csatlakozzanak hozzá a szálláshelyén. Mivel Sámuel is az övéi között tartózkodott, hozzá is hírnököt indított útnak, hasonló tartalmú üzenettel. Még szinte haza sem ért, már elküldte a hadnagyait, hívják harcba az embereket. Egy hét telt el, amikor Vencelin futárjai érkeztek, köztük a bajor egyik legbelső embere volt, aki elmondta, mi történt azóta, hogy eljött Esztergomból.

– A fejedelem másfél napig birkózott a halállal, a végén már az eszméletét is elveszítette, aztán egy percre magához tért, mindenkit megismert a körülötte állókból. Mielőtt végleg eltávozott volna, csak egy név hagyta el az ajkát, ez bizony Koppány volt. Keresztény módra, fakoporsóban temették el, utána rögtön kinevezte magát István fejedelemmé, csak két törzsfő támogatta ezt, a Kér és Keszi törzsbeliek. Levelet is küldött az új fejedelem – szedte elő a futár a zsebéből a vörös pecséttel lezárt írást.

Elküldött mindenkit maga körül és úgy olvasta a rokon levelét, mely rövid és tömör volt.

„Koppány, szeretett bátyám!

Tudatom veled, hogy apám, a fejedelem elhunyt. A törzsfők engem választottak meg a magyariak fejedelmének, ezért elvárom, hogy tíz napon belül jelenj meg Esztergom várában, fogadj nekem hűséget, és a harka cím büszke birtokosaként segítsd a munkámat!

István, a magyariak fejedelme

Kelt az Úr 997. évének május havának 19. napján, Esztergomban "

Szeretett volna valakit megölni vagy valamit széttörni, mikor ezen sorokat elolvasta, de tudta, most nem engedheti, hogy úrrá legyenek felette az indulatai, ezért leült az asztalhoz és saját kezűleg írta meg a választ.

„István, szeretett öcsém! Apád, Géza, a fejedelem elhunytával őseink törvénye szerint a trónja engem illet, ezért elvárom, hogy a levelem elolvasása után a tizedik napon járulj elém a szállásomon és fogadj nekem hűséget! Szeretném, ha a munkámat a tudásoddal és a karod erejével támogatnád.

Koppány, a magyariak törvényes fejedelme

Kelt a keresztények 997. évének május havának 22. napján, Somogyváron "

Gondosan elolvasta még egyszer a leírt sorokat, majd összehajtotta, pecsétviasszal lezárta azt. Bulcsú medálját mélyen belenyomta a forró anyagba, megvárta, amíg megszárad, aztán beszólította a főfutárt és a kezébe adta.

A küldöttek távoztak. Ő sokáig ott ült egyedül az asztalnál és töprengett, bár tudta, ahogyan Julius a nagy Caesar mondta vala: „a kocka el van vetve". Aznap éjjel a felesége sokáig kísértette álmában. Reggel korán kilovagolt a szállás előtti dombhajlathoz, vele tartott Keve és Ipoly, az utóbbi hozta a hadi lobogóját. A domb tetején leugrott a lováról és elvette a zászlót, a nyelét mélyen a földbe szúrta, arcát a felkelő nap felé fordította és széttárt karokkal kiáltotta.

– Te vagy a tanúm, Napisten! Ezt a harcot én nem akartam és most sem akarom, de nincs más választásom, innentől kezdve a szavak helyett a fegyverek beszéljenek tovább!

Ettől a naptól özönlött a hadinép a lobogója alá: eljöttek Bulcsú és Kurszán maradék fegyveresei, a befogadott besenyők, aztán a tizedik napon megérkeztek a Tarján és a Nyék törzs fegyveresei, és természetesen a saját népe összességében, vagyis pontosabban három és fél tumán. Kivárta a tizedik napnyugtát is, mivel István nem jelentkezett sem írásban sem futár útján, személyesen meg végképp nem. Másnap reggel napfelkeltekor az öreg Detre fehér lovat áldozott a Hadúrnak, hogy segítse meg a népét. A szertartás végeztével odalovagolt a letűzött zászló alá, előtte ezrek sorakoztak zászlónként, és beszédet intézett az emberekhez.

– Az Úr, mint minden reggel, a ma is megjelenő Napisten, ő és az összes isten a tanúm. Én ezt a harcot nem akartam és most sem szeretném, hogy magyariak a saját népük fiainak a vérét ontsák, de ti vagytok a tanúim, nem hagytak nekem más választást, elorozták a jogos, az ősi törvény szerinti örökségemet, ezért kérem a segítségeteket, hiszen Álmos törvénye szerint és a hét vezér vérszerződése alapján a fejedelmi szék engem illet, nem pedig az ősök szellemét megtagadó Istvánt, vagyis Vajkot. Ő az, aki idegeneket hív az országunkba és a megfeszített Isten nevében akar kormányozni. Ezt én, Zerind fia Koppány nem engedhetem, és nem is fogom eltűrni. Csak két választásom lehet: vagy győzök, vagy követem az őseimet az égi mezőkre. Ti, akik itt vagytok, remélem, egy emberként támogattok ebben a harcomban. Ha győzök, ígérem, nem csorbulnak majd az ősi jogaitok és területeitek.

Nem tudta tovább folytatni, mert hangját elnyomta a sok ezer ember kiáltása.

– Éljen Koppány, a fejedelem! Nekünk nem kell István, a papok játékszere! Ki a németekkel! Éljen Koppány! Hújj-hújj, hajrá!

– Köszönöm a bizalmatokat és arra kérlek benneteket, kövessetek és győzni fogunk, ígérem!

– Hújj-hújj, hajrá! – zendült rá ismét a felelet.

– Készüljetek! Hamarosan indulunk, a hadnagyok kövessenek a szállásomra!

Mielőtt belépett volna a nagy terembe, a táltos félrevonta.

– Bárhogyan is alakul majd, én itt foglak várni.

– Köszönöm, Detre.

Belépett az ajtón. A hadnagyok lármás beszéde egyszerre elcsitult, és várakozóan néztek a vezérlő fejedelmükre. Nem ült le, szokása szerint járkálni kezdett.

– A fürkészők jelentéseiből tudom, hogy István szinte száműzte az anyját, ezért Sarolt most Veszprém várában tartózkodik, a fia pedig bezárkózott Esztergom várába és ott várja reszketve, hogy mit fogok cselekedni. Szép egy fejedelem, mondhatom! Éppen ezért úgy határoztam, hogy megostromoljuk Veszprém várát, mert Esz-

251

tergom kőfalai ellen értelmetlen volna rohamra menni és feláldozni az emberek életét feleslegesen. Emellett az a gyanúm, ha ostromolni kezdem Veszprémet, Sarolt segítséget fog kérni a fiacskájától, így kénytelen lesz kimozdulni a biztonságos falak mögül. Ha pedig kijön onnan, akkor teljes erőmmel ellene fordulhatok.

A hadnagyok elégedetten bólogattak ezekre a szavakra, de az egyikük közbevetette:

– És mit kezdünk a német páncélosokkal?

– Az a sejtésem, először őket fogja István ellenem küldeni. Őket legyőzzük, közben a kabarok is megérkezhetnek, és egyesült erőnknek nem lesz képes ellenállni.

– Biztos, hogy Sámuel velünk tart?

– Bírom az ígéretét, nem olyannak ismertem meg, aki megszegné az adott szavát.

Abbahagyta a járkálást és feléjük fordult.

– Elfogadjátok a döntésemet?

– Igen! – zúgták egyhangúan.

– Akkor menjetek az embereitekhez, mert hamarosan indulunk!

Mindenki elment, ő magára maradt. Aztán fegyverek között válogatott, vitte Bulcsú ezüst vezéri csákányát, s az apja kedvenc szablyáját csatolta a derekára. Láncinget nem öltött, inkább a dróttal bélelt vastag bőrmellényét vette fel, a karja meztelen maradt. Felcsapta sastollal ékes süvegét és kisietett a lovához, ahol már várta a fia, aki a farkasfejes pajzsát fogta, hiszen tudta, ha csatára kerül a sor, az lesz a dolga, hogy minden apjának szánt, balról érkező csapást elhárítson.

Kilovagoltak a mezőre, Koppány intett a kardjával és megindultak északnak, Veszprém felé. Persze az előőrs már jó két órája elment.

Detre a palánk egyik tornyában állva nézte a büszke had elvonulását és közben átkozta a tudását, mert azt nem mondta el Koppánynak, hogy sohasem lesz fejedelem, mert elárulják és meg fog halni. Azért hallgatta el mindezt, mert egy igazi férfinak be kell teljesíteni a sorsát, amit az istenek szántak neki, meg hát azért néha ők is tévedhetnek. A lovasok által felvert por lassan elült, de ő még mindig ott állt.

11.

CSILLAGÖSVÉNYEN

Lassan vonultak Veszprém alá. Koppány meghagyta az előőrsnek, hogy riasszák a környéken lévő települések lakóit, de semmiképpen ne bántsák őket, hagyják menekülni az embereket, és ami főleg fontos, nincs gyújtogatás és nincs fosztogatás, hiszen ez magyari föld és nem ellenséges terület.

A várat elérve még látták, amint az utolsó menekülők után becsukódik annak kapuja.

Legalább két napig tartott, míg körbetáborozták az erődítményt, közben a könnyű száguldók élelmet kerestek, a patakokra zsilipeket szerkesztettek, hiszen az embereknek és állatoknak egyaránt kellett a víz. Rettentő volt a hőség, eső már több mint két hete nem esett, lassan a legelők zöldje is elszáradt, kiégett.

Az ostromnak is csak tessék-lássék fogott neki, esze ágában sem volt, hogy az embereit a falak ellen küldje, hiszen lovasok voltak és ló nélkül nem sokat értek, meg amúgy is kímélni akarta az életüket, csakúgy a sajátokét, mint a várvédőkét, hiszen magyariak voltak mindnyájan. Ezért megelégedett azzal, hogy gyújtónyilak százait lövette a várra, de amint füstoszlop és lángnyelvek csaptak fel, beszüntette a nyilak záporát, és hagyta, hogy a védők eloltsák a tüzet. A régi szokások szerint neki, mint fejedelemnek feleségül kellene vennie az elhunyt Géza özvegyét, de neki ez esze ágában sem volt, hiszen várt rá Virág igaz szerelemmel, másrészt az a nő felért magával az ördöggel.

Már több napja tartott az ostrom, azonban egyik reggel jelentettek neki a felderítői, hogy István elhagyta Esztergomot, előreküldve Vencelint a németekkel, mentse fel az ostromlott várat mindenáron. Ez volt, amire már régóta várt, ezért bevetette a görögtüzes korsóit a vár ellen. A kapu tüzet fogott, a palánkok is sok helyen, a tornyok fateteje szintúgy. Bent fejetlenség uralkodott, minden épkézláb ember a tüzek oltásával foglalkozott, és a megroskadt kapu védelmére komoly erőket vontak össze. Nem használta ki az előnyt, helyette beszüntette a tüzelést, és ezer ember kivételével, akiket a vár nyugtalanítására hagyott ott, elvonult a seregével az érkező németek elé. Tudta, ha őket megveri, akkor erőfölényből, és ami a legfontosabb, további véráldozat nélkül tárgyalhat Istvánnal. Egy dolog nyugtalanította: Aba Sámuel és a kabarjai még nem jelentkeztek, de még csak hír sem érkezett felőlük. Még mindig bízott abban, hogy idejében ideérnek.

Somogyvártól jó egy napi járásra találkozott össze a két sereg. A német előőrs éppen egy kisebb dombtető megszállásával volt elfoglalva, mikor a magyariak előcsapata rajtaütött, a két csapat minden parancs nélkül esett egymásnak. Keve vezérletével rövid, de annál véresebb küzdelem árán leszorították az ellent a dombról, nem maradt ott más, csak görcsbe meredt halottak és jajgató sebesültek. Mire Koppány is odaért, a sebeseket már ellátták és a hadnagy megengedte, hogy a halottait az ellen fegyvertelen emberei elvigyék. Erre a szükség is vitte rá őket, nem csak a becsület, hiszen óriási volt a hőség, még szellő sem lengedezett. A fejedelem fellovagolt a tetőre és onnan nézte a németek állásait.

– A mező mögötti erdőben vannak a málhás szekereik – jelentett az egyik kéme.

– Ma már nem állunk csatát, hadd főjenek csak a saját levükben ebben a forróságban. Szóljatok az embereknek, hogy pihenjenek az őrszemek kivételével, ti pedig – intett a hadnagyai felé – gyertek a sátramba!

Ettek és ittak, közben Koppány elmondta nekik a tervét. Holnap, úgy tíz óra tájban támadnak, a domb elfoglalása stratégiai előny számukra, nagyobb lendületet kap a rohamuk. A támadás előtt egy órával elküldi a besenyőit, kerüljenek a hátukba és gyújtsák fel a málhásszekereket, a hátrahagyott őrséget vágják le vagy futamítsák meg. Elmondta, kinek mi lesz a feladata, aztán elküldte őket pihenni. A nap lassan eltűnt a látóhatáron és enyhülni kezdett a hőség. Már több mint egy hónapja nem esett egy szemernyi eső sem. Koppány a fiát is elküldte, és egy leterített pokrócra feküdt a sátra előtt, az égbolton egy felhő sem volt. Hanyatt feküdt, két karját a feje alá tette és nézte a milliónyi csillagot.

„Vajon melyik lehet az enyém?" A tábor is némaságba burkolódzott, csak a tüzek pislákoltak itt is, ott is. Vencelinék felől sem hallatszott semmi lárma. Hirtelen elnyomta az álom, és újra a felesége jött el a menyegzői ruhájában és olyan fiatalon, mint annak idején, de érdekes módon a lányukat most is a karján tartotta, ezúttal vele volt Bulcsú is. Sokáig nem szóltak semmit, csak mosolyogtak, aztán újra elhangzott a mondat.

– Várunk rád!

Erre felriadt, de minden csendes volt, hát újra elaludt, most már mélyen és álomtalanul. Kora reggel, mikor Árpád felköltötte, rendbe szedte magát, evett egy-két falatot, majd fellovagolt a dombra és onnan nézte, hogyan

rendezkednek a németek. Vencelin középre helyezte a lo-
vasságát, jobb- és balszárnyra pedig a gyalogságát. Kop-
pány gyanította, hogy őket Hont és Pázmány vezeti, látta
azt is, hogy egységes fallá tömörülnek, nehéz lesz a so-
raikat megbontani. Közben ahogyan a nap egyre feljebb
haladt, úgy lett egyre melegebb. „Mindegy – gondolta –,
hadd főjenek a páncéljukban." Habár egy kis szellő fúj-
dogált, de enyhülést nem hozott.

A megbeszélt időben a besenyők elindultak, a sze-
kerek támadására várt még egy fél órát, akkor magasba
emelte a csákányát és előremutatott vele, erre ezer meg
ezer torokból harsant fel az ősi kiáltás.

– Hújj-hújj, hajrá!

Elindultak, először csak lépésben, aztán egyre gyor-
sabb vágtára fogták a lovaikat. Mögötte ott volt Ipoly,
aki hozta a nagy hadi zászlót, Keve, Árpád, Zsolt, Lothár,
de még Jenő, a deák is. A fia hozta a nagy pajzsát, mivel
azt a feladatot kapta, hogy minden balról érkező csapást
elhárítson. A vágtát egy nyíllövésnyire megfékezték és
nyílzáport zúdítottak az ellenségre, a németek ércfala
azonban nem ingott meg. Ha egy-egy ember ki is dőlt a
sorból, egy másik azonnal a helyére lépett. Közelebb vág-
tattak, majd hirtelen megfordultak, mintha menekülné-
nek, de amazok nem mozdultak, nem ültek fel a cselve-
tésnek. Koppány újra megpróbálkozott az ősrégi trükkel,
de a második kísérlet sem járt több sikerrel. Tudta, hogy
a nyugatiak már húsz-harminc esztendővel ezelőtt kiis-
merték a pusztai harcmodort, és már nem dőlnek be a
régi cselfogásnak. Azonban azzal is tisztában volt, hogy
minden áron meg kell bontania az ellenség tömörülő so-
rait, mégpedig különösen nagy emberáldozat árán. A má-
sodik roham után visszavonult egészen a domb lábáig.

Az emberek kapkodva szedték a levegőt, a lovak száját fehér lepte el az embertelen hőségben. A hadnagyok várakozóan néztek rá.

– Tudom, nem vigasztal benneteket, hogy ők jobban izzadnak, és majd megfőnek a páncéljukban, de valahogyan el kell érnünk, hogy megbontsák a soraikat. Ha ez sikerül, akkor a túlerőnknek köszönhetően lerohanhatjuk őket.

– Nézd, fejedelem, a fák közül füst száll, a besenyők felgyújthatták a szekereiket, és ha ez így van, akkor az őrséget is megfutamíthatták!

A vezér a mutatott irányba nézett, aztán az ellenség mozdulatlan sorai felé és a köztük elterülő sík terepre. A lágy szellő valamennyire hűsítette a homlokát, levette a süvegét, hagyta, hogy hajával játsszon. Ekkor hirtelen eszébe jutott valami.

– Hozzátok a gyújtó nyilakat, azokkal megbontjuk a tömör falat. Nézzétek a közöttünk elterülő mezőt! Kiszáradt fű és gaz borítja, a gyalogságuk néhol majdnem kötésig áll benne, a nyilainkkal felperzseljük, ettől megzavarodnak majd, és akkor mi könnyedén rajtuk üthetünk!

– De a tűz minket is zavarhat – vetette közbe Árpád.

– Nem, minket nem fog, mert a hátunkból fúj a szél.

– Vágjunk bele, nálunk az előny! A szekereik égnek, lassan a szétugrasztott őrség is hozzájuk ér, így még nagyobb lesz a zavar náluk.

Újra nekirugaszkodtak, kilőtték a nyilaikat, ám most nem igazán az ellenre céloztak, hanem inkább az előttük elterülő száraz fűre. Az pillanatok alatt lángra kapott, a szél pedig Vencelinék felé hajtotta a lángokat. A német vezér érezte a veszélyt, ordítva kiabálta a parancsait, hogy maradjanak együtt, de már elkésett vele. Közben a szekértábor őrzői is csak növelték a pánikot, amikor kiabálva odaértek a társaikhoz, közölvén velük a hírt, hogy égnek a málhát cipelő szekerek, és a magyariak hátulról is támadnak. Ez meg a tűz megtette a várt hatást: a sorok felbomlottak, a gyalogosok közül ki erre, ki arra menekült, a lovak is megvadultak a tűztől és a füsttől, teljes volt a fejetlenség a németeknél. Vencelin rekedtre ordította magát és elkeseredve nézte, amint a füst és a levegőben kavargó pernyeeső mögül felbukkannak a magyariak. Már nem használták a nyilaikat, ezúttal már a kard, a fokos meg a csákány dolgozott a kezeikben.

A két szárnyat, Hont és Pázmány gyalogságát szinte percek alatt megfutamították és egyre inkább hátrafelé nyomták őket. Az a veszély fenyegette Vencelint, hogy teljesen bekerítik a centrumát, ezért amikor valamennyire kitisztult a látása és megpillantotta Koppány zászlaját és magát a vezért, előremutatott.

– Gyerünk, vágjuk le a magyari vezért!

A körülötte lévők nekilódultak, de Koppány is a másikat kereste. Mikor felismerte, semmivel sem törődve felé rúgtatott, a kezében lévő csákánnyal jobbra és balra sújtott, az emberei alig bírták követni, egyedül Árpád tartotta vele a lépést, pajzsára záporoztak az apjának szánt ütések. A két vezér összecsapott, Koppány elhajolt Vancelin kardja elől, majd kengyelében felágaskodva irtózatos erejű csapással sújtott le a másikra, annak szinte csak annyi ideje volt, hogy maga elé kapja a pajzsát. Az volt a szerencséje, hogy Koppány tenyerében, amely vérben és izzadságban fürdött, megcsúszott a fegyver nyele, így azt nem a hegyével kapta a pajzsára, hanem az oldalával, így is érezte, hogy karjában roppanva törik a csont. A fémmel borított pajzs szilánkokra tört, ő maga lovastól omlott a földre. Vezérük elestét látva a németek hátrálni kezdtek, Koppány éppen újra sújtani készült, amikor fia rémült kiáltását hallotta meg, aki egy pillanattal később emelte föl a pajzsát az apja elé, akinek a bőrmellényét és Bulcsú medálját is átütve egy nyílvesszdő fúródott a mellkasába. Nem messze Vencelin földön fekvő mozdulatlan testétől ő maga is lezuhant a nyeregből. Még mielőtt elvesztette volna az eszméletét, letörte a vessző végét és szeme elé emelte azt.

– Ez kabar tollazású, Sámuel elárult – futott át az agyán, aztán a sötétségbe zuhant.

A két vezér fölött öldöklő küzdelem alakult ki, mindkét fél meg akarta akadályozni, hogy az ellen megkaparintsa azt. A magyariak közül is a legjobbak vesztek oda: Keve, Ipoly, Kupán, Etele, de még Jenő, a deák is és Lothár, akinek arcán megkönnyebbülés mosolya merevedett meg, hiszen jóvátette a bűnét, legalábbis ő így hitte ezt. A földre hullott kormos és véres hadilobogót Zsolt vette föl, közben Árpád és néhány embere fölemelték Koppányt, aki közben magához tért. A németek is vitték az eszméletlen Vencelint, mind a két fél hátrált, hogy rendezze a sorait. Hont és Pázmány kihasználva, hogy vezérük nem tud parancsolni, általános támadást indítottak Koppányék ellen, de olyan nyílzápor fogadta őket, hogy néhány perc múltán súlyos veszteségek árán kénytelenek voltak meghátrálni. Közben a magyariak felderítői jelentették Koppánynak, hogy a hátuk mögött István magyarjai és Aba Sámuel kabarjai kanyarítanak jobbról és balról.

A fejedelem nem engedte, hogy orvosolják a súlyos sebét, összeszedte a maradék erejét, bal karját a nyakába szíjazta, időnként vérpatakot törölt le a szája szegletéből.

– Gyerünk, mielőtt összezárulna körülöttünk a gyűrű, kitörünk!

– De hiszen a németeket egyetlen rohammal elsöpörhetjük, már alaposan megtizedeltük őket – vetette közbe Árpád.

– Igen, legyőzhetnénk őket, de a sebem halálos. Még sohasem kaptam sebet, de érzem, a holnapot már nem érem meg, azért meg nem akarok emberéleteket feláldozni hiába, hogy ideig-óráig fejedelem lehessek. Ne vesztegessük az időt a kanyarító szárnyak között, még kitörhetünk, mert hű besenyőim elcsalják a kabarokat.

Nem mondott ellen senki, de látta a megsápadó arcokat, ezért így folytatta.

– Az istenek szándéka ellen nem tehetünk semmit. Mától kezdve István a fejedelem, de büszke vagyok, hogy veletek vívhattam meg a harcomat, ilyen katonái még egyetlenegy hadvezérnek sem voltak.

Elindultak hát, a németek még üldözni sem merték őket. A bezáruló gyűrűn kicsúszva másnap délelőtt elérték Somogyvár erődjét. Koppány még egyszer utoljára erőt vett magán.

– Köszönök nektek mindent. Most térjetek haza családjaitokhoz vagy meneküljetek, ha úgy érzitek, ezt kell tennetek, de bízzatok Istvánban, ő nem bosszúálló természet! Menjetek!

Az emberek ellovagoltak, ki erre, ki arra, vele csak a fia és Zsolt maradt, és néhány ember nagy lelke. Nem volt többé úr a teste felett, úgy támogatták, vagy inkább vitték be a nagyterembe, ahol már Detre várta őket néhány különleges korsó társaságában. A félig eszméletlen vezért vigyázva egy asztalra fektették. A táltos valamilyen italt erőltetett le a torkán, amitől percek múltán újra magához tért.

– Gyere ide, fiam, és ne okold magadat, amiért a nyílvesszőt nem tudtad kivédeni, nem tehettél semmit! Tessék, itt az aranyláncom, amit még az apám hagyott rám, viseld, és majd te is add át az utódodnak! Detre, hol az a bőriszák? Ezt is vedd el, négyszáz bizánci arany van benne, a segítségével eljuthatsz Besenyőföldre, ott nem találnak rád soha, mert tudom, égre-földre keresni fognak. Most pedig menjetek, hagyjatok magamra Detrével!

Árpád lehajolt és megcsókolta az apja jobb kezét, mely hideg és nyirkos volt.

– Jó utat, apám, majd találkozunk a nagyfejedelemnél, ha eljön az én órám is!

Nem válaszolt, lehunyta a szemét, megvárta, míg mindenki elmegy, csak azután szólalt meg.

– Adj innom, öreg barátom. Ugye tudod a dolgodat?

Detre csak bólintott, aztán bort adott a haldoklónak, aki ettől valamennyire megkönnyebbült.

– Milyen egyszerű ez az egész! Szegény Virág, én már téged feleségül nem vehetlek, hív az első feleségem és a lányom, várnak engem. Szeretett magyari földem, mi lesz veled ezután? – suttogta és elcsendesült, többé nem mozdult, az arca kisimult és nagy békesség ült ki rá. Felködlött előtte a csillagösvény, aminek a túlvégén két apró alak látszott. Fellépett a lovának a kengyelébe és elvágtatott a fényes úton.

Detre látta, hogy nem mozdul többet, melléje fektette a kardját és az íját egy tegez nyílvesszővel, majd a falakhoz vágta a cserépedényeket – bizánci tűz volt azokban. Megvárta, míg a folyadék szétterjed, lekapott egy fáklyát a falról, ám mielőtt eldobta volna azt, kezét széttárva a mennyezet felé nézve a következőket kiáltotta:

– Tanúnak hívlak, Öregisten, megholt a legvitézebb lovagod, árulással győzték le, ezért hallgasd hát a könyörgésemet! Fogadd ezt a férfit szeretettel az égi mezőkön, fogadd őt be, mert igaz és tiszta ember volt! Megátkozom Istvánt, másik nevén Vajkot és Aba Sámuelt, kívánom, hogy hosszú életük legyen ebben a világban és érjék meg az utódaik halálát, tudják meg, milyen az, amikor az apa eltemeti a fiát!

Eldobta a fáklyát, és a helyiség pillanatok alatt lángba borult. Lefeküdt egy másik asztalra, lehunyta a szemét. A füst hamarabb megfojtotta, mint a tűz elérte volna. A tűz átterjedt a fából készült helyiségekre, és nem volt emberfia, aki azt elolthatta volna.

Jó három óra múlva ért a még mindig lángoló szálláshoz István. A kíséretében ott volt Aba Sámuel, Vencelin, Hont és Pázmány. Vencelin, akinek törött karját már sínbe tették, de még mindig sápadt volt a fájdalomtól, amikor meglátta az eget nyaldosó lángokat, levette a sisakját.

– Azt hiszem, István fejedelem, egy igazi embert vesztettél el, aki egyben a rokonod is volt.

István nem válaszolt, de a süvegét ő is levette. Messziről mennydörgés hallatszott, és villámok cikáztak az égbolton. Hónapok óta először eleredt az eső, mintha az Öregisten is siratta volna a vitézét.

Az Úr 997-ik évének július havának 29. napját írták ekkor...

UTÓSZÓ

Árpád és Zsolt, mert természetesen ő is vele tartott, viszontagságos úton jutottak el a besenyők földjére, ahol a megöregedett Tevez örömmel fogadta őket. Hadnagyai lettek, besenyő lányt vettek feleségül. 1000-ben eljutott hozzájuk a hír, hogy István királlyá koronáztatta magát. Ami a javára írható, hogy nem rendezett vérfürdőt az ellene lázadók között, bár Sarolt ezt erélyesen követelte, ám inkább száműzte az anyját Veszprém várába, aki élete végéig ott élt. Nyolc évvel később Árpád életét vesztette egy, az alánok elleni összecsapásban. Mielőtt meghalt volna, a napkorongos láncot Zsoltnak adta, aki mivel barátjának nem született gyermeke, a legidősebb fiának adta át nem sokkal halála előtt. Így történt, hogy amikor 1242-ben a mongol hordák kitakarodtak magyari földről, és a király, akit IV. Bélának neveztek, képviseletében megjelent nádora előtt, a visszatérő kunok és besenyők maradékai hűséget fogadtak a szikrázó napsütésben. A nádor egy magas, hollófekete hajú férfira figyelt fel, aki vagy négyzászlónyi besenyő lovast vezényelt, és nyakában egy gyermektenyérnyi medálon táncolt a napsugár. Mikor elé ért és tisztelgett a kardjával, megkérdezte:

– Ki vagy te és mi a neved?

– Magyar nembéli, mert az egyik ősöm a ti földetekről származott. Koppánynak hívnak, ennek a négyszáz

embernek parancsolok. Megvívtunk egy pár csatát a bü-
dös tatárokkal és ennyien maradtunk – felelte amaz tisz-
ta magyari nyelven.

Így került vissza Koppány harka lánca magyari föld-
re, hogy jó háromszáz évvel később nyoma vesszen vég-
leg abban a csatában, amit mi magyarok csak mohácsi
csatának nevezünk, s mely a középkori magyar király-
ság végét jelentette.

Virág, mikor hírül hozták neki apja és Koppány halá-
lát, a következő hajnalon eltűnt a szállásról és soha többé
nem került elő sem a holtteste, sem ő maga. Ugyan né-
hány elkóborolt gyerek és eltévedt utazó beszélt egy tel-
jesen ősz hajú leányról, aki csodálatosan szép és segített
nekik étellel-itallal és megmutatta azt az utat, melyen
hazajuthatnak, de a valóságának senki nem járt utána,
így ez is a legendák ködébe veszett.

A táltos Detre átka, amit az utolsó pillanatban kiál-
tott az ég felé, megfogant, hiszen István fejedelem úgy
is, mint király, hosszú életet ért meg, és 1038-ban bekö-
vetkezett halálakor nem volt vér szerinti utódja, aki kö-
vette volna a trónján. Fia, Imre herceg fiatalon, egy va-
dászat alkalmával életét vesztette, így a király megtört
és beteg emberként élte az utolsó éveit és kénytelen volt
az unokaöccsét utódjául kinevezni, aki több évtizedes
anarchiába taszította ezt a virágzó országot.

Amit Koppány sohasem tudott meg, hogy Aba Sámuelt
mivel vásárolta meg István. Az egyik lánytestvére kezét
ígérte neki és királyként az ország nádorává tette, ami
valójában a király helyettesét jelentette. Azonban Detre
átka őt is utolérte: fiai még életében elhunytak, és bár Sá-
muel az Árpádházi királyok trónján harmadikként ülhe-
tett, egy vesztes csata után orvgyilkosok megölték. Ha-

lálával a kabarok törzse elvesztette a függetlenségét, és rövid idő után teljesen beleolvadt a magyariak népébe. Juliánusz megírta Koppány családjának történetét, ám nem sokkal ezután meghalt. Örököse nem lévén az írás nyomtalanul eltűnt.

A pásztorok, csikósok a széles pusztákon esténként, a tüzek mellett sokáig énekelték az alábbi dalt:

Koppány vezér, Koppány harka,
Ki sok bajunkat meghallgatta,
Meghallgatta fiam, ha tudta, orvosolta.
Koppány vezér, Koppány harka,
Te jó fejedelmünk lettél volna,
De kabar Aba téged elárula,
És ez a vesztedet okozta.
Koppány vezér, Koppány harka,
Kit a népe elsirata és meggyászola,
Ülsz Árpád fejedelem asztalánál,
És onnan vigyázol ránk.

Aztán egy vagy kétszáz év múlva ez is a felejtés homályába veszett, mint sok minden más.

VÉGE

A szerző

Zagyi Zsolt vasutas-dinasztiába született, ám édesapja tanácsára magának más pályát választott, így lett könyvelő. Közel harminc évig kitartott a szakma mellett, bár nem szerette. Tíz éve Németországban dolgozik egy gyárban, betanított munkásként. Kamaszkorában kezdett el írni – verseket, novellákat, regényeket stb. –, ám szárnypróbálgatásai önbizalom hiányában a fiókok mélyén vagy tüzelőként végezték. Évekig tervezte egy nagyszabású történelmi regény megírását, ami ugyan a fejében összeállt, ám papírra vetni már különböző okok miatt nem sikerült. Az elmúlt két évben munka mellett írta meg első regényét, mellette sikeresen befejezett egy novelláskötetet is.

A kiadó

Aki feladja,
hogy jobbá váljon,
feladta,
hogy jobb legyen!

E mottó alapján a novum publishing kiadó célja
az új kéziratok felkutatása, megjelentetése,
és szerzőik hosszútávú segítése. Az 1997-ben
alapított, többszörösen kitüntetett kiadó az egyik
legjelentősebb, újdonsült szerzőkre specializálódott
kiadónak számít többek között Ausztriában,
Németországban és Svájcban.

**Valamennyi új kézirat rövid időn belül egy
ingyenes, kötelezettségek nélküli kiadói
véleményezésen esik át.**

További információkat a kiadóról és
a könyvekről az alábbi oldalon talál:

www.novumpublishing.hu

Lightning Source UK Ltd.
Milton Keynes UK
UKHW021614300620
365806UK00005B/750

9 783990 109069